カタリーナ　　ふん、針がどこにあるかもお知りでないくせに。
ペトルーキオー　知らなくって。お尻でさあ。

〔『じゃじゃ馬ならし』　第二幕 第一場〕
（オールド・ヴィック劇団公演、1954〜5年）

ベアトリス　殺して、クローディオーを。
〔『空騒ぎ』　第四幕 第一場〕
（オールド・ヴィック劇団公演、1956～7年）

新潮文庫

じゃじゃ馬ならし
空騒ぎ

シェイクスピア
福田恆存訳

新潮社版

2044

目次

じゃじゃ馬ならし(The Taming of the Shrew) …… 七
解題 …… 福田恆存 一七一
空騒ぎ(Much Ado about Nothing) …… 一八七
解題 …… 福田恆存 三四八
解説 …… 中村保男 三七四

口絵写真
ホーストン・ロジャース撮影
（オリオンプレス提供）

じゃじゃ馬ならし・空騒ぎ

じゃじゃ馬ならし

場所　パデュア、および田舎にあるペトルーキオーの別荘

人物

序劇

領主

クリストファー・スライ　酔っぱらいの鋳《い》掛屋《かけや》

居酒屋の女主人

小姓、猟人、従者、役者、大勢

じゃじゃ馬ならし

バプティスタ　パデュアの金持ち

ヴィンセンショー　ピザの老紳士

ルーセンショー　その息子、ビアンカと相愛の青年

ペトルーキオー　ヴェローナの紳士、カタリーナの求婚者

グレミオー
ホーテンショー　ビアンカの求婚者

トラニオー　ルーセンショーの従僕
ビオンデロー　同、少年
グルミオー　ペトルーキオーの従僕、小男
カーティス　ペトルーキオーの別荘を管理している老僕
ナサニエル
フィリップ
ジョセフ
ニコラス
ピーター
（以上五名）ペトルーキオーの従僕
マンテュアの学校教師
カタリーナ
ビアンカ
（以上二名）バプティスタの娘
未亡人
仕立屋、小間物屋、バプティスタ、ペトルーキオー両家の従僕

序劇　1

ヒースで蔽《おお》われた荒野、居酒屋の前

戸が開くと同時に、中から居酒屋の女主人に追いたてられて、スライがよろめき出て来る。

スライ　のしちゃうぞ、こん畜生、おぼえてろ。

女主人　ふんじばられてしまえ、悪党め！

スライ　なにを、この雷婆《かみなりばば》あ。スライ様の血統にゃ、悪党はいねえんだ……年代記を繰って見やがれ。はばかりながら、俺《おれ》の先祖は征服王リチャードと一緒にやって来たんだ……だからよ、これを端的に言わんかだ、ままよ浮世は、どうともなれさ。それ、行け！

女主人　コップをこわしてしまって、それで弁償する気はないのだね？

スライ　あるもんか。びた一文ださねえ……三十六計、逃げるに若《し》かず――家じゃ寝

床が待っている、温かい寝床が待っている。（千鳥足で歩きだすが、茂みのところまで来て倒れる）

女主人 それなら、こっちにも出ようはあるさ。第三警察のお役人を呼んで来るだけのことだ。（退場）

スライ 第三警察けっこう、第四だろうが、第五だろうが、平気の平左。法律で来い……びくともしねえや、この野郎め。さあ、呼んで来やがれ、きっとだぞ。（眠りに落ち、すぐいびきをかきはじめる）

角笛の音。領主とその家来たちが荒野を横ぎって来る。猟の帰り道。

領主 猟人たち、犬の面倒を見てやってくれ。メリマンはすこし血を出してやったほうがいい——かわいそうに、やつ泡《あわ》を吹いている。クロウダーは声のいい牝《めす》と一緒にしておいてやれ。あれを見ていたか、シルヴァーのやつ、生垣《いけがき》の曲り角《かど》のところで、みごと獲物《えもの》のにおいを嗅《か》ぎあてたではないか？ どうして、あの犬、二十ポンドくらいには代えられないぞ。

猟人の一 いや、ベルマンにしても、ひけはとりますまい。すっかり見失ってしまいましたのを、うまく捜しだしてくれましたし、きょうも二度まで、あやうく逃《のが》すところを、ちゃんと嗅ぎだしてくれました。たしかに、あれのほうがすぐれております。
領主　ばかなことを言うな。エコーにしろ、足さえ早ければ、なに、ベルマンなど何匹あつまっても、とうていかなうものではない……とにかく、みんな、食い物をあてがってやってくれ。よく面倒を見てやれよ。あすもまた出かけたいものだ。
猟人の一　かしこまりました。（みんなスライに気づく）
領主　なんだ、これは？　死人か、それとも酔っぱらいか？　どうだ、息をしているか？
猟人の二　息はあるようでございます。酒がはいっておりませんでしたら、とても冷たくて、こうぐっすり寝ていられるものではございません。
領主　とんでもない獣だ！　このさまは、まるで豚よろしくではないか！　恐ろしい死も、こうして見ると、ただもう、穢《けが》らわしく、厭《いと》わしいものにしか見えない……うむ、この酔っぱらいに、ひとついたずらをしかけてみよう……どう思うな、みんな。この男を寝室に連れて行って、眠っているあいだに、着がえをさせ、指輪もはめさせて、枕《まくら》もとにはうまいものを用意し、立派な従者を侍《はべ》らせておく。そうしておけば、この乞《こ》食《じき》め、目をさまして、おのれの身分を忘れてしまわないものでもあるまい？
猟人の一　それはもう忘れてしまうに相違ございません。

猟人の二　目をさましてみて、自分が何者か、さぞとまどうことでございましょう。

領主　うれしい夢を見ているときや、たわいのない妄想《もうそう》に耽《ふけ》っているときのようにな。では、連れて行け。うまくやるのだぞ。そっと一番いい部屋に運びこむのだ。壁中、淫《みだ》らな絵を張りめぐらしておけ。この穢《きた》ない頭には香水をふりかけ、香木を焚《た》いて部屋中にその香が立ちこめるようにするのだ。それから音楽の用意を頼む。目をさますやいなや、爽《さわ》やかな妙《たえ》なる楽の音を聴《き》かせてやろう。もし、やつがなにか言ったら、すぐ応じるのだ。恭《うやうや》しく小声で、「何御用でいらせられまするか？」となあ。だれでもいい、薔薇水《しょうびすい》に花びらを浮かせた銀盤を捧《ささ》げ持ち、また、ほかの一人がそばから水さしをさしだし、もう一人は手ふきを用意して控える。そしてこう言え、「お手をお冷やしあそばしませぬか？」つぎに、だれか、豪華な衣裳《いしょう》を持って進み出る。どんなものがお気に召すかときくのだ。すると、ほかのものが、猟犬や馬の話をもちだす。ついでに、奥方が殿様の御病気を大変にお歎《なげ》きだというようなことを言ってみろ。いままで気がふれていたということにしてしまうのだ。で、もし、やつが、なるほど、そんなものかもしれぬと言ったら、即座にこう言いくるめるのだ、それは悪い夢をごらんになっていたまでのこと、あなた様は、正真正銘、御身分たかき御領主様にほかなりませぬ、とな……ま、そんなぐあいだ、いいか、適当にやってくれ——うまくゆきさえすれば、けっこう気のきいた慰みになる。

猟人の一　かしこまってございます。みごと芝居を打ってごらんにいれましょう。何としてでも、では、やっぱり言われたとおりのものかと思いこむように、せいぜい努めてみるつもりでございます。

領主　そっと連れて行って、寝かしつけてしまえ。いいか、目のさめるころには、めいめい、言われたとおりに。（猟人たち、スライを運び去る。トランペットの音がきこえる）おい、あのトランペットはなんだ？　見て来てくれ――（従者の一人、出て行く）おそらく、どこかの貴族が旅の途次、このあたりに一休みしようとしてでも……

従者がもどって来る。

領主　おお、どうした？　何者だ？

従者　役者たちでございます。御用を承りたいと申しております。

領主　ここへ来るように伝えてくれ。

役者たちが出て来る。

領主　ああ、みんな、よく来てくれた。

役者一同　ありがとうぞんじます。

領主　今夜、邸《やしき》に泊ってくれるかな？

役者の一人　なにとぞ御用を仰《おお》せつけくださいますよう。

領主　望むところだ……うむ、この男には見おぼえがある。いつか、百姓の惣領息子《そうりようむすこ》をやったことがあったな——確か、おまえが、ある御婦人をうまく口説きおとす場だった。なんという役だったか忘れてしまったが、あれははまり役だ、自然にこなしていたな。

役者の一人　お話の模様では、ソートーの事ではないかと存じますが。

領主　そうだ、そのとおり——あれはうまかったぞ……ところで、お前たち、いいところへ来てくれた。じつは、ちょっとした慰みごとを思いついたのだが、お前たちの鮮《あざ》やかな助太刀《すけだち》を得れば、事は一段とおもしろくなろう……今夜、さる殿様に、お前たちの芝居を見せてやろうと思う。ただ心配なのは、この殿様の奇妙なふるまいを見て、お前たち、礼儀も忘れて吹きだしたりはしないかということだ——というのは、かの殿様、まだ芝居というものを一度も見たことがない——それで、お前たち、すっかり嬉《うれ》しくなって騒ぎだし、殿様の御不興を買いはしないかと、それが気がかりでな。笑われたら、きっと腹もたてよう。

役者の一人　御心配にはおよびません。構えておのれを慎みましょう、たとえその殿様が世界一の道化役でいらせられましょうとも。

領主　よし。おい、役者たちを厨《くりや》に案内してやれ。ひとりひとり心からもてなしてやるのだぞ――こちらで出来ることなら、なんの不自由もさせてはならぬ……（従者が役者たちを連れて入る）おい、お前は小姓のバーソロミューのところへ行って、頭の天《てっ》辺《ぺん》から足の爪《つま》さきまで、奥方の扮装《ふんそう》をするよう、ひとつ面倒をみてくれぬか。それがすんだら、例の酔っぱらいの部屋へ連れて行って、「奥方、奥方」といった調子で、恭しくもてなすがよい。主人の命令だ、指図《さしず》どおりにすれば、いずれそれだけの報いはあろうと言ってな。万事品よく、貴婦人たちがその夫にかしずくように、慎《つつま》しくふるまうことだ。相手は酔っぱらいだが、こうしてそつなく仕え、小腰をかがめ、やさしく低い声で、こう言わせる、「どうぞなんなりとお命じくださいまし。ふつつかものではございますが、あなたの妻、わが真心と情愛をお見せする時あらばと、かように待ちかまえておりまする」。それから、さも情ふかげに抱きついて、接吻《せっぷん》をそそのかす。頭を相手の胸に埋めて涙を流す。この七年間、みずから情けない乞食の境涯になりさがってしまったとのみ思込んできた殿様も、これでやっと御本復、やれ嬉しやと、さめざめ泣くというわけだ。小姓のやつ、自由自在に涙の雨をふらす女性得意の芸を心得ていないとならば、妙策を授けよう。玉葱《たまねぎ》を使えばよろしい。裂《き》れにくるんでおいて、目にこすりつければ、いやでも涙が出る……以上、出来るだけ大急ぎで計らえ――あとの指図は、いずれすぐに……（従者退場）大丈夫、小姓のやつ、その品、その声、そのしぐさ、物腰、立派に貴婦人に化けてくれよう。待ちどおしいぞ、あいつが酔っぱらいに、吾《わ》がつま様と呼びかける光景が見ものだ。それに、ものどもが笑いたいのを我慢して、あのおめでたい百姓にへいこらするところなど、さぞかし滑稽《こっけい》であろう。帰って、よく言いふくめておかねばならぬ。自分がその場に立ちあえば、まさかいい気になりすぎてしくじることもあるまい。（引っこむ。猟人たちあとに従う）

序劇 2

領主邸内、贅沢《ぜいたく》な寝間

寝間着姿のスライが椅子《いす》に寄りかかって眠っている。周囲に従者。あるものは衣裳《いしょう》を、あるものは水盤や水さしを、あるものはその他の品物を捧持《ほうじ》している。そこへ領主がはいって来る。

〔序劇-2〕

スライ　（寝ぼけ顔で）頼むからよ、ビールを一杯くれないかよ。
従者の一　お殿様、およろしかったら、白葡萄酒《しろぶどうしゅ》を召しあがりましては？
従者の二　御前《ごぜん》様、およろしかったら、砂糖漬《づ》けをお試みになりましては？
従者の三　御前様、きょうはどのお召物になさいますか？
スライ　あっしはクリストファー・スライってものだ。よしてくんな、御前様、お殿様呼ばわりは。白葡萄酒なんて代物《しろもの》は、生れてきょうまで、ついぞお目にかかったことがねえ。砂糖漬けくれるって言うんなら、牛肉の塩漬けにしてもらいたいね。どのお召物になさいますなんて、恥をかかしちゃいけねえ。あっしの上着は、この背中だ。靴下は、それ、この脛《すね》。靴とは、何を隠そう、このおみ足、隠すがものはありませんや。そら、このとおり爪先がむきだしだ。
領主　天よ、わが殿のかかるたわいもなき御病いを癒《なお》したまえ！　かかる立派な御血統、かかる広大な御領地、かかる高貴な御身分柄、ああ、こういう偉大なお方が、かかる忌《いま》わしい悪霊《あくりょう》にとりつかれるとは！
スライ　こりゃ、お前さんたちは、寄ってたかって、ひとを気違いにしてしまいなさろうっていう気かね？　あっしはクリストファー・スライじゃないってえのかい？　バートン・ヒースのスライ爺《じい》さんの伜《せがれ》じゃないのかい？　家の商売は行商、刷毛《はけ》造りの工場に奉公に出されたものの、てんで勤まらず、それから熊《くま》づかいになってさ、今じゃ、それもやめて、鋳掛屋《いかけや》やってる、そのスライじゃないのかね。マリアン・ハケットにきいてみな、あっしを知ってるかって、ウィンコットの居酒屋の、あの肥《ふと》っちょのおかみによ。あっしに十四ペンス、ビールの貸しがあるはずだ。もしそんなことないって言ったら、あっしはクリスト教国中一番の大嘘《おおうそ》つきになりまさあ……（従者がビールを持ってくる）何を！　気が違ってなどいるもんかね。何より、その証拠は――（と、さしだされたビールを、うっかり受けとって飲む）

従者の三　ああ、そういう御様子なればこそ、奥方様におかせられましては、深いお歎《なげ》きに沈んでおられるのでございます。

従者の二　ああ、そういう御様子なればこそ、召使一同、悲歎《ひたん》にくれているのでございます。

領主　また、そのため、御親戚《ごしんせき》御一同もお邸《やしき》に足踏もなさらぬのでございます。ほかならぬその御狂態に恐れをなして。ああ、お殿様、すこしは御身分柄をお考えくださいますよう。閉めだしをおくわせになった昔の正気をお呼びもどしになり、そのあさましい悪夢をこそお閉めだしになっては。それ、こうして召使どもがおそばにかしずき、御命令一下、おのおの勤めを果さんものと待ちかまえているではございませんか。

音楽はいかがで？　おお、お聴きあそばせ、アポロの神が奏する楽の音。（音楽がきこえてくる）それにナイチンゲイルが揃《そろ》って美しき歌の調べを。それとも、おやすみになりたいと？　お寝床の用意は出来ております。セミラミス女王のためにしつらえた淫楽《いんらく》の床よりも、はるかに肌ざわりよく寝心地よい寝床でございます。もし御散歩なさりたいと御意あらば、すぐさま大地に花をまきましょう。それとも馬をひけと仰《おお》せあそばしますか？　ならば、黄金と真珠をちりばめた馬具が用意してございます。鷹《たか》狩《が》りはいかがでございましょう？　雲雀《ひばり》よりも高くあまがける鷹が、いつでもお出ましをお待ちしております。猟などはいかがで？　犬どもの勇ましい吠《ほ》え声には、大空もこだまし、大地も鋭いひびきを返してよこしましょう。

従者の一　駆けろとおっしゃってごらんなさいまし――猟犬どもは牡鹿《おじか》さながら、一斉に息も切らせず駆けだしましょう。その早いこと、鹿の比ではございません。

従者の二　絵はお好きでいらせられまするか？　すぐにも倉から出してまいりましょう。せせらぐ小川のほとりに立つは美少年アドーニス、萱《かや》の茂みには美しき女神《めがみ》シシリアが横たわり、その熱い吐息に、みだりがわしく騒ぎたつ萱の穂は、あたかも風になぶられそよぐかと思うばかり。

領主　おお、あの絵もお目にかけましょう。娘のアイオーがジュピター神にだまされ襲われる、そのさまを、さながら眼前に見るかのよう。

従者の三　それとも女神ダフニーの絵がよろしゅうございましょうか？　アポロの神に追われて、茨《いばら》の森を逃げまどい、棘《とげ》に肌を破り、白い脛《はぎ》には血がにじんでいるかと見えるばかり、それを見て、さすがのアポロもいたわしさに歎き悲しんでいるところでございます。

領主　何をお疑いなさることがありましょう。まごうかたなきお殿様。この末世にまたとなき美しい奥方様が控えておいでてございます。

従者の一　御前様のために流された涙の滝つ瀬が、あのお麗《うるわ》しいお顔をそねみ心に荒してしまうまでは、古今東西、他に比類なき美女――いえ、今の今とて、誰にひけをおとりになりましょう。

スライ　あっしは殿様かね？　そんな奥方があるのかい？　夢見てるんじゃねえか？それとも今日までが夢見てたのかな？　うん、確かに眠っちゃいねえ。見える。聞える。口きいてる。いいにおいがすらあ。この柔らかい手ざわりだって確かだあ。間違いねえ、俺は殿様だぞ。鋳掛屋なんかであるもんか。クリストファー・スライなんてもんでもねえ……よし、ただちに奥方を呼んでまいれ――それからビールをもう一杯だけな。

〔序劇-2〕

従者の二 （水盤をさしだし）お殿様にはお手をお洗いあそばしましては？ （スライ手を洗う）おお、何たる喜び、目《ま》のあたり御恢復《ごかいふく》を拝みたてまつるとは！ 今ふたたび御身分を弁《わきま》えられたるお姿を拝したてまつり、光栄ともなんとも！ この十五年間というもの、夢を御覧になっていらしたのでございます。あたかも眠りから醒《さ》めたがごとく、いまお目醒めになったのでございます。

スライ 十五年間！ 驚いたね、なるほど、よく眠ったもんだ。でも、その間中、すこしも喋《しゃべ》らなかったかね？

従者の一 どういたしまして、殿様。でも、まことにとりとめないことばかり。たとえば、こうした申しぶんないお寝間に寝ておいでなのに、外へ叩《たた》きだしやがるとかおっしゃって、そこのおかみに食ってかかっておいででした。なんでも、口の切ってない瓶詰《びんづめ》のかわりに石がめを持ってきたとか、きっと訴えてくれるなどと。それから、ときどき、シシリー・ハケットという名を口にしておいでで。

スライ うん、その店の娘っこだ。

従者の三 そんな、御前様、そういう店や、そんな娘御を御存じのはずはありません。そのほか、お呼びたてになった連中も、同様、スティーヴン・スライとか、グリース村のジョン・ナップ爺さんとか、ピーター・タープだの、ヘンリー・ピンパーネルだの、それこそ二十人あまり、だれも会ったためしもないし、この界隈《かいわい》に住んでいもしない人間の名ばかりお並べになって。

スライ　とすれば、何もかも神の思召《おぼしめ》し、ありがたきしあわせ！

一同　アーメン。

スライ　お祈りを申しあげます。御損にゃなりますまい。

小姓がはいって来る。奥方の扮装《ふんそう》にて、供を連れている。その一人がスライにビールを捧げる。

小姓　吾《わ》が殿様には、御機嫌《ごきげん》いかがにわたらせられまするや？

スライ　おお、いいぞ、いいぞ、——気つけ薬をたっぷり頂戴《ちょうだい》しているんでな……ところで、女房はどこにいる？（ビールを飲む）

小姓　はい、ここに。なんの御用でございましょうか？

スライ　お前が俺の女房かい？　なら、どうして、お前さんって呼ばねえんだ？　家来たちは殿様って呼んでもいいが。俺はお前の亭主なんだぜ。

小姓　吾がつまにして吾が殿、殿様にして吾がつま。何事につけ御意のままなるわらわが心。

スライ　わかった。で、どう呼んだらいいんだね？
小姓　「奥」とお呼びくださいまし。
スライ　アリス奥さんかい、それともジョーン奥さんかね？
小姓　ただ「奥」とだけ。殿様はみな、御自分の奥方をそうお呼びでございます。
スライ　これ、奥の女房、話によると、俺はもう十五年の余、眠って夢を見ていたそうだが。
小姓　さようでございます。それがわらわには三十年にも思われまする。その間ずっと一人寝のわびしさ。
スライ　そりゃ、えらかったな……おい、ものども、退《さが》って二人だけにしてくれろ……（従者たち退る）奥、さ、着物をとって、お床入りといこう。
小姓　いやがうえにも尊き吾が殿様、お願いでございます、もう一夜二夜の御猶予《ごゆうよ》を。それがならねば、日の暮れまで。と申しますのは、侍医たちにも堅く言われたこと、御病気のぶりかえさぬよう、もうしばらくは添いぶし御遠慮申しあげねばならぬと、まあ、そんなわけゆえ、わらわの顔もおたてくださいまし。
スライ　おお、立った、いっときも我慢できねえ……が、しかしだ、また悪い夢見るのもいやだからな……ま、ここは我慢しとこう、血湧《わ》き、肉躍《おど》る想《おも》いにもかかわらずだ。

従者の一がもどって来る。

従者の一　お抱《かか》えの役者どもが、御病気御本復を承りまして、賑《にぎ》やかな喜劇を御覧にいれたいと申してまいりました。侍医たちも何よりの思いつきと喜んでおります。長の御気鬱《ごきうつ》には血も凝るもことわり、憂《うれ》えは乱心の母とか、たまには芝居など御覧になり、浮き浮きしたことにお心を向けさせられるのも一法、さすれば、千百の禍《わざわ》いも遠ざけられ、寿命も延びる、かように申しておりましてございます。

スライ　よろしい、見物しよう。早速《さっそく》かかってもらってくれ。その奇蹟《きせき》ってえのは、クリスマスの踊りかね、それとも軽業《かるわざ》のことかね？

小姓　いいえ、殿様、もっとずっと曲のあるものでございます。

スライ　え、じゃ、音楽の道具かい、そりゃ？

小姓　まあ、筋のある物語のようなもので。

スライ　なるほど、とにかく見物しよう……さ、奥の女房、俺のそばに坐《すわ》った。ままよ、世のなかどうひっくりけえろうが、これほど若くはまたとなれめえ。（小姓はスライのそばに坐る）

トランペットの吹奏。『じゃじゃ馬ならし』がはじまる。

じゃじゃ馬ならし

〔第一幕第一場〕

1

パデュアの広場

広場をめぐって、バプティスタ、ホーテンショー、その他の家。数本の木立、およびベンチ。

ルーセンショーと召使のトラニオーが出て来る。

ルーセンショー　ああ、トラニオー、学芸の都、この美しきパデュアを一目見たいものと思っていたが、いま、こうして、穣《みの》り多きロンバルディーの野、イタリーの楽園に辿《たど》りついた。それに、父の情けと許しを得、おかげでお前という確かな供を恵まれ、

1〔I-1〕

何もかもうまくいった。まず一休みして、それからゆっくり学びの手だてを講じるとしよう……まじめな市民でその名を知られたピザの都に生をうけ、ベンティヴォリー家のヴィンセンショーという世界を股《また》にかけた大商人を父にもち、フローレンスで育てられたこのルーセンショーだ。もって生れたかほどの好運、よほどの徳行をもって飾りでもしなければ、世の期待にそむくというもの。で、トラニオー、さしあたり学びたいと思うのは、その徳だ。この学問を身につければ、徳によっていかに幸福に達しうるか、それもおのずとわかろう……お前の考えを聞かせてくれ。ピザを去ってパデュアにやって来たのは、浅い水たまりを捨てて深い淵《ふち》に身をひたし、飽くまで咽喉《のど》の渇《かわ》きを癒《いや》そうと思えばこそなのだが。

トラニオー　まっぴらごめんなさいまし、旦那様《だんな》。何事につけ、旦那様のお気持がそのままわたくしの気持、はい、喜んでおります、学問の甘き果実をものにせんとの御決心、どうぞそのままお続けなさるよう。ただし、旦那様、その、やれ、徳とか、やれ、修行とか、それはそれでけっこうと存じますが、お願いでございます、例のストイックとかストックとかにはなりたくないもの。ましてや、お堅いアリストートルさんの叱言《こごと》にばかり気をひかれて、オーヴィッドさんのやさしい調べを打っちゃらかしになさらぬように。仲間どうしに論理学は禁物。ありきたりの世間話では、せいぜい修辞学の実習をお積みになること。眠気ざましには音楽と詩が何より。数学、形而上学《けいじじょうがく》の類《たぐ》いも、ときには結構、お気が向いたら、おやりなさるがいい。悦《よろこ》び伴わざるところに、利得生ぜずとか……手っとり早く申しあげれば、旦那様、何でも、これこそ一番好きというものを御勉強なさるに限ります。

ルーセンショー　好意うれしいぞ、トラニオー。よく言ってくれた。ああ、ビオンデローの奴《やつ》、おまえが着いてさえいれば、すぐにも適当な宿をとり、このパデュアで得られるかぎりの友だちを招いて、大いに歓を尽すことが出来るのだがなあ……いや、待て、あの連中は何だろう?

トラニオー　旦那様御歓迎の行列でございましょう。

戸が開いて、バプティスタが二人の娘、カタリーナとビアンカを連れて出て来る。つづいてグレミオー（おいぼれ道化役《パンタルーン》）、ホーテンショー（ビアンカの求婚者）。ルーセンショーとトラニオーとは木立の間に隠れる。

バプティスタ　お二人とも、後生だから、もう、そうおっしゃらないでください。このとおり腹を決めてしまったのです。つまり、姉娘に婿《むこ》が見つかるまでは、妹はあげられない。もしお二人のうち、どちらでも、カタリーナを是非にとおっしゃるなら、よく存じあげてもおり、前々から好意をお寄せしてもいたお二人のことだ、御遠慮は要《い》りません、どうぞ当人に直談判《じかだんぱん》してくだされればよろしい。

グレミオー 談判よりは裁判したほうがよさそうな。わしには手ごわすぎて……さ、さ、ホーテンショー、若いものは相手えらばずだろうが？

カタリーナ お願いです、お父様、あたしをこんなやくざな人たちの生贄《いけにえ》になさろうというのですか？

ホーテンショー やくざですと！ それは、どういう意味です？ やくざだって歯がたつものですか、もちっと、おとなしく、柔らかい出来でないとね。

カタリーナ 大丈夫、御心配にはおよびません。結婚する気なんか、てんでないのですから。でも、結婚するとなれば、御用心なさい、三脚椅子《いす》を櫛《くし》代りにして、あなたの髪の毛を撫《な》でつけかねないでしょうよ。その顔を塗りたくって、阿呆《あほう》あつかいしてやりたい。

ホーテンショー ああ、神さま、こういう悪魔の手から、どうぞ吾《われ》らをお救いくださいますように！

グレミオー 神よ、おついでに、どうぞこの年寄りも！

トラニオー （小声で）しっ、旦那様！ こりゃ、なかなかおもしろくなってきましたぜ。あのあまっちょ、完全に気が違っているか、さもなければ、手に負えないわがまま娘ですぜ。

ルーセンショー　それにひきかえ、黙っているもう一人の、娘らしくやさしいそぶり、控えめで……おとなしい。

トラニオー　ほんとにお言葉どおり――ま、ま、黙って！　お気のすむまでお眺《なが》めなさいまし。

バプティスタ　さて、お二人、いま申しあげたことに嘘《うそ》はありません。それを明らかにするために、ビアンカ、さ、家へおはいり。と言ったからとて、気を悪くすることはない。お前のことを想《おも》う気持に、何も変りはないのだから。(ビアンカの頭を撫《な》でる)

カタリーナ　かわいい御秘蔵っ子さん！　そのわけがわかったら、お目々に手をあてて泣くでしょうよ。

ビアンカ　お姉様、あたしがどうなろうと、どうぞお気のすむように。お父様、おっしゃるとおりにいたします。本と楽器があたしのお友だち、一人で勉強いたしましょう。

ルーセンショー　(傍白)聴いたか、トラニオー？　それ、女神ミナーヴァが口をきく。

ホーテンショー　バプティスタさん、それはあまりに冷たくはありませんか？　わたしたちにしても心苦しい、好意がかえってビアンカの悲しみの種になるなどとは。

グレミオー バプティスタさん、なぜビアンカを閉じこめてしまおうとなさる、こんな悪魔のために? 姉の毒舌の罰を妹に加えていいのかな?

バプティスタ ま、お静かに。もう腹を決めてしまったのです。さ、おはいり、ビアンカ……(ビアンカ、家に入る)あれの喜びは音楽にある、楽器と詩が何よりの楽しみ。未熟なあの子を教えてくれる家庭教師を頼むことにしましょう。ホーテンショーさんでも、グレミオーさんでも、もし適当な人を御存じでしたら、ぜひ御紹介いただきたい。才気のある方でしたら、つとめてもてなしましょう。子供の躾《しつけ》には、金を惜しまぬつもりです。では、いずれまた……カタリーナ、お前は自由に。わたしはビアンカに話があるから。(退場)

カタリーナ あら、あたしだって、はいってもいいはずよ。いけないわけがないでしょう? そうではなくて? 時間ぎめで動かなければならないことないでしょう? 右左もわからない赤ん坊ではあるまいし? ふん! (さっと踵《くびす》をめぐらす)

グレミオー 悪魔のお袋のところへ行ってしまえ。その優しいお人柄じゃ、だれもとめはしまい……(カタリーナは家に駆けこみ、戸をぴしゃりと閉める)あれだ! ホーテンショー、あのぶんじゃ、親子なかも大してよくはないぞ。ま、お互いに、ここはじっと辛抱が肝腎《かんじん》、飲まず食わずで、ふうふう爪《つめ》でも吹いているうちに、何とかなろう。今のところ、菓子は生焼けというわけだ……じゃ、さようなら。だが、ビアンカのことを想うとかわいそうだ。せめてあの子の憂《う》さがはれるように、誰か適当な家庭教師を見つけて、親父《おやじ》さんに推薦してやりたいものだ。

ホーテンショー　わたしもそうしましょう、グレミオーさん。ただ、ちょっと一言、御相談が……お互いに競争相手、その立場から今日まで妥協せずにきたのですが、こうなってみると、考えなおしたほうがよくはないでしょうか？　というのは、あの美しい人にふたたび近づき、互いにその愛を争う幸福な競争相手になれぬこともないと思うのだが——ま、それには、ひとつ、ちょっとした仕掛けが必要。

グレミオー　それは、一体なんだな？

ホーテンショー　方法は、たったひとつ、姉娘に婿を見つけてやることです。

グレミオー　姉娘に婿を！　悪魔のまちがいだろう。

ホーテンショー　いや、婿だ。

グレミオー　いや、悪魔だ……考えてみるがいい、ホーテンショー、いくら親父さんが金持だからといって、地獄に婿入りする馬鹿《ばか》がいるかね？

ホーテンショー　ちょっ、ちょっ、グレミオー。あのがみがみには、お互い、ついに柳に風と受け流すことはできませんでしたが、しかし、世間にはずいぶんお人よしがいるものだ、そんなのにうまくぶつかりさえすれば、あの娘、たとえどれほど疵《きず》だらけであろうと、持参金もたんまりついていることだし、結構もらい手もありましょうよ。

グレミオー　そううまくゆくかな。しかし、どうせその持参金頂戴《ちょうだい》するとなれば、娘は要《い》らない、そのかわり、衆人環視の市場で鞭《むち》うたれるという条件づきでもらうほうが、まだしもだ。

ホーテンショー　いかにも、おっしゃるとおり、腐った林檎《りんご》がほしいというやつは、めったにいない……しかし、こうしておなじ被告席に立たされてみれば、お互いに味方どうし、ここは当分なかよく手を握りあい、何としてでも姉娘に婿を見つけてやり、妹娘の結婚を自由にしておいて、それから改めて競争ということにしましょう……ああ、かわいいビアンカ！　その男こそしあわせもの！　いちばん脚の早いものが指輪をものにする……え、どうです、グレミオーさん？

グレミオー　よろしい、承知した。もしそいつがあの女を口説きおとし、骨ぬきにし、結婚してお床入りというところまで、事をはこんでくれさえしたら、いや、とにかく、あの女を追いだしてくれさえすれば、わしは喜んでパデュア最上の駿馬《しゅんめ》を呈上する

ぞ！　さ、行こう。（二人いっしょに去る）

トラニオー　旦那様、ほんとですか？　恋ってものは、そんなにいきなりとりつくもんでござんすか？

ルーセンショー　ああ、トラニオー、今の今まで、まさかそんな事とは、夢にも思わなかった。だが、何の想いもなく、ここにぼんやり立って眺めているうち、俺ははじめて知った。この何の想いもない放心というやつ、恋のききめにはもってこいの状態なのだ。こうなったら、すなおに白状しよう――カルタゴの女王ダイドーはアンナに自分の想いを打ちあけたが、俺にはそれにもまして尊い身方、腹心の友、お前のことだ――トラニオー、もしあの淑《しと》やかな妹娘を手に入れられぬとなれば、俺の心臓は焼けただれ、瘦《や》せ衰え、からからに干あがってしまうだろう――頼む、トラニオー、どうしたらいいか教えてくれ。きっといい智慧《ちえ》があるはずだ。手を貸してくれ。なあ、それくらいのことはしてくれるだろう。

トラニオー　旦那様、かくなるうえは、小言など申しあげる段ではございません。恋心というやつ、いくら罵《のの》りわめいたところで、おいそれと胸のとりでを出て行くものでもありますまい。一度、恋にとりつかれたら、もう手はない、それ、ラテン語の文法書にもあるとおり――「身受けは、なるべく廉《やす》い保釈金で」。それにかぎります。

ルーセンショー　ありがたい……さ、その先を。今の言葉は、すなおに聴けた。あとのも、きっと俺の心を慰めてくれるだろう。お前の忠告は、みなもっともなことだからな。

トラニオー　旦那様はあの娘さんばかりうっとり眺めておいでなさったから、おそらく肝腎《かんじん》なことにお気附《きづき》にならなかったでしょうな。

ルーセンショー　そんなことがあるものか。あの顔だちの溶けるような美しさ、アジノーアの娘、ユーローパもかくやと思うばかりだ。ジュピター神は牡牛《おうし》に化け、娘を背にのせてクリート島に辿《たど》りついたとき、膝《ひざ》をかがめて恭《うやうや》しくその手を求めたというが。

トラニオー　それだけしかお目にとまらなかったのですか？　あの姉さんのほうが、わめきたて、どなりちらして、とうてい、われわれ生物の耐え忍ぶべからざる大音響をまきおこしたのをお聴きにならなかったのですか？

ルーセンショー　トラニオー、俺は見たぞ、あの珊瑚《さんご》の脣《くちびる》が動き、その息とともに、かぐわしい匂《にお》いをあたりに撒《ま》きちらすのを。あの娘のうちに見たもの、すべてが聖にして甘美だ。

トラニオー　何を言うやら。こうなったら、まず、酔いをさましてやらねばならぬ……お願いでございます、旦那様、お気を確かに。もしあの娘さんをどうしてもとおっしゃるなら、智慧を働かせて、それを手に入れる工夫をしなければなりません。よろしいか、事態はかくのごとしです。姉娘は意地悪の、ねじけもの。親父さんとしては、そいつを厄介払いしてしまわなければ、ま、それまでは、旦那様、恋するお方も、娘のまま、家に閉じこもって時を待たねばなりますまい。というわけで、親父さん、あの娘を箱入りにしてしまった。うるさくせっつかれるのがたまらぬからでございましょう。

ルーセンショー ああ、トラニオー、なんて因業《いんごう》な親父なのだ！ だが、お前は気が附かなかったか？ あれを教育するために、いい家庭教師がほしいと言っていたろう？

トラニオー はい、確かに、そう申しておりました――ところで、いいことを思いつきました。

ルーセンショー 俺もだ、トラニオー。

トラニオー そりゃ、旦那様、間違いなし、きっと同じことでございましょうよ！

ルーセンショー ま、お前の考えを先に言ってくれ。

トラニオー 旦那様がその家庭教師におなりになる。そしてあの娘さんを教えてさしあげる。そうでござんしょう、お考えというのは？

ルーセンショー　そのとおり。うまくゆくかな？
トラニオー　むずかしゅうござんすな。では、旦那様の役は誰がやります？　パデュアにやって来たヴィンセンショー殿の御子息として、借りた家をとりしきり、本を読み、友人がたをもてなす、さては、お国から出てきた人たちを訪《たず》ねたり、そういう連中と宴会したり、ということになると、いったい誰がそれをやりますかな？
ルーセンショー　大丈夫、心配するな。そこにぬかりはあるものか。二人とも、まだどこへも顔だしはしていない。どっちが召使で、どっちが主人か、だれも知ってはいない。で、こうするのだ。お前が主人になる、トラニオー、俺の代りにな。俺がやるように家を借り、召使を傭《やと》い、せいぜいもったいぶるがいい。俺はどこかほかの人間になる――フロレンス人かネープルス人にな。それとも、ピザはピザでも、賤《いや》しい身分の男ということにでも。どうだ、名案だろう。すぐとりかかろうではないか。さ、トラニオー、早速、着物をぬいだ。この色のついた帽子と外套《がいとう》を着ろ。ビオンデローが着いたら、お前の召使役だ。だが、その前に、奴《やっこ》さんをだまして、口どめしておかなければいかぬ。
トラニオー　ぜひともそうしておかなくては……（二人は着物を着かえはじめる）要するに、旦那《だんな》様、それがお心とあれば、それに服従するのは召使の義務――さよう、旅立ちのさい、お父上様からもお言葉がございました、「倅《せがれ》によくしてくれよ」とな、もっとも、まさかこんなおつもりだったとは思いませんが――はい、喜んでルーセンショー殿になりましょう、どなたより大事なお方のためとあれば。

ルーセンショー　トラニオー、頼むぞ、そのルーセンショーに、どなたより大事なお方が出来てしまったのだからな。あの娘を手に入れるためなら、奴隷《どれい》にだってなる。たった一目で、この目はくらみ、生けどりにされてしまったのだ。

ビオンデローが近づいて来る。

ルーセンショー　あ、奴《やつ》が来る……おい、どこをうろついていたのだ？

ビオンデロー　どこをうろついていた、ですと！　それより、こりゃ、また！　そちらこそ、いったい？　旦那様、トラニオーめがお召物を盗んだのですか？　それとも、旦那様のほうが？　いや、お互いにというわけで？　どうぞ、わけをお教えくださいまし。

ルーセンショー　おい、ま、こっちへ。冗談言っている場合ではない。したがって、その、場合のほうにつきあって、ここはまじめに聴いてくれ。ここにいるお前の兄貴分のトラニオーは、俺の命を救うため、俺の着物を着て、身代りになってくれるのだ。

で、俺のほうは、トラニオーになって逃げるというわけ。というのは、俺は、ここへ着くやいなや喧嘩《けんか》にまきこまれ、人を一人殺してしまって、どうやらそれがばれそうなのだ。頼むから、お前はトラニオーの召使になって、俺が落ちのびるまで、何とかうまくやってくれ。どうだ、わかったか?

ビオンデロー　へ、誰が?　ちっともわからねえ。

ルーセンショー　いいか、口が裂けてもトラニオーなどと言ってはならんぞ。もうルーセンショーになってしまったのだから。

ビオンデロー　羨《うらや》ましいこった。こちらもそうなりたいものです。

トラニオー　そうよ、どうかして旦那様になりおおせたいものだ。あとに大きな願いが控えている、バプティスタの妹娘をものにしようという……いや、なに、おい、俺のためじゃない、旦那様のおためだ、どんな場所でも、ちゃんと、ぼろをださずにな。一人のときは、そりゃ、俺はトラニオーさ。だが、その他の場合は、すべてお前の主人のルーセンショーだ。

ルーセンショー　トラニオー、さ、行こう。うん、もうひとつ、いいか、あの求婚者たちの一人としてふるまうのだぞ。そのわけは、今のところお預けだ。が、安心してくれ、悪いことではない、それには深い理由があるのだ。(一同去る)

序劇の見物人たち、上段にて話しあうのが聞えてくる。

従者の一　殿様、こっくりあそばしておいでですが、芝居がお気に召さぬらしゅうございますな。

スライ　（目をさまして）いや、けっしてそんなこたない、大いに気に入ってる。なかなか結構だ。まだ何かあるのかい？

小姓　殿様、まだはじまったばかりで。

スライ　こりゃ、すばらしい傑作だな、奥の女房。早く終りになればいいに！（一同腰をかけ、つづけて芝居を観《み》る）

2

〔第一幕第二場〕

前場に同じ

ペトルーキオーと召使のグルミオー登場。ホーテンショーの家の戸口に近づく。

ペトルーキオー　ヴェローナよ、しばらくお別れだ。おれはパデュアの友達に会いたくなったのだ。なかでも、いちばん親しい、心の友と頼むホーテンショーに。ところで、確か、これがあの男の家だったな……そうだ、グルミオー、さあ、叩《たた》け。
グルミオー　叩け、ですと！　どいつを？　だれか旦那様に御無礼を働いた奴がおりますので？
ペトルーキオー　土百姓め！　ここを思いきり叩くのだ。
グルミオー　ここを？　旦那様を？　そりゃ、また、この私を、旦那様に手をあげるような男と？
ペトルーキオー　土百姓め！　この戸が見えないのか？　さあ、叩け。俺のために叩くのだ。ぐずぐずしていると、貴様のどたまをぶっ叩くぞ。
グルミオー　なるほど、旦那様は喧嘩がしたくなったらしい。まず、俺が旦那をなぐる。そのあとで、俺がどんな貧乏籤《びんぼうくじ》引くか、わかるって仕掛けか。
ペトルーキオー　どうしてもやらない気だな？　よしきた、貴様がその気なら、俺が鳴らしてみよう！　いいか、「ド・レ」と、それ音をあげろ。（相手の耳を捻《ひね》りあげる）
グルミオー　お助け、助けてくれ！　旦那様が気が違った。
ペトルーキオー　さ、命令どおり、叩け。おい、こら！　土百姓！

ホーテンショーが戸を開けて現われる。

ホーテンショー　どうしたのだ！　一体何が起ったのだ？　何だ、グルミオーじゃないか！　やあ、ペトルーキオー！　どうだい、ヴェローナの景気は？

ペトルーキオー　おお、ホーテンショー殿、留め男になろうというわけか？　「よくぞお目にかかりし」というところだな。

ホーテンショー　「誠心誠意、お迎え申す、ペトルーキオー殿」。さ、グルミオー、立った、立った。この喧嘩、確かに預かった。

グルミオー　いえ、たとえ旦那《だんな》様が、むずかしい言葉を使って、どんなちんぷんかんを並べたてようと、こっちは平気でござんす……これでも、お暇をいただく理由にはならないって言うのですか、ホーテンショーの旦那……思いきり叩けなどと。へえ、召使としてそんなことをしてよいもんでござんしょうか。主人に向ってそんなことが？　やぶれかぶれで札をつもって、点数越せば、お釣りがくること必定、とんでもありませんや。いっそ最初に、思う存分ぶんなぐっておいたら、こんな貧乏籤引かずにすんだろうに。

ペトルーキオー　間抜けの土百姓め！　おい、ホーテンショー、僕はこん畜生に戸を叩けと言ったのだが、それがどうしてもわからないのだ。
グルミオー　戸を叩け！　やれ、やれ！　でも、確かにこうおっしゃったでしょうが、「おい、こら、ここを叩け。ここを叩くんだ。しっかり叩け。思いきってやれ」って？「戸を叩け」なんて、そりゃ、今おっしゃったんでござんしょう？
ペトルーキオー　やい、行ってしまえ。それがいやなら、黙っていろ。
ホーテンショー　ペトルーキオー、そう怒るな。僕がグルミオーの保証人になる。いやはや、とんだ行き違いだったな。人もあろうに、相手は子供のころからの陽気な忠僕、グルミオーではないか……ところで、どういう嬉《うれ》しい風の吹きまわしで、ヴェローナからこのパデュアにやって来たのだ？
ペトルーキオー　せせこましい故郷に飽きた若者をそそのかし、遠い国々に想《おも》いを馳《は》せさせる風に送られて、こうしてここへ。が、じつは、ホーテンショー殿、事の次第はかくのごとしだ——つまり、親父《おやじ》のアントーニオーが死んだので、いちかばちか、自分の運だめし、世間の荒波に身を投じて、あわよくば、いい女房を見つけ、思いきり金儲《かねもう》けをしてみたい。懐《ふとこ》ろに金、故郷には遺産、広い世間が見物したくなって、こうして出てきたわけさ。
ホーテンショー　ペトルーキオー、そう聞けば、早速、話したいことがある。一人、底意地の悪いすべたがいるのだが、どうだ、そいつを女房にする気はないかね？　と言えば、ありがたくない話と思うかもしれないが、これだけは言っておこう、その女は金持だ。しかも大した金持なのだ。とは言うものの、君は大事な友達、そんな女をすすめる気にもなれないのだが。

ペトルーキオー　ホーテンショー、お互いのあいだで、よけいなことは言わなくてもいい。このペトルーキオーの妻として恥ずかしくないだけの財産があると、君が言うなら——何しろ、金って奴《やつ》が、僕の口説き踊りの伴奏だからね——かまうことはない、例のフロレンティウスの恋人みたいなまずいつらであろうと、巫女《みこ》よろしくの皺《しわ》くちゃ婆《ばば》あであろうと、いや、ソクラテスの女房クサンティッペも顔まけの、意地悪の、ねじけものでも、なあに、もっと悪いのだって構うものか。どんなのが来ようと、僕はびくともしない。多情多恨の吾《わ》が輩の出鼻、どうして挫《くじ》けるものか。荒れ狂うアドリア海の怒濤《どとう》よろしく押し寄せて来ようともさ……パデュアで金持の女房を見つけようとしてやってきた吾が輩だ。金さえあれば、万事めでたし、パデュアの都。

グルミオー　ま、ま、このとおり、ホーテンショーの旦那様、いま、旦那様のおっしゃったとおり、あれが御本心でございます。ええ、え、金さえついていれば、相手は操《あやつ》り人形、豆人形、なんでもござれ、たとえ馬五十二頭分の病気を一人で背負いこんだ、歯の一本もないおいぼれ婆あだって、旦那様は喜んで頂戴《ちょうだい》いたしますさあ……ええ、そうですとも、何の文句がございましょう、金蔓《かねづる》さえくっついていりゃあ。

ホーテンショー　ペトルーキオー、話がここまでくれば、その先を言おう、はじめは冗談のつもりだったのだが。じじつ、ペトルーキオー、すすめたい女がいるのだ。金はたんまりある。それに若くて美人だ。どこへ出しても恥ずかしくないだけの教育も受けている。ただ欠点がひとつあるのだ。いや、申し分のない欠点さ、それが。というのは――この女、手に負えない意地悪の、ねじけもの、強情のなんの、てんで度を越しているのだ。僕だったら、どんなに困っていようと、目のまえに金山をさしだされようと、あんな女と結婚する気にはとうていなれないね。

ペトルーキオー　お言葉だが、ホーテンショー、君はまだ黄金の威力を知らないのだ。親父はなんという、その女の？　それだけ聴けばたくさんだ。早速、口説きに出かけよう。その女、秋口の雷のようにがなりたてるだろうが、そんなことは平気だ。

ホーテンショー　父親はバプティスタ・ミノーラ、人好きのする、深切な紳士だ。娘はカタリーナ・ミノーラ、口汚ないのではパデュア中、だれひとり知らぬものはない。

ペトルーキオー　本人は知らないが、父親のほうは知っている。死んだ父もよく知っていた。こうなったら、ホーテンショー、その女にあうまでは寝ないぞ。いささか乱

暴かもしれぬが、すぐ連れて行ってくれればよし、さもなければ、いま会ったばかりだがこれでお別れだ。（退場しかける）

グルミオー　お願いです、主人の気が変りませんうちに、会わせてさしあげてくださいまし……おお、大丈夫ですとも、その娘さん、もし私ほどに主人を知っておいでなら、どんなになりたてたところで、何の効《き》きめもありはしないと、お悟りなさるでござんしょう。悪党の、何のと、最初は、があがあどなって御覧にもなりましょうが、へ、そんなことは、何にもなりはしない。すぐやりかえされてしまいまさあ。主人が一度はじめたら、そのすさまじさ、鞭《むち》どころの騒ぎではない、学があるのです、学が。修辞学でがくがく突きあげるのですからね。ホーテンショーの旦那様、こりゃもう間違いなし、娘さんがちょっとでもさからおうものなら、その顔に言葉のあやをたたきつけ、顔中わやにしてしまいます。なぐられた猫同然、眼玉もとびだしてしまうでしょう……旦那様は主人を御存じないので。

ホーテンショー　待ってくれ、ペトルーキオー、いっしょに行くよ。バプティスタのところには、僕の宝が預けてあるのだ。命よりも大事な宝、すなわち、その妹娘、麗《うるわ》しきビアンカさ。それを父親は僕から遠ざけるのだ。いや、誰彼の別はない、僕の競争相手も、その娘に結婚申込みをした男は、みんな追っぱらわれる。考えあぐねた末だろう。姉のカタリーナは、さっき言ったように、とても貰《もら》い手《て》はあるまいと諦《あきら》めたらしい。そこで、ねじけもののカタリーナがかたづくまでは、だれもビアンカに近づくべからずということになったのだ。
グルミオー　ねじけもののカタリーナ！　娘さんのあだ名で、これほどひどいのはないや。
ホーテンショー（ペトルーキオーを引き離して）ところで、ペトルーキオー、僕に恩を施してくれないか。僕は変装して少々もったいぶった服を着る。そしたら、バプティスタに推薦してもらいたいのだ、音楽に練達している、ビアンカの家庭教師にはもってこいということでね。そうなれば、こっちのもの、おおっぴらにビアンカに近づき、さしむかいで、ゆっくり想いのたけも打明けられるというものだ。
グルミオー　こりゃ悪だくみでもなんでもないや！　まずは御覧のとおり、年寄りの目をくらますため、若い衆が首をあつめて智慧《ちえ》を貸しあうまでのことでさあ！
　　グレミオーが広場にはいって来る。そのあとにルーセンショー、家庭教師に変装、キャンビオーと名のっている。
グルミオー　旦那様、旦那様、御覧なさいまし。あれは誰でござんしょう？　ほう！

ホーテンショー　（小声で）しっ、グルミオー！　あれが僕の恋敵《こいがたき》だ。ペトルーキオー、ちょっと見ていよう。

グルミオー　どうして、しゃんとした若者だ、それになかなか色っぽいや！　（三人片《かた》隅《すみ》に立つ）

グレミオー　結構、結構――目録はひととおり目をとおしました……いいかな、すぐにもきれいに製本させることにしてな――いや、その恋愛の本をだ、よく気をつけてくださいよ――そこでだ、よろしいか、ほかのことは講義する必要いっさい無し。わかったでしょうな……バプティスタ殿から貰《もら》う謝礼以上に、そのほかに、わたしからも、しこたまさしあげる……（目録を返して）さ、この書類はしまっておいて。それからと、例の本には香水をたっぷりつけておくこと。なにしろ、それを受けとる御本人が香水もかなわぬよい匂《にお》いをしておいでだからな……ところで、何を読むことになっていますな？

ルーセンショー　何を読もうと、かならずあなたのために弁じましょう、私のパトロンとして。どうぞ御安心くださいまし。御自身その場に居あわせて、御自分の口からおっしゃるように、いえ、おそらくもっと巧みにお伝えします……あなたが学者ででもない以上。

グレミオー　ああ、その学問というやつ、なんておかしなものだろう！
グルミオー　(傍白)ああ、その椋鳥《むくどり》というやつ、なんて間抜けなものだろう！
ペトルーキオー　こら、黙れ！
ホーテンショー　グルミオー、静かに！(前に進み出て)御機嫌よう、グレミオーさん！
グレミオー　こりゃ、いいところで、ホーテンショーさん。どこへ行くところかお祭しかな？　もちろん、バプティスタ・ミノーラのところさ。美しいビアンカのために家庭教師を見つけてさしあげる約束をしたのだが、それが運よく、偶然、この青年にぶつかってな。学問といい、行儀といい、あの娘には打ってつけ。詩はもちろん、ほかの本もよく読んでいる——それもみんないい本ばかりだ。
ホーテンショー　それは、何よりでした。ところで、わたしのほうも、ある紳士に出あいましてね。われわれの恋人に音楽を教える立派な家庭教師を世話してやろうというのです。というわけで、あの美しい、愛するビアンカのために一所懸命つくしている点では、こちらもひけはとらぬつもりです。
グレミオー　「愛するビアンカ」か、その点は任せてもらおう、いずれ行為で証明する。

グルミオー　（傍白）任せてもらおう、財布で証明する。

ホーテンショー　グレミオー、今は、お互い愛情の脊《せい》くらべをしているときではありますまい。まあ、お聴きください。そちらに、何でも率直に話してくださるお気があるなら、こちらにも、ちょっとお耳に入れておきたいことがある。それも、お互い、いささか嬉しい話。これ、ここにおられる方は、じつは偶然お目にかかったのですが、もし、吾々《われわれ》がこのかたの要求に随《したが》いさえすれば、早速ねじけもののカタリーナを口説いてくださるというのです。のみならず、持参金の高しだいでは、みごと結婚もしてくださろうとおっしゃる。

グレミオー　そうおっしゃる、して、そうなさる、いや、結構……ホーテンショー、あの娘の欠点、お話してあるのかな？

ペトルーキオー　知っていますよ、うんざりするような、がなりやの、どなりや。それだけなら、みなさん、吾が輩いっこう意に介しません。

グレミオー　意に介しない、確か、そうおっしゃった？　どこの方ですな？

ペトルーキオー　生れはヴェローナ、アントーニオーの伜《せがれ》です。父が死んで、遺産が生き残って、このうえは一生楽しく、せいぜい長生きしたいものです。

グレミオー　そういう御身分で、ああいう奥方、いや、奇妙なとりあわせですな？

しかし、お好みとあれば、文句を言う筋あいのものじゃない――できるだけお力になりましょう……が、ほんとに口説いてくださるのかいな、くだんの山猫を？

ペトルーキオー　くどいですぞ。

グルミオー　口説いてくださるのかいな？　くださるともさ。くださらなきゃ、その山猫、きっとわたしが絞めちまいます。

ペトルーキオー　そんな事でもなければ、何でここまでやって来るものですか。すこしくらい大きな音をたてられたからといって、すぐひびの入る耳ではありませんぞ。ライオンの吠《ほ》えるのを聞いた耳だ。汗にまみれた手負いの猪《いのしし》のように荒れ狂う大海の怒濤《どとう》を聞いた耳だ。大地をゆるがす大砲の響き、天空に轟《とどろ》く雷《いかずち》の音、何でもかんでも聞いている。敵身方と入り乱れる戦場で、兵士たちの叫び声、軍馬のいななき、ラッパの音のけたたましさ、それも聞いている。そういう耳が、女の舌のそよぎに、びくとでもすると思うのですか？　そんなものは百姓の囲炉裏で栗《くり》のはぜる音の半分もしませんや。ちぇっ！　ちぇっ！　子供はお化けでおどすがいい。

グルミオー　が、旦那をおどす手はありっこなし。

グレミオー　ホーテンショー、どうだ、こりゃ。このお方は、全くいいところへおいでなすったもの、ま、そう思うがな、このお方のためにも、吾々のためにもだ。

ホーテンショー　で、こうお約束をしたのですが、つまり、この方が求婚に要する費用いっさい、それがいくらかかろうと、全部、吾々の負担とすると。

グレミオー　そう、それでよろしい、あの娘をものにしてくれさえしたら。

グルミオー　大丈夫、ついでに御馳走《ごちそう》のほうも、御同様大丈夫といきたいもんだ。

トラニオーが出て来る。ルーセンショーに変装して、美々しく飾りたてている。ビオンデローを連れて、ふんぞりかえって歩いて来る。

トラニオー　みなさん、御機嫌よろしゅう！　恐縮ですが、ちとお尋ねしたいことが。バプティスタ・ミノーラさんのところへまいりたいのですが、近道をお教えくださいませんでしょうか。

ビオンデロー　美しい娘さんが二人おありになるとか。さようでございましょう？

トラニオー　まさにそのとおりだ、ビオンデロー。

グレミオー　これは、また！　やはり、その娘さんが目的では？

トラニオー　ま、その両方にというところでしょうな。しかし、何か御関係がおありで？

ペトルーキオー　願わくは、がなり屋のほうではなくありたいものですな、いずれにしろ。
トラニオー　いや、わたくし、元来、がなりやは、好みません。ビオンデロー、さ、行こう。
ルーセンショー　(傍白)なかなかうまいぞ、トラニオー。
ホーテンショー　ちょっと、ひとこと。今お話しの娘さんですが、求婚なさるおつもりで？　イエスかノーか、すぐ御返事を。
トラニオー　そうだとすれば、何か御異存でも？
グレミオー　いや、ない、これ以上何も言わずに、すぐ立ちのいてくれさえすればな。
トラニオー　何とおっしゃる、ここは天下の公道、お互い、往き来《ゆき》は勝手ではございませんか？
グレミオー　いや、あの娘に関するかぎり、そうはいかぬ。
トラニオー　どういうわけで？　ぜひ理由を承りたい。
グレミオー　理由は至極簡単、お望みなら申しあげよう、あの娘はグレミオー殿の心妻。
ホーテンショー　さよう、ホーテンショー殿の想い人。
トラニオー　ま、御両人、お静かに！　お二人とも紳士でいらっしゃるなら、私の申しあげることも、いちおう聴くだけ聴いていただきたいもの。バプティスタは立派な紳士、私の父ともまんざら知らぬ仲でもありませんし、その娘さんも、それほどきれいならば、求婚者はいくらあってもよいわけ、私もその一人になってもさしつかえありますまい。レダの娘のヘレンには千人の求愛者がいたという。それなら美しいビアンカにもう一人くらいふえても当然。じじつ、そうなりましょう。このルーセンショーがその役おつとめいたします、たとえパリスが一人占めにする気で、この場に現われようとも。

グレミオー　なんてこった、よくまあ、べらべらと、みんな顔負けじゃないか！

ルーセンショー　いや、やらしておおきなさい。すぐへこたれて、馬脚をあらわしますよ。

ペトルーキオー　ホーテンショー、これは一体どういうことなのだ？

ホーテンショー　ところで、単刀直入にお尋ねいたしますが、バプティスタの娘さんというのに、お会いになったことがおありで？

トラニオー　いえ、まだですが、お二人あるとか。一人はがみがみやで有名、一人は美しくて淑《しと》やかだという評判。

ペトルーキオー　それ、それ、そのはじめが吾が輩用、手を出してはいけませんぞ。

グレミオー　さよう、その大事業は偉大なるハーキュリーズ君にお任せすること。願わくは例の十二の難業以上の手ごたえがあるように。
ペトルーキオー　しかし、これだけは御諒承《ごりょうしょう》ねがっておこう。その、君がねらっている妹娘のほうだが、親父《おやじ》さんは求婚者たちをぜんぜん近づけないのだ。姉が結婚するまでは、誰にもやらないと言っている。それからなら自由だが、今のところどうにもならないのさ。
トラニオー　となれば、あなたこそは吾々一同の、いえ、わけても私の身代り。まず氷を割って、見事お手柄をお立てになり、姉娘をものにされ、妹さんのほうを、吾々の手の届くところにおいてくだされば、最後の宝がだれの手に帰しましょうとも、そのお骨折りにたいして、お礼申しあげぬような義理知らずは、よもや吾々のうちにはおりますまい。
ホーテンショー　よくぞ言われた。また、よくぞお気がつかれた。で、あなたも求婚者たる意志表示をされた以上、吾々同様、いずれこのお方にお報いせねばなりませんぞ。一同、ひとしくそのおかげを蒙《こうむ》るわけですからな。
トラニオー　おっしゃるまでもございません。その証拠に、こういたしましょう、早速きょうの午後、吾らが恋人の健康を祝する宴を開き、乾杯をあげましょう。出るところへ出たら、原告被告よろしく大いにやりあうとして、まずは友として飲み、かつ食おうではありませんか。

グルミオー
ビオンデロー } わあ、こりゃ、すばらしい提案でござんすな！　おい、兄弟、行こうぜ。

ホーテンショー　たしかに時宜にかなった提案、そうしましょう。ペトルーキオー、万事、ぼくに任せてくれ。（一同退場）

3

〔第二幕第一場〕

バプティスタ邸の一室

鞭《むち》をもったカタリーナがビアンカに迫る。ビアンカは後ろ手に縛られたまま壁ぎわにうずくまっている。

ビアンカ　お姉様、あたしを侮辱なさるおつもり？　いいえ、御自分を侮辱なさることよ、こんな、まるで女奴隷《どれい》みたいにして。何ということをなさるのでしょう。こんな廉《やす》ぴかものなんか欲しくありません、手さえほどいてくだされば、自分で剝《は》ぎとりますす。ええ、着物だって、下着だって、何にも要《い》りません。そのほか、しろとおっしゃれば、どんなことだって喜んでします。目上の人にたいするお務めくらい、あたしだって、十分心得ているつもりよ。
カタリーナ　じゃ、お言い、お前さんに結婚を申しこんでいる連中のうちで、だれがいちばん好きか。いいかげんなこと言おうものなら、承知しないよ。
ビアンカ　お姉様、嘘《うそ》なんか言いません、あたし、知っているかぎりの男の人のうちで、今まで、とくに好きになれるような方に出あったことないのです。
カタリーナ　甘ったれ、嘘つけ。ホーテンショーが好きなのだろう?
ビアンカ　お姉様、もしあの方がお好きなら、あたし、誓います、お姉様のために口をきいてさしあげてよ。どうぞ、あの方をお婿《むこ》さんになさって。
カタリーナ　ふうん、とすると、お前さんは、どうやらお金のほうが恋しいっていうたちだな——グレミオーのところへ行って、豪勢に暮そうっていう気か。
ビアンカ　あの方のためなの、あたしに辛《つら》くお当りになるのは?　そんなはずないわ。なあんだ、冗談だったのね。ああ、やっとわかった、お姉様は、さっきからあたしをからかっていらしたのね。お願い、ケイト姉様、さ、ほどいて。

カタリーナ　（ビアンカをたたいて）この手が冗談なら、今までのもみんな冗談だろうよ。

バプティスタがはいって来る。

バプティスタ　これ、どうしたというのだ！　何だって、そんな乱暴なことを？　ビアンカ、さ、こっちへ。かわいそうに、泣いている……（縛《いまし》めをほどいてやる）奥へ行って、縫物でもしていなさい。姉さんの相手になるのではない。恥ずかしくないか、この鬼婆《おにばば》め。何もしない者を、何だって、あんなひどいめにあわせるのだ？　あれが、お前の気にさわるようなことを言ったとでもいうのか？

カタリーナ　何にも言わないから、腹が立つのです。さ、唯《ただ》ではおかないよ。（ビアンカにとびかかる）

バプティスタ　（それをおさえて）や、わしの目の前でもやるのか？　ビアンカ、さ、奥へおはいり。（ビアンカ、去る）

カタリーナ　あら、お父様はあたしの邪魔をなさるのですか？　そうなのね、ええ、わかりました、あの子はお父様の御秘蔵っ子。いずれ、いいお婿さんをあてがってやらなければなりませんね。その結婚式の日には、あたしは裸足《はだし》で踊らなくてはならないの。そして地獄へ猿をひいて行かなくてはならないのだ、あの子ばかりおかわいがりになるから……もう何にも言わないで。ひとり小さくなって泣いているからいいの、いつかこのお返しができるまで。（部屋をとびだして行く）

バプティスタ 俺の身分で、こんな辛い想《おも》いをしている男が、またとあろうか？ おやだれだろう？

グレミオー登場、つづいて、教師キャンビオーに化けたルーセンショー、ペトルーキオー、音楽家リチオーに扮《ふん》したホーテンショー、ルーセンショーの身代りトラニオー、最後にリュートと本とをもったビオンデローが出て来る。

グレミオー 今日は、バプティスタさん。

バプティスタ やあ、今日は、グレミオーさん……（お辞儀をして）みなさん、御機嫌よう！

ペトルーキオー あなたも、御同様に。早速ですが、カタリーナさんというお嬢さんをおもちですか、美人でお人柄だという評判の。

バプティスタ はい、確かに、カタリーナと呼んでおります。

グレミオー あまりぶしつけにすぎますな。ちと礼儀正しくしたら。

ペトルーキオー さしでがましいですぞ、グレミオーさん、放っておいてもらいましよう……私はヴェローナからまいったものですが、噂《うわさ》によると、そのお嬢さん、とても美人で、才気煥発《かんぱつ》、やさしくて、恥ずかしがりやだとか……（バプティスタ困惑の態《てい》で、両手をひろげる）その讃歎《さんたん》すべきもろもろの気質、いかにも穏やかなものごし、そうかがっては矢も楯《たて》もたまらず、真偽のほどをこの目でしかと確かめたく、大胆にも、だしぬけに、あえてお邸《やしき》にまかりいでたるしだい。で、初対面の御挨拶《ごあいさつ》がわりに、この男を進呈することにいたします。（ホーテンショーをさしだす）音楽、および数学に堪能《たんのう》でありまして、確かお嬢さんもその嗜《たしな》みがおありとか、その点、十分御勉強のお相手が出来るかとぞんじます。遠慮なくお納めいただきたい、私の顔をつぶすおつもりでなければ。名まえはリチオー、生れはマンテュアです。

バプティスタ　よくおいでくださった、このかたも、あなたの御好意とあれば。しかし、娘のカタリーナのことは、正直の話、あれはとてもあなたのお歯にはあいますまい。まったく、情けなくなります。

ペトルーキオー　では、お嬢さんを手離したくないとおっしゃる。それとも、私では気にくわぬ。

バプティスタ　誤解なさっては困ります。ありのままを申しあげているのです。どちらからおいでに？　お名前は？

ペトルーキオー　ペトルーキオー、父はアントーニオーといいます。イタリー中、父の名を知らぬものはおりますまい。
バプティスタ　よく存じております。改めて、よくおいでくださった。
グレミオー　あなたばかり喋《しゃべ》っていないで、な、お願いだ、吾々《われわれ》、あわれな請願者にも、ちと喋らせてくれんか！　交替！　おっそろしくせっかちな人だな、あなたは。
ペトルーキオー　やあ、これは失礼、グレミオーさん。じつは、すぐにも事を運んでしまいたかったので。
グレミオー　そりゃ、そうだろう。が、今の話だけでも、あとで臍《ほぞ》を噛《か》む。（バプティスタに）さて、バプティスタさん、その進物、確かに貴重なものと信じて疑わぬが。このわしとて、同様、微意を表したい。日頃だれよりもお世話になっていますからな。ここに、衷心よりの贈り物、ぜひお納め願いましょう。（ルーセンショーをさしだし）この若い先生はな、フランスで長いこと学問して来た方で。そちらは音楽、数学に堪能だそうだが、同様、こちらはギリシア語、ラテン語、その他どこの言葉にも精通しておいでですぞ。名はキャンビオーといわれる。さ、どうぞお役にたてていただきたい。
バプティスタ　何ともお礼の申しあげようがありませんな、グレミオーさん。ようこそ、キャンビオーさん……。（トラニオーのほうに向いて）ところで、あなたも、お初にお目にかかるような気がしますが、よろしかったら、御用件をおっしゃっていただけませんか？

トラニオー　失礼しました。私こそ申し遅れまして。この町は始めてですが、お嬢さんを、あの美しくて淑《しと》やかなビアンカさんを頂戴《ちょうだい》いたしたく、求婚者の一人にお加えくだされればとぞんじまして。いえ、まずお姉様をという固いお心づもりは、すでに承ってはおります。で、お願いと申しますのは、まず自分の素姓をおつたえして、他の求婚者と同列に扱っていただくこと、その自由と特権と恩恵と、それだけがほしいのでございます。さしあたって、お嬢様がたの御教育のため、ここに粗末な楽器を持参いたしました。それに、ギリシア語、ラテン語の書物がひとそろい、お受けとりくだされば何より……（ビオンデローが進み出て、リュートと書物とをさしだす）その品物にも値打ちが出ると申すもの。

バプティスタ　ルーセンショーさんとおっしゃいましたな――お国は、どちらから？

トラニオー　ピザでございます。父はヴィンセンショーと申します。

バプティスタ　ピザでは隠れもなきお名前だ――かねがね、お噂《うわさ》は承っております。ほんとによくいらしてくださった……そのリュートを、君は本を。（ホーテンショーとルーセンショーに）すぐ娘たちのところへ……おおい、だれか！

召使登場。

バプティスタ　このお二人を娘たちのところへ御案内するように。これから先生になられる方、御無礼のないようにとな。(ホーテンショーとルーセンショー、召使について入る）すこし庭を散歩してから食事ということにいたしましょう……ほんとによくおいでくださいましたな。このうえは、十分おくつろぎくださるよう。

ペトルーキオー　バプティスタさん、わたしは、なにぶん忙しい体なので、縁談のため、日参するというわけにはゆかぬ。父を御存じだとおっしゃったが、それなら、わたしがどんな男かも、察しがおつきのはずだ。土地も財産も一切合財《いっさいがっさい》、相続しましたが、わたしの代になってから、かえってよくなっています。以上。今度はそちらのお話をうかがいたい——もしお嬢さんにうんと言わせたら、持参金はいくらおつけになるおつもりですか。

バプティスタ　わたしの死後、土地を半分、財産は二万クラウン、さしあげるつもりですが。

ペトルーキオー　そうしていただければ、やもめになったお嬢さんに、これだけの保証をいたしましょう——万一、わたしがさきに死んだ場合ですぞ——わたしの土地はもとより、地上権からなにから、そっくりゆずり残す。さて、そうと決ったら、早速細目をとりきめ、お互い契約を履行できるようにしようではありませんか。

バプティスタ　もちろん。ただし、その細目の第一条、というのは、つまり、あれの承諾さえおとりになったらということに。問題はそれにはじまり、それに尽きるのですからな。

ペトルーキオー　なあに、そんなことは何でもない。というのは、お父さん、あれがいくら鼻柱が強いからといって、わたしの強引さときたら、どうして歯がたつものですか。燃えあがる焔《ほのお》が二つ、両方からぶつかりあえば、見る見るうちにお互いの燃料を灰にしてしまう。弱い焔は、ちょっとした風に煽《あお》られて、かえって大きくゆらめきもしましょうが、すさまじい大風がどっとくれば、たちまち吹きとんでしまいまさあ。わたしがその大風で、あれは焔、すぐにへなへなになってしまう、火を見るより明らかです。手ごわいですぞ、赤ん坊のような口説きかたはしませんからな。

バプティスタ　うまく口説いてくだされいいが！　幸運を祈りますよ！　しかし、覚悟だけはしておいてください、どんなひどいことを言われるかもしれませんから。

ペトルーキオー　もちろん、用意万端ととのっております――風を待つや山のごとし、びくともすることじゃない、未来永劫《えいごう》に吹きつのろうとも。

そこへ、ホーテンショーがもどって来る。頭に疵《きず》を負っている。

バプティスタ おや、どうなさった！ まっさおな顔をしておいでだが？

ホーテンショー 青くみえるとすれば、そりゃ、確かに恐怖のためです。

バプティスタ それより、娘はどうでしょう、音楽の才能はありましょうか？

ホーテンショー むしろ軍人に向いておいでです——鉄なら、あの人の手に握られても大丈夫でしょうが、やわなリュートじゃ、とてももちません。

バプティスタ では、あれの気持をリュートに打ちこませることは出来ぬとおっしゃる？

ホーテンショー とんでもない、あの人はわたしの頭にリュートを打ちこんだくらいです……おさえどころがちがっていたので、手を取って指の使いかたをお教えしようとしただけなのですが、すると、とたんに悪鬼羅刹《らせつ》のごとく、かっと逆上されて、「おさえどころですって？ そんなことは、こっちで教えてあげる」とばかり、いきなり、脳天をがあんと。頭がリュートを突き抜けてしまい、こっちはどぎもを抜かれてぼんやり立っていましたが、リュートから首をだしたそのさまは、首枷《くびかせ》はめられた罪人よろしく。そのあいだ、お嬢さんは、やくざ芸人だの、鼻唄《はなうた》小僧だの、まるでわたしをやっつけるために、前々から研究していらしたみたいに、いろんな悪口雑言をつぎからつぎへと、べらべら並べたてるのです。

ペトルーキオー　ほう、なんて気っぷのいい娘っ子だ。ますます好きになったぞ。ああ、何としてでもお顔が拝みたい！

バプティスタ　まあま、御一緒にまいりましょう。そう悲観なさったものでもありますまい。妹のほうを見ていただきましょう。あれは勉強する気もあるし、お骨折りは胆《きも》に銘じてお報いすることでしょう……ペトルーキオーさん、あなたもおいでになりますか？　それとも、ケイトをこちらへ寄こしましょうか？

ペトルーキオー　そうお願いしましょう。ここで待つことにして、(ひとり残って)やって来たら、がむしゃらに口説いてやろう。相手ががなりたてる。よろしい、そうしたら、こっちはどこ吹く風と落ちつきはらい、ナイチンゲイルのような妙《たえ》なる声だと言ってやる。すさまじい形相、けっこう、朝露に濡《ぬ》れた薔薇《ばら》の花にもたとうべきすがしさよ、そう言ってやろう。もし黙りこくって、一言も口をきこうとしないようなら、そう出れば、こっちは、何となめらかな弁舌よと讃《ほ》めたたえてやる。その雄弁、まさに肺腑《はいふ》をえぐる趣ありとな。さっさと出て行けと言ったら、まず礼を言う。御好意はうれしいが、お言葉のまま、いい気になって長居をするわけにもいかないと答える。結婚なんかするものかときたら、教会への予告はいつにする、式の日取りはときいてやろう。待て、いよいよ御入来だぞ。さあ、ペトルーキオー、喋れ。

カタリーナがはいって来る。

ペトルーキオー　やあ、ケイト――っていうのですってね、いま聞いたけれど。
カタリーナ　お聞きのとおり。でも、聞きそこない。つんぼらしいわね。ちゃんとした人なら、カタリーナって呼んでいるわ。
ペトルーキオー　というのは、真赤《まつか》なうそ。みんな、ただケイトって呼んでいる。ときには大女のケイト、いじわるケイトなどとね。ところが、大違い、ケイトはケイトでも、クリスト教国第一級の美人ケイトちゃん、エリザベス女王がお成りになったケイト・ホールのケイトちゃん、わが珍味佳肴《かこう》のケイトちゃん、食べたいけれどのケイトちゃん、したがって、ケイトちゃん、ぜひ聴いていただきたい、わが心の慰めともいうべきケイトちゃん――そのやさしい心ばえ讃《ほ》めたたえる声は町々に満ち溢《あふ》れ、その淑徳と美貌《びぼう》は世人の語り草となっている。しかも、その噂も実物にくらべたら問題にならぬという話だ。そう聞いては、吾《わ》が輩どうにもがまんがならず、ここは是が非でも女房になってもらいたいものと、こうして足を運んで来たわけですよ。

カタリーナ　運んで来たですって！　結構ですこと！　ついでに、その足を運んで来た人に、すぐ持ち帰ってもらいましょう。一目見て、あたしにはわかった、あなたが運びやすい家具みたいなものだということが。
ペトルーキオー　で、さしあたり、なんになりますな、家具ということになると？
カタリーナ　折りたたみ式の椅子《いす》。
ペトルーキオー　まさに適言。さ、吾が輩のうえに乗っかったり。
カタリーナ　乗っかるものは驢馬《ろば》。あなたがそれ。
ペトルーキオー　乗っかるものは女。君がそれさ。
カタリーナ　だとしても、あなたのようにすぐへばらない。
ペトルーキオー　とんでもない、ケイトちゃん！　そんな無理をさせるものか。無邪気で、たよりないお嬢さんだもの——
カタリーナ　たよりなすぎて、あなたみたいな田舎者にはつかまりません。でも、ものにすれば、重みはあってよ、御身分柄。
ペトルーキオー　さよう、御身分柄！　道理で——ぷんぷん、がらがらしている！
カタリーナ　そら、つかまえた、かなぶんぶん。
ペトルーキオー　こっちはぶんぶん吹っとぶ流《なが》れ弾《だま》、当らぬように御用心、よたよた、のろまの山鳩《やまばと》君！

カタリーナ　山鳩けっこう、かなぶんぶんなんか、ぐいと一飲み、お家の芸。

ペトルーキオー　やれやれ、聴きしにまさる熊蜂《くまんばち》、怒りっぽいのには恐れいった。

カタリーナ　熊蜂には針がある。

ペトルーキオー　こっちには、それを抜きとる手があるさ。

カタリーナ　ふん、針がどこにあるかもお知りでないくせに。

ペトルーキオー　知らなくって。お尻《しり》でさあ。

カタリーナ　おあいにくさま、舌ですよ。

ペトルーキオー　だれの舌だ？

カタリーナ　あなたのにきまっている、さっきから、ひとのことば尻ばかりとっているもの。これでおしまい、さようなら。（行きかける）

ペトルーキオー　へえ、ぼくの舌を、きみの尻に？　いや、待ちたまえ。（女を腕に抱きかかえて）大丈夫だよ、ケイト、ぼくは紳士だ——

カタリーナ　か、どうか、ためしにひとつ。（相手の顔をぴしゃりと打つ）

ペトルーキオー　もう一度やってみろ、やれるものなら。今度はこっちの番だ。

カタリーナ　そうしてあたしを逃がしてくれようっていうの、紳士の面目《めんぼく》といっしょに！　女に手をあげるような男は紳士じゃない。紳士でなければ名誉もへったくれもない。
ペトルーキオー　紋章のことを言っているのだね、ケイト？　ああ、君の紋帳に僕のも、ぜひ書き入れておいてくれ！
カタリーナ　どんな形？　阿呆《あほう》のかぶる帽子じゃない？
ペトルーキオー　帽子のないほうの鶏だ。つまりケイトがぼくの牝鶏《めんどり》になるという仕掛けさ。
カタリーナ　あたしは仕掛けも妾《めかけ》も大きらい。あなたは、さっきから掛け声ばっかり、蹴合《けあ》いに負けた鶏よろしく、きいきい音ばかりあげている。
ペトルーキオー　まあ、待ってくれ、ケイト。そんなしかめ面《つら》するものじゃない。
カタリーナ　これがあたしの癖なの、蟹《かに》を見るとね。
ペトルーキオー　何を言う、蟹なんかどこにもいない。さ、だから、そんな渋い面はかたづけて。
カタリーナ　それがいるのだもの。
ペトルーキオー　じゃ、見せてくれ。
カタリーナ　鏡さえあればね。

ペトルーキオー　じゃ、僕の顔がそうだと言いたいのだね？
カタリーナ　よくわかったわね、若いのに感心。（逃げようとして、あがく）
ペトルーキオー　そうれ、おっしゃるとおり、この腕っぷしが若さの賜物《たまもの》。
カタリーナ　いずれ、くたびれるでしょうよ。（手で相手の額を押す）
ペトルーキオー　（その手に接吻《せっぷん》し）天の恵み。
カタリーナ　（やっと逃げだし）天の助け！
ペトルーキオー　ちょっと、待った、ケイト……何も逃げなくてもいい。（ふたたびつかまえる）
カタリーナ　このままだと、けがをしてよ……放してってば！（相手の腕のなかでもがきながら、嚙《か》みついたり、引っかいたりする）
ペトルーキオー　（そのあいだ中、喋《しゃべ》りまくる）いや、放すものか、ちょっとでも——聞くと見るとは大違い、とても気立てのやさしい女だ。噂《うわさ》では、荒っぽくて、つんとしていて、無愛想《ぶあいそ》だということだったが、いま、こうして見ると、それは真赤な偽り、陽気で、明るくて、とても礼儀正しく、それに、言葉遣《ことばづか》いは丁寧……しかも、春の花のようにあでやかときている。その顔では、しかめ面など、しようたって出来はしない。人を蔑《さげす》むように横眼に睨《にら》もうたって、どだい無理だ。そんじょそこらのあまっちょが、むくれたときによくやるように、唇を嚙《か》んで見せようたって、出来っこない。人の揚げ足とったり、さかねじ食わせたり、そんなことをおもしろがるたちではないのだ。それどころか、持前の優しさで、求婚者たちを快くもてなす。その会話からにじみ出る、なごやかで、しめやかなお色気が、聴き手をうっとりさせてしまう……(女を放してやる) ケイトはびっこだなんて、一体どういうわけで？　ああ、世間の蔭《かげ》口《ぐち》という奴《やつ》は！　ケイトは榛《はしばみ》の枝のように、まっすぐで、すらりとしているじゃないか。その肌の色も榛の実のように生き生きしている。味だって、それよりずっとうまい……ちょっと歩いて見せてくれ。びっこなんか引くものか。

カタリーナ　馬鹿《ばか》野郎、命令がしたけりゃ、勝手にするがいい、自分の家のものに。

ペトルーキオー　そのおみ足を運ばせられる楚々《そそ》たるお姿、ためにこの部屋も輝くばかり、処女神ダイアナとても、その森を、よもや、かほどの美しさに照り映《は》えさせはしまい。おお、おまえこそダイアナ、かのダイアナはケイトになれ。そしてこのケイトに貞潔の美を、ダイアナには浮気を！

カタリーナ　どこで習ってきたの、そんな気のきいたせりふ？

ペトルーキオー　ほんの即興、親ゆずりの頓智《とんち》頓才。

カタリーナ　親ゆずりなの！　それにしては、智慧《ちえ》が足りないわね。

ペトルーキオー　本人のものじゃないって言うのですか？

カタリーナ　いいえ、そうよ。だから、腹巻に入れて大事に温めておきなさい。

ペトルーキオー　よしきた、その「温める」さ、それが言いたかったのだ、君のベッドでね。話がここまで進んだら、よけいなお喋りはやめにして、率直に言おう。君を僕の妻に迎えることは、お父さんも同意しておられる。持参金の相談もすんだ。好むと好まざるとにかかわらず、僕は君と結婚する……さあ、ケイト、僕は君の夫だ。つまり、白日のもと、隠れもなき汝《なんじ》の美貌、それあるがゆえに、いやましに募る吾が恋心、ということになれば、そのもととなる白日にかけて、汝は我が輩以外のいかなる男とも結婚してはならぬからだ。さらに言えば、僕は、君を馴《な》らすべく生れついた男なのさ。山猫ケイトを、飼猫同様、おとなしいケイトに変えるのが、僕の役目だ……

バプティスタ、グレミオー、トラニオーの三人が部屋にはいって来る。

ペトルーキオー　そら、お父さんがおいでになった――いやと言ってはいけない――カタリーナは、どうあってもいただかねばなりません。かならず、おひきうけいたします。

バプティスタ　おお、ペトルーキオーさん、縁談はどう進捗《しんちょく》しましたかな？

ペトルーキオー　どうもこうもありますまい？　きまっておりましょうが？　わたしにやりそこないなんて、ありうべからざることだ。

バプティスタ　おや、どうしたな、カタリーナ？　これが吾が子か。ばかにしょんぼりしているではないか？

カタリーナ　それでも吾が子とお思いなの？　それなら、言っておきますが、よくぞ父親らしい思《おも》い遣《や》りをお示しくださいましたこと。半気違いのところへ嫁入りさせようなんて。向う見ずの乱暴者、喧嘩《けんか》早い車引きのところへ。なんでもかんでも口ぎたなく罵《ののし》っていさえいれば、それで勝ちだと思っている。

ペトルーキオー　お父さん、こういうわけです――あなたにしても、世間にしても、カタリーナについて、ぜんぜん見当ちがいの噂をまきちらしている。よし、片意地だとしても、それは、この人にとって一種の政策みたいなものだ。強情どころか、鳩《はと》のようにおとなしい。かっとなんかなりはしない、明方のごとき爽《さわ》やかさだ。忍耐づよいことにかけては、デカメロンに出てくるグリセルダのあとをも継ごう。貞操なら、ローマのルクレチアも顔まけだ。で、要するにです、両人相談のうえ、式は日曜がいいということにきまりました。

カタリーナ　その日曜には、まず絞首台のあなたに御《ご》挨拶《あいさつ》申しあげましょうよ。

グレミオー　これ、ペトルーキオー、絞首台のあなたにお目にかかりたいと言っておる。

トラニオー　これが、あなたの成功ですか？　とんでもない。このぶんでは、吾々《われわれ》の分前は当分お預けだ！

ペトルーキオー　諸君、慌《あわ》ててはいかぬ。吾が輩がこの女性を引きとるのだ——両人、ともに満足しているなら、諸君に文句はあるまい？　いま二人きりのとき、相互間にこういう取極めを交《かわ》したのだ。つまり、人前では、依然として、意地悪娘の役を演じること。はばかりながら、この人の僕にたいする想《おも》いの深さ、ちょっと信じてもらえないくらいだ。おお、世にも優しきケイトよ！　僕の首にからみついて、接吻につぐ接吻をもってし、まるで競売よろしく、つぎからつぎへと誓いの連発、これにはさすがの僕も情にほだされ、たちまちにして城下の盟《ちか》い。ああ、諸君は青いぞ！　世間知らずというやつさ。いいかね、男と女というものは、さしむかいになるというと、とんだ意地悪女のじゃじゃ馬が、気弱な甲斐性《かいしょう》なしの亭主に、あっさり乗りこなされてしまうものなのさ。（いきなり女の手を引ったくり）ケイト、さ、手を。これからヴェニスへ行ってくる、結婚式の衣裳《いしょう》を買って来なくては……お父さん、披露《ひろう》の宴会の用意をしておいてください。客も呼んでおいて。それまでに、カタリーナは美しく飾りたてますぞ。
バプティスタ　どう申しあげてよいやら――とにかく、お手を。神のお恵みが御身のうえに！　このことばを結婚のお約束に。
グレミオー
トラニオー　アーメン、そう申しあげましょう。そして、吾々が証人に。
ペトルーキオー　お父さん、それからお前も、みなさんにも、ひとまずこれで。ヴェニスへ行ってこなければ――日曜はすぐ来ますからな――指輪が要《い》る、式服が要る、いろいろ用意しなければならぬ。おい、接吻しておくれ、ケイト、さ、日曜日に結婚だ。（相手を腕に抱き、接吻する。カタリーナは怒って突き放し、部屋から逃げ去る。ペトルーキオーは別の戸口から退場）
グレミオー　こんなだしぬけの婚約ってものがあるかな？
バプティスタ　みなさん、正直のところ、わしの役割は貿易商のそれです。海の向うの、いちかばちかの大取引に、めくら滅法、足をふみいれようというわけだ。
トラニオー　もっとも、そのまま蔵にしまってお置きになったところで、どうせ腐るだけの話、いっそ船に積みこんでしまえば、儲《もう》けになるかもしれず、悪くいっても、海の藻《も》くずと消えるだけのこと。

バプティスタ　儲けといっても、頼みは、ただもう事なく、そっと連れそってくれればいいと、それだけを。
グレミオー　そりゃ、間違いない、あの男、事なく、そっとおさえてしまったらしい……ところで、なあ、バプティスタさん、妹さんのことだが——これで、一同、待ちに待った日がきたというわけ。わしはお隣のことでもあるし、それに最初の求婚者だ。
トラニオー　こちらはまた、ビアンカさんに、とうてい筆舌のつくしがたき想いを捧げるもの、おそらく御推察もおよばぬほどに。
グレミオー　お若いの！　そんなもの、わしの想いにくらべたら、屁《へ》でもないわ。
トラニオー　白髯《しらひげ》殿！　その想いも、所詮《しょせん》は氷の重さ。
グレミオー　吹けばとぶようなのとはちがうぞ。おっちょこちょい、ひっこんでいろ——その年で、女を食わせられるかよ。
トラニオー　その年では、女は食い気も起さない。
バプティスタ　まあ、お静かに、お二人とも、この場は私にお預けください。こうなったら、何はともあれ、勝負を決しなければなりますまい。となれば、お二人のうち、どちらが娘に遺産をたくさん残してくださるか、それによってビアンカをさしあげるということに……さ、グレミオーさん、あれに何をお残しになれますか？

グレミオー　まず第一に、市内にある邸《やしき》、御存じのとおり、掛皿や金銀でびっしりだ。ビアンカがあのきゃしゃな手を洗う水盤も瓶《かめ》もある。壁掛けはことごとくタイア織。象牙《ぞうげ》づくりの金箱には金貨が一杯。糸杉の箪笥《たんす》には、アラス模様の掛蒲団《かけぶとん》、豪華な衣裳、その他、天幕、天蓋《てんがい》、極上のリネン、真珠をあしらったトルコのクッション、金糸で縫いとりしたヴェニスの垂れ布など申すにおよばず、白鑞《はくろう》、真鍮《しんちゅう》、わが家に属するもの一切合財、家事家政の必要品もろとも御意のまま、さらに、農場には乳牛百頭、ここにかしこに群れ遊び、牛小屋を訪《たず》ねれば、肥えた牡牛《おうし》が一百二十頭、ずらりと立ち並ぶ。いや、そのほか、なんでもかんでも、この契約に応じられぬものはない……わしは年をとりすぎている、正直言ってな。で、もし、あすにでも死ねば、これがみんなビアンカのものになるのだ。もし、わしの生きているあいだ、わし一人のものになっていればな。

トラニオー　その「一人のもの」というのはいい……ところで、わたしにも耳を貸してください。わたしは跡とりです。一人息子です。もしお嬢さんを妻に迎えることができれば、かの殷賑《いんしん》きわむるピザの都の城壁のうち、ほどよきところに美々しき邸を三つ四つ、それがいずれもパデュアのグレミオー邸に劣らず贅美《ぜいび》をこらしたもの、それに穣《みの》り豊かな田畑から上る年貢《ねんぐ》が二千ダカット、以上ことごとくビアンカの資産に呈上いたしましょう……いかがです、グレミオーさん、参りましたかな？

グレミオー　（傍白）土地からの上りが年に二千ダカット！　おれのほうは全部あわせたって、とてもそれだけにはならぬ……（急に声高く）が、とにかくみんな、あの子のものだ――おまけに、大船が一隻《せき》、いまマルセイユ港に着いている……どうだ、大船には恐れいったろう？

トラニオー　グレミオーさん、もう周知のことだが、父の所有にかかる大船は三艘《そう》を越えております。そのほか二艘の大型ガリー船、小型のやつは十二艘、もちろん、すべてが、あの方のもの。いや、まだ何を言いだすおつもりか知りませんが、何にせよ、そちらのおっしゃる二倍は、お約束できましょう。

グレミオー　もう何もおっしゃるつもりはない。みんな投げだしてしまった。ありったけ以上をやることはできん。このうえは、よかったら、わしの財産もろとも、このわしをお納め願おう。

トラニオー　ほう、とすれば、お嬢さんは必然的にわたしのもの。そういうお約束でございましたね――グレミオーさんは競《せ》りに負けたわけだ。

バプティスタ　率直に申しあげて、あなたのお申しいでのほうが、はるかに条件がよろしい。そこで改めて、お父上の御承認がえたい。ビアンカをあなたの妻に迎えるという——さもないと、失礼だが、万一、あなたがお父上に先立たれるようなことにでもなると、娘の遺産はどうなることか？

トラニオー　それは、いささか御量見の狭いおっしゃりよう。父はもう老人、わたしはこのとおり若い。

グレミオー　若いからって、老人同様に死ぬことがないとでも言うのかな？

バプティスタ　ま、お待ちください、お二人とも。では、こう決めましょう——御承知のように、つぎの日曜日にカタリーナが結婚します。そうしたら、そのつぎの日曜にビアンカをあなたに嫁《とつ》がせましょう。もし、お父上の御承認さえいただければ。それがだめなら、グレミオーさんに。では、これで失礼を。お二人とも、御好意のほど、嬉《うれ》しゅうございます。（礼をして去る）

グレミオー　さようなら。話せる人だ……さあ、もうおどしたってだめだぞ。おい、若いの、いかさま師、親父《おやじ》がかわいそうだ、お前さんに全財産くれてしまってさ、年とって、よぼよぼになってから、お勝手の隅《すみ》っこでこそこそ摘《つま》み食《ぐ》いでもしなければならなくなるのだ。ちょっ、ばかばかしい！　イタリーの古狐《ふるぎつね》はそれほどお人よしであるものか。（去る）

トラニオー　今に見ろ、その狡猾《こうかつ》な皺《しわ》だらけの面《つら》の皮をひんむいてやるぞ！　とにかく、切札ばかり並べたててやった……というのも、御主人様のためなれかしと、ただそればっかり。ところで、なんの因果だ、身代りのルーセンショーが、父親を、つまり――これも身代りの父親を一人つくりあげなければならなくなった。妙な話だな。相場どおりなら親父が子供をつくる。それを、このばあい、女を口説くために、子供が親父様をこしらえるということになる。もっとも首尾よくいっての話だが。（退場）

〔第三幕第一場〕

4

バプティスタ邸内、ビアンカの部屋

ビアンカ、およびリチオーに化け、リュートを手にしたホーテンショー。一方、キャンビオーに扮《ふん》したルーセンショーが、二人からすこし離れたところで、自分の番を待っている。ホーテンショーはリュートの弾《ひ》きかたを教えるのを口実に、ビアンカの手をとる。

ルーセンショー　（たまらなくなって）楽隊屋君、ちょっと待った、そいつは、あんまり大胆すぎますよ！　早くもお忘れになったらしいですな、姉君カタリーナ嬢からお受けになったおあしらいを？

ホーテンショー　だが、書生っぽ上りのうるさがた殿、このお方はちがう。妙《たえ》なる音楽のパトロンですよ。まあ、僕に優先権をにぎらせておいてもらいましょう。で、音楽に一時間使ったら、そのあとで、おなじ時間だけ、君の講義を、ということにしたらいい。

ルーセンショー　驢馬《ろば》同然のちんぷんかん！　音楽がなんのために発生したか、その間の事情がわかるだけの研究もしてはいないな。人間が勉強したり、辛《つら》い仕事をしたりしたあとで、生気をとりもどすためではないかね？　だから、僕に任せておきたまえ、哲学の講義のほうがさきだよ。それが終ったら、まあ口なおしに音楽でも。

ホーテンショー　（立ち上って）なんだと、あんまり無礼なことを言うと、黙っていないぞ。

ビアンカ　（二人の間に入り）まあ、そんな。お二人とも、それでは、二重にあたしを侮辱なさるようなもの。だって、どっちを選ぼうと、あたしの自由。子供ではあるまいし、先生の鞭《むち》は要《い》りません。時間割に縛られて、つぎつぎに詰めこまれるのはいや。気の向くままに勉強します。ですから、争いの根をたつために、さあ、ここに坐《すわ》りましょう。あなたは楽器を持って、ずっと弾いていてください――あちらの御講義がすむころには、音が合うでしょう。
ホーテンショー　では、講義を打ち切りにしてくれますね、音が合いさえすれば？
ルーセンショー　ぜったい合いっこないさ！　（ホーテンショー、脅迫的な身ぶり）さ、音を合わせたり。（ホーテンショー、ふくれて引きさがる。ビアンカとルーセンショー、腰をおろす）
ビアンカ　この前、どこまでやったかしら？
ルーセンショー　ここです、お嬢さん。
Hic ibat Simois, hic est Sigeia tellus,
Hic steterat Priami regia celsa senis.
（ラテン語）ここにシモイスの川ながれいたり、
ここはシゲイアの土地、
ここに老プライアムの大廈《たいか》高楼、そびえてありき。
オヴィッド
ビアンカ　訳して。
ルーセンショー　「Hic ibat」前にも言ったように――「Simois」僕の名はルーセンショー――「hic est」父はピザのヴィンセンショー――「Sigeia tellus」あなたの心を

かちえたいばかりに、こうして身をやつしている——「Hic steterat」あとで正式に求婚しにくるルーセンショーは——「Priami」じつは僕の召使のトラニオーで——「regia」僕らしい装《よそお》いはしているが——「celsa senis」つまりは、耄碌爺《もうろくじい》さんを出し抜こうがため。
ホーテンショー　（ふりかえって）お嬢さん、楽器の音が合いました。
ビアンカ　弾いてみて——（ホーテンショー弾く）まあ、ひどい！　てんで高すぎるわ。
ルーセンショー　もう一息、ふんどしを締めなおして、やってみるのだね。（ホーテンショー引っこむ）
ビアンカ　今度は、あたしがやってみるわ、訳せるかどうか……「Hic ibat Simois」あたしはあなたを存じません——「hic est Sigeia tellus」あたしはあなたを信じません——「Hic steterat Priami」あの人に聴かれないように用心してください——「regia」いい気になってはいけません——「celsa senis」でも、諦《あきら》めてはいけません。
ホーテンショー　（ふたたび向きなおり）お嬢さん、今度は大丈夫です。
ルーセンショー　まだ低音部がどうも。
ホーテンショー　低音部は合ってる。騒音を吐くのは低能児だ……（ひとりごとで）この書生っぽ、何ていけずうずうしいやつだ！　うん、この野郎、きっとビアンカを口説

いているに相違ない。おい、物識《ものし》りや、もう油断はしないぞ。（二人のうしろに忍びよる）
ビアンカ　そのうち信じられるようになるかもしれないけれど、いまはだめ。
ルーセンショー　疑ってはいけない——（ホーテンショーに気づき）というのは、たしか、イーアシッズはアジャックスと呼ばれていました。祖父の名に因《ちな》んで。
ビアンカ　（立ち上って）先生がそうおっしゃる以上、信じなければなりませんわ。さもなければ、たぶん、いつまでも疑っているでしょうけれど——それはそれとして、さあ、今度は、リチオーさん……（ホーテンショーをわきへ連れて行き）先生、悪くお思いになってはいや、お二人に向って楽しそうにしたからって。
ホーテンショー　（うしろをふりむいて）君は出て行ってもらいたいな。しばらく自由にさせてくれないか——僕のは、三人では、どうしても音楽にならないのだ。
ルーセンショー　そんなに固くるしいものなのかい？　よろしい、待とう——（ひとりごと）そのかわり監視してやろう。一杯くったら大変。あの音楽屋め、ばかに色気づいて来やがったな。（ちょっと、うしろに退《さが》る。ホーテンショーとビアンカは腰をおろす）
ホーテンショー　お嬢さん、楽器におつきになるまえに、まず指の使いかたを知っておくこと。それには、初歩からはじめなければなりません。最初に音階ということになりますが、これまでわたしたちの仲間がやってきたのよりは、ずっと簡単な方法でお教えしましょう。そのほうが習う方にも楽しいし、要領を得ていて、効果的でもあるというわけです。そら、これがそうですが、きれいに書いてあります。

ビアンカ　でも、音階は、もうずっとまえに習いましたわ。

ホーテンショー　でしょうが、ホーテンショーのは、また別ですから読んでください。

ビアンカ　(読む)

「音階」われはあらゆる和音のもとい
「ド」ホーテンショーの熱き吐息は
「レ」御身が肌をやさしくつつむ
「ミ・ファ」ああ、ビアンカよ、妹背《いもせ》の誓いを
「ソル・ラ」二役なれど、心はひとつ
「シ・ド」想《おも》いとげずば、かいなき命

これが音階ですって？　呆《あき》れた！　あたしの好みにあいませんわ。昔流のでけっこう――あたしは気のきかない女ですから、変てこな新工夫のために正しい法則を歪《ゆが》めたりできないの。

召使が現われる。

召使　お嬢様、旦那《だんな》様のおいいつけでございます。きょうはもう御勉強はそのくらいになさって、お姉様のお部屋の飾りつけをお手つだいあそばしますように。お式はあしたでございましょう？

ビアンカ　では、これで失礼いたします、お二人とも。すぐ行かねばなりませんので。

（召使と退場）

ルーセンショー　わかりました、お嬢様。それなら、わたしも長居は無用。（退場）

ホーテンショー　だが、こっちには用がある、あの書生っぽ、すこし探ってやらなくちゃ。どうやら惚《ほ》れているらしいぞ。だが、ビアンカ、君の心が、どんな偽物《にせもの》のおとりにも物ほしげな目を投げかけるほど、そんな廉《やす》っぽい根性なら、好きなものを銜《くわ》えこんだらいい――そんな浮気者と知ったら、このホーテンショー、さっさとおさらば、代りを捜すさ。（退場）

5

〔第三幕 第二場〕

広場

バプティスタ、グレミオー、トラニオー、ルーセンショー、式服を着たカタリーナ、ビアンカ、召使たち、および群集。

バプティスタ （トラニオーに）ルーセンショーさん、きょうは、カタリーナとペトルーキオーの結婚式なのですが、当の新郎が、まったく梨《なし》のつぶてでして。このぶんでは、どんなことを言われるか？　神父様がみえて、いよいよ式をあげる段になって、花婿《はなむこ》がいないとなったら、どんな蔭口《かげぐち》をきかれないでもありますまい？　ルーセンショーさん、どうお思いです？　家中の恥さらしですよ。

カタリーナ 恥をかくのはあたしだけよ。無理無体に心にもない結婚をさせられるなんて、あんな半気違いの乱暴者と。それも気まぐれといったらありはしない、せっかちに言いだしておいて、いざ式となるとぐずぐず渋って……だから、言ったでしょう、ちゃんと言っておいたはずよ。あの男は気違いの馬鹿《ばか》、表面、無雑作な態度を装《よそお》っているくせに、うらには、人を傷つけるような毒舌を隠しているのだ。陽気な男だって評判をたてたいばかりに、あちこち行きあたりばったり結婚を申しこんで、式の日取りをきめて、披露の御馳走《ごちそう》をしたり、友達を呼んだり、そんなことがしてみたいだけ、ほんとに結婚する気などあるものですか……見ていてごらんなさい、いまにカタリーナは世界中からうしろ指をさされる。みんな、こう言いたいのだ、「見ろ、あれが気違いのペトルーキオーのおかみさんだ、奴《やっこ》さん、どんな風の吹きまわしで、戻ってきて結婚しないでもないからな」って。

トラニオー　まあ、穏やかに、カタリーナさん、あ、バプティスタさんも。ペトルーキオーさん、どういうわけで約束を破ったか知りませんが、大丈夫、あの人に悪気のあろうはずはない。無雑作のようでいて、万事弁《わきま》えておいでだ。陽気な人だが、芯《しん》はまじめです。

カタリーナ　カタリーナ、あんな人に会わなければよかった！（泣きながら家にはいる。ビアンカ、その他、花嫁づきの連中もそれにつづく）

バプティスタ　何も言わぬ。泣くのも無理はない。こんな目にあわされては、聖人だってくやしがるだろう。じゃじゃ馬のなんのと言われて、わがままに育ってきたお前のことだ、なおのこと、辛《つら》かろう。

ビオンデローが駆けこんで来る。

ビオンデロー　旦那様、旦那様！　珍聞です、いまだかつて聞いたためしのない古めかしい珍聞です。

バプティスタ　珍聞で、しかも古めかしい？　どうしてそんなことが？
ビオンデロー　だって、珍聞じゃありませんか？　ペトルーキオー様が乗りこんでいらっしゃるっていうのですから。
バプティスタ　え、来ましたか？
ビオンデロー　いいえ、まだなんです。
バプティスタ　じゃ、どうしたのです？
ビオンデロー　来つつあるんです。
バプティスタ　なら、いつここへ？
ビオンデロー　私がいま、ここに、こうして立って、旦那様のお顔を眺《なが》めている、まさにこの場所に現われたときに。
トラニオー　だが、どういうわけだ、その、古めかしい珍聞というのは？
ビオンデロー　そのわけといえば、そもそもペトルーキオー様のいでたちでございますが、新しい帽子に古上着、三度も裏がえしした古ズボン、廃物利用で蠟燭《ろうそく》入れに使っていた古長靴、それも片方は締金つき、片方は編みあげ。町の武器庫から引っぱりだしてきた錆《さ》び刀は、もう柄も折れ、身もひんまがり、切先が二つに裂けた、やくざな代物《しろもの》。馬に乗ったはいいが、鞍《くら》は虫食いだらけ、鐙《あぶみ》は珍無類。また、その馬ときたら、尻《しり》は曲り、鼻疽《びそ》にはかかり、脊骨《せぼね》まで蝕《むしば》まれ、上腭《うわあご》がふくれあがり、おまけに、皮膚病にとっつかれ、蹴爪《けづめ》には腫物《はれもの》、脚の関節ははれて、びっこ。そのうえ黄疸《おうだん》、耳下腺炎《かせんえん》、暈倒《うんとう》症ですぐひっくりかえる。腹には寄生虫がわいている。背はぐらぐら、肩にはひびが入り、後脚がくっついている。ちぎれかかった轡《くつわ》に、羊の皮の手綱《たづな》。それもこの駄馬がけつまずきそうになるたびに、やたらに引っぱったので、何度もちぎれて結びめだらけ。腹帯も六箇所も継ぎがあり、尻がいは女用のビロードのお古、もとの持主の頭文字が二つ、飾りボタン式に浮き出ている、むろん、あちこちちぎれて、それを荷縄《になわ》でつないである。

バプティスタ　だれか、連れは？

ビオンデロー　はい、馬丁がおります。そいつがまた、ただいま申しあげた馬そっくりの盛装をしておりまして、片足はすべすべしたリネンの靴下、片足はごわごわの毛の長股引《ながももひき》、それを留める飾り紐《ひも》が赤と青との織縁《おりぶち》。それから古帽子、それも羽毛のかわりに、奇妙なおもいつきの新案意匠が四十種ばかりくっつけてある。一口に言えば、化物です、つまり着物のお化けです、けっしてクリスト教国の従僕、紳士の馬丁ではございません。

トラニオー　なにかの虫のしわざでしょう、そんな様子をするのは。もっとも、あの人は、ときどき粗末な服装で出歩くことがある。

バプティスタ　来てくれさえすれば、それでもう何より、どんな恰好《かっこう》でもかまいません。

ビオンデロー　いえ、旦那《だんな》様、いらっしゃりはしません。

バプティスタ　来たと言ったではないか？

ビオンデロー　どなたが？　ペトルーキオー様がおいでになったって、そう？

バプティスタ　そう、そうお言いだった。

ビオンデロー　いいえ、旦那様、ペトルーキオー様の馬が来た。そう申しあげましたので、背中に御主人をお乗せして。

バプティスタ　それ、同じことではないか。

ビオンデロー

　や、とんでもない

　一銭かけよう

　馬と人とじゃ

　ひとつじゃない

　が、たんとでもない

ペトルーキオーとグルミオー、ひどい服装で、何かわめきながら、登場。

ペトルーキオー　さあ、どこだ、お歴々は？　家には誰もいないのか？

バプティスタ　（冷やかに）お待ちしておりました。

ペトルーキオー　その待ちがいもなかったでしょうが？

バプティスタ　いや、どこやら間違いがあったようで。

トラニオー　出来れば、もすこしなんとかした恰好で、おいでいただきたかったですな。

ペトルーキオー　このほうが、かえって気がきいていると思いますがね？　ところで、ケイトはどこだ？　吾《わ》が麗《うるわ》しの花嫁はどこにいる？　お父さん、どうなさったのです？　諸君、どうやら、お怒りの御様子ですな。一体どうして、そんなふうにじろじろ見るのです、この立派な同勢を？　すばらしい記念碑とか、彗星《すいせい》の出現とか、まるであるべからざる現象にでもぶつかったみたいではありませんか？

バプティスタ　そりゃ、ペトルーキオーさん、きょうは、あなたの結婚式ではありませんか。ついさっきまでは、もしおいでにならなかったらと、そればかり気に病んでおりましたが、せっかくおいでいただけたとおもったら、そんなひどい身なり、それではかえって辛い思いをしなければなりません……さ、さ！　早くお脱ぎになって。御身分にさわる、厳粛な儀式の目ざわりになりましょう。

トラニオー　それにしても承っておきたいものですな。どういう重大な理由があるのか知りませんが、なぜこんなに奥さんをお待たせなさったのです？　また、どういうわけで、そんな突拍子もない姿で現われたのですか？

ペトルーキオー　話すのはめんどう、聞いてもつまらんでしょう――とにかく約束どおり来たのだから、文句はありますまい。ま、ちょっと横道へそれはしましたがね。いずれ、落ちついたら、ゆっくりわけを話しましょう。十分納得してもらえるはずだ……ところで、ケイトはどこにいる？　いつまで放っておくつもりだ。ずんずん時間がたつ。もう今ごろは教会にいなくてはならん時刻だ。

トラニオー　そんな失敬な姿で花嫁に会う法はない。わたしの部屋へ行って、着がえしなさい。着物はわたしのを貸してあげる。

ペトルーキオー　とんでもない――このままで会う。

バプティスタ　しかし、まさか、そのままで式をあげるおつもりではありますまい。

ペトルーキオー　いや、まさにそのとおり、このままで。これ以上、言葉は無用。結婚の相手はわたしです、着物ではない。願わくは、あれの身に着いているものを、何も彼《か》もこっちの寸法どおりに仕立直してしまいたいものだ。このぼろを着がえるように、わけもなく。それが、ケイトのためにもなろうし、こっちにとっては、なおさらありがたい……何ということだ、諸君とお喋《しゃべ》りしてみてもはじまらない。まず花嫁に朝の御挨拶《ごあいさつ》、それから愛の接吻《せっぷん》、しかして亭主の権利確保とゆかなくては。（うしろに控えていたグルミオーを連れて、急ぎ退場）

トラニオー　あの気違いじみた恰好《かっこう》、何か考えがあってのことに違いありません。しかし、なんとか説得して、教会へ行くまえに着がえさせてしまわなければ。

バプティスタ　とにかく、ついて行ってみましょう。様子を見とどけなくては。（ペトルーキオーのあとを追う。グレミオー、その他もついてはいる。トラニオーとルーセンショー、何か話している）

トラニオー　なるほど。しかし、御当人の意志だけでは、問題はかたづきません。父親の承諾が必要です。それを得るためには、前にも申しあげましたが、人間をひとりでっちあげなければ——だれでもいい、大してむずかしくはありません、こっちの目的に適《かな》うようにだけすればいいのですから——つまり、ピザのヴィンセンショー様になってもらって、私が約束した以上の財産をビアンカさんに残すことに同意すると言ってくれさえしたらいいのです。それでもう、万事めでたし、旦那様は苦もなく望みをおとげになり、美しいビアンカさんと結婚できるというわけです。
ルーセンショー　あの同僚の家庭教師のやつ、ビアンカの一挙手一投足を、いやに厳《きび》しく監視しているので、やりきれない。さもなければ、こっそり二人だけで結婚してしまったほうがいいのだが。一度、神前で誓ってしまえば、世界中がノーといっても平気、だれが離すものか。
トラニオー　その点も、徐々に研究することにして、うまくゆくように計らいましょう。とにかく、あの白髪《しらが》頭のグレミオー、用心屋の親父《おやじ》さんミノーラ、抜け目のない音楽家色事師のリチオー、なんとしてもこの三人の裏をかくことが先決問題——それもこれも、すべては旦那様のおため……

そこへグレミオーがもどってくる。

トラニオー　グレミオーさん、教会からですか？
グレミオー　さよう、学校から帰る子供のように浮き浮きとな。
トラニオー　じゃ、新郎新婦も、こちらへ？
グレミオー　新郎だと？　いや、しんどいこっちゃ、ああ、のべつ幕なし、はたでどしんどしんやられちゃ、さぞかし、しんどいことだろうて、いくらあの娘でもな。

トラニオー　え、あの女の手にあまる凄《すご》いのが？　いや、そんなことはありえない。
グレミオー　いや、あいつは悪魔だ、鬼だ。
トラニオー　いや、あの女こそ悪魔です、悪魔のお袋ですよ。
グレミオー　何を言う！　あんな女、仔羊《こひつじ》だ、鳩《はと》だ、木偶《でく》だ、あの男の前に出ればな……ルーセンショーさんや、こういうわけだ。いよいよ式を挙《あ》げる段になって、坊さんに、汝《なんじ》カタリーナを妻とせらるるやときかれたとたん、「もちろんだ」。あの男、そう大声でどなりかえしたではないか。坊さん、すっかりたまげてしまい、おもわず聖書をとりおとす始末。それからだ、坊さんは、それを拾おうとしてかがみこんだとおもいなさい。その瞬間、あの気違い花婿《はなむこ》め、いきなり坊さんに平手打ちを食わした。さあ、大変、ひっくりかえるのでんぐりかえる、坊さんも聖書も、聖書も坊さんも、たまったものじゃない。あげくのはてに、こうどなりつけたもんだ、「やい、どいつでも、こいつでも、手がだせるならだしてみろ」
トラニオー　で、あの娘、どう言いました、坊さんが起きあがったとき？
グレミオー　ただもう、ぶるぶる、がたがた。だって、亭主殿は足をふみならして、わめきちらすばかり、まるで坊さんのほうが悪いことをしたみたいにな……が、まあ、そうこうするうちに式も終った。すると酒をだせと言う。「乾杯」と大声に叫ぶ。船旅でもしていて、あらしにぶつかって、そのあとで船客たちと無事を祝しあうときにでもなければ、とてもあんな調子にはゆかぬ――なにしろ、例のミュスカデルを一杯あおって、底に残った麝香《じゃこう》の実を寺男の顔にぶちまけたのだからな。理由などありはしない。その男のひげが薄くて、ものほしげで、飲んでる酒を、せめて滓《かす》の実だけでもといった目つきで眺めていたからだという……それがすむと、花嫁の首ねっこをむんずとつかみ、猛烈な接吻を浴びせかけたものだ。唇《くちびる》を離すとき、会堂中にものすごい反響を生じたほどにな。わしはそこまで見て、さすがに恥ずかしくなって、逃げて来たのだが、おっつけ、みんなもやって来るだろう。こんな気違いじみた結婚ははじめてだ。それ、聞える！　楽隊たちが音楽をやっている。

楽隊を先頭に結婚式の行列がはいって来る。まず、ペトルーキオーとカタリーナ。つづいて、ビアンカ、バプティスタ、ホーテンショー、グルミオー、その他。

ペトルーキオー　諸君、御苦労でした。どうやら、このあと、吾が輩と会食するつもりで、いろいろ御馳走の用意をととのえておいでらしい。ところが、吾が輩、じつは、急用のため、これからすぐ出かけねばならなくなった。ひとまず、これにて失礼させていただきたい。

バプティスタ　そんなめちゃなことが？　他の場合なら、いざ知らず、今夜という今夜を？
ペトルーキオー　すぐに立たなくてはならぬのです。夜まで待ってはいられない。怪しむにはあたりません。用件の内容さえわかれば、むしろお父さんのほうから、早く立ってくれと頼むでしょうよ……さて、信頼すべき諸君、吾が輩の胸は感謝の念で一杯です。思えば、諸君のおかげで、世にもまれなる忍耐づよい、やさしい、貞淑な妻をめとることができたのだ。そうだ、御馳走は義父と一緒に食べてください。そして、吾が輩の健康を祝してください。本当に、こうしてはいられない。では、お元気で。
トラニオー　お願いだ、せめて宴会がすむまででも。
ペトルーキオー　そうはゆかぬのだ。
グレミオー　お願いだ。
ペトルーキオー　だめです。
カタリーナ　どうか、お願い。
ペトルーキオー　よろしい。
カタリーナ　じゃあ？
ペトルーキオー　よろしい、お願いっていうのはいい――だが、だめだ、いくら君が頼んでも、だめだ。
カタリーナ　待って、もし、あたしを愛しているなら、行かないで。
ペトルーキオー　グルミオー、馬を。
グルミオー　はい、旦那様、とっくに用意はできております――尻から燕麦《からすむぎ》がこぼれるほど詰めこんじまいました。
カタリーナ　ふん、それなら勝手にするがいい、あたしは行かないから。ええ、あしたになったって行くものですか、気の向くまでは。戸は開いていますよ。どうぞ御自由に。その長靴が使えるあいだ、どこでもうろつきまわるがいい。あたしは、自分の気が向くまでは、どこへだって行くものですか。はじめから、そんな無法なことをやるようでは、あとが思いやられるもの、どんなめちゃな、意地悪な、下司下郎《げすげろう》の正体を見せつけられるか、わかりはしない。
ペトルーキオー　おお、ケイト、安心おし、怒ってはいけない。
カタリーナ　これが怒らずにいられるものですか――いいえ、お父さんには関係のないこと、引っこんでいてちょうだい――そう勝手になるものか、いつまでも待っていればいい。
グレミオー　そら、きた、はじまり、はじまり。

カタリーナ　みなさん、会場のほうにいらしてください。女は、よっぽどしっかりしていないと、馬鹿扱いされかねませんからね。

ペトルーキオー　(居丈高《いたけだか》に) ケイト、君の命令どおり、みんな会場に行くだろうよ。花嫁の命令に従ってくれ、花嫁づきの諸君！　さ、会場へ出かけたり。牛飲馬食、御意のままだ。これの処女性を祝して満を引いてもらいましょう。騒ごうと、狂おうと、首をつろうと、なんでもいいからやってくれ。ただし、吾が愛らしきケイトは、これは吾が輩が預かった……(そう言って、腰をぐいと引きよせ、一同に挑戦するかのように、そして一々カタリーナの動作にあてつけて) やめろ、そんなに居丈高になったってだめだ、じたばたしようと、睨《にら》もうと、いらだとうと、どうしたって、こうしたってむだだ。吾が輩、自分の所有品にたいしては、あくまで主権を主張する。おお、この女は俺の家財道具だ。家邸《いえやしき》だ。家具調度だ。畠《はたけ》だ。納屋《なや》だ。馬だ。牛だ。驢馬《ろば》だ。そのほかなんでもかんでもだ――現に、それがここにこうして立っている、だれでもいい、ちょっとでも触《さわ》ってみろ！　このパデュア中、どこでも、俺の行手をふさぐ奴《やつ》は、どんなにお高く構えている野郎でも、吾が輩、かならずお相手申しあげるぞ……グルミオー、剣を抜け、俺たちは山賊どもに囲まれているのだ、さ、奥さんを救いだせ、貴様も男なら……大丈夫だよ、ケイト、指一本、触らせはしないから！　僕がついている。百万人きたって、こわがることはない。（ケイトを抱いたまま、広場から出て行く。グルミオー、しんがりを承った形で、それを守りながら退場）

バプティスタ　まあ、みなさん、放っておきましょう、ああいう睦《むつ》まじい夫婦は、手が出ない。

グレミオー　行ってくれてよかった。さもないと腹がよじれて死にかねない。

トラニオー　ずいぶん気違いじみた結婚もあるだろうが、こんなのは未曾有《みぞう》ですね。

ルーセンショー　お嬢さん、お姉様のこと、どうお考えです？

ビアンカ　ふだん気違いじみたことばかりなさっていたから、こんな気違いじみた結婚をなさったのだわ。

グレミオー　何にせよ、いい取組みだ、ケイトは、もともとペトルーキオーの系統さ。

バプティスタ　さて、みなさん、新郎新婦の席は空《から》だが、御馳走《ごちそう》は一杯です……ルーセンショーさん、あなた新郎の席に坐《すわ》ってくださらぬか。ビアンカは姉さんの席に着いてもらおう。

トラニオー　ビアンカさんに花嫁の予行演習をおさせになろうというわけですか？

（ビアンカの手を取る）

バプティスタ　そうさせましょう。さ、ルーセンショーさん……みなさんも、どうぞ。

（一同入る）

6

〔第四幕第一場〕

田舎《いなか》にあるペトルーキオーの別荘

二階の廻廊に通じる階段。大きな煖炉《だんろ》。テーブル、ベンチ、腰掛け。戸口は三つ。ひとつは外の玄関に開いている。

グルミオーが外から帰って来る。肩には雪が降りかかっている。脚は泥だらけである。

グルミオー　（ベンチにどさりと腰をおろし）ああ、あ、なんの因果だ！　よぼよぼ馬、気違い旦那《だんな》に気違い奥さん、泥んこ道、もうこりごりだ！　人間、これほど惨《みじ》めな目にあったことがあるかい？　こんな辛《つら》い目にあったことがあるかい？　さきに行って火を起しとけだと。二人はあとから来て温まろうってんだ……俺は小柄の土瓶《どびん》、すぐ煮えたつからいいようなものの、さもなきゃ、唇が歯に凍りついてしまわあ。いやさ、舌も上腭《うわあご》に、心臓は横腹に凍りついてしまおうぜ、火を起すどこの騒ぎじゃねえや。

が、まあ、よかった、火でも吹きながら温まるとしようか。この天気じゃ、俺よりでかいやつだったら、かぜを引いてしまうとこだ……おおい、カーティス！

カーティスがはいってくる。

カーティス だれだい、そんな寒そうな声をだしてるのは？

グルミオー 氷のかけらよ。うそだと思うなら、ちょっとおれの肩に触ってみな。つるりと滑《すべ》って、すぐ踵《かかと》に手がとどく、頭と首ねっこくらいの距離しか感じねえ……火だ、カーティス。

カーティス 旦那と奥さんが来るのかね？

グルミオー うん、そうだ、カーティス、そうだよ——だから、火だ、火だ、火の手だ、早く水を、いや、水をぶっかけちゃいけねえ。

カーティス で、奥さん、凄《すご》いじゃじゃ馬だっていうが、噂《うわさ》どおりかね？

グルミオー まさにそのとおり、だった、けさ霜が降りるまではな。だがよ、冬が来れば、男だろうが、女だろうが、はたまた獣だろうがだ、みんなちぢこまってしまうものなのさ。旦那しかり、奥さんしかり、しかして、吾《わ》が輩にしてしかり、なあ、御同役。

カーティス 御同役とはなんだ、この一寸法師！ おれは獣じゃねえ。

グルミオー　俺の角は、たった一寸か？　じゃ、やきもち焼きのお前のこった、一尺くらいあるだろう。俺だって、それくらいあらあな……それより、火を起さねえのかい？　奥さんに言いつけるか？　そうすりゃ、奥さんの手が、そうよ、それがもうすぐ間ぢかに迫っていらあな、たちまち、ぴしゃり、火を起さなかった報いに目から火が出るってわけさ。

カーティス　（煖炉に向って火を起しかける）どうだい、グルミオー、ちっと世間話でも聴かせてくれないかね？

グルミオー　世間には、冷たい風が吹いていらあ、どこもかしこも。温かいのはお前のところだけだ――だからよ、せっせと火を起しな……だって、言うじゃねえか、徳を施せば報いありってな。ほんとに旦那も奥さんも、うっちゃっとくと凍え死んでしまいそうだったからな。

カーティス　（立ちあがり）さ、火が起きたぞ。何か、珍しい話を聴かせてくれよ、な？

グルミオー　よしと、「ジャック坊や！　ほうい、ほい！」珍聞、新聞、お好みしだい、じゃら、じゃら、じゃっ、じゃっ。

カーティス　じらすなよ、罪な話はいくらだって知っているくせによ。

グルミオー　(手を温めつつ) まず体を温めること。だって、すっかり冷えきっているんだ……コックはどこにいる？　晩飯の用意はできているのか？　家は片づいているかい？　床には細藺《ほそい》を撒《ま》いておいたか？　くもの巣は払ってあるだろうな？　それから、給仕たちは新しい仕着せに着かえているだろうね？　白ストッキングは？　奥のものは、みんな式服を着ているかい？　男連は外をきれいに、女連は中をきれいにっていうぜ。テーブル掛けは？　とにかく、用意万端ととのっているだろうな？

カーティス　大丈夫だ。だからよ、珍しい話を聴かせてくれっていうのだ。

グルミオー　よろしい。いいか、まず第一に、馬がへこたれた。で、旦那と奥さんが落っこった。

カーティス　どうしてだね。

グルミオー　鞍《くら》から泥んこ道へ、すってんころりん、それには、わけがある。

カーティス　だから、そいつを聴かせてくれなよ、グルミオー。

グルミオー　よし、ちょいと耳を貸しな。

カーティス　それ、きた。

グルミオー　さあ、きた。(カーティスをなぐる)

カーティス　わけもねえのに、なんだ、わけ聴かせるって言っておいて。

グルミオー　だからさ、お前にもすぐわかるわけもねえ話だってことよ。そうだろうが、今みたいに、があんと耳もとをどやしとけば、話を聴こうっていう気構えができらあ。さて、はじまりと――そもそも、われらはだ、旦那と奥さんとはだ、奥さんのうしろに旦那が乗っかり、泥山路《やまみち》をば降りはじめた――

カーティス　二人がおなじ馬に乗ってかい？

グルミオー　それがどうした？

カーティス　だって、馬は一頭だったもの。

グルミオー　じゃ、自分で話しな。よけいな口だしさえしなけりゃ、話してやったのによ、どうして馬がぶっ倒れて、奥さんがその下敷きになったか、それにさ、そこがどんなにひどいぬかるみだったか、おかげで奥さんは泥まみれになる、その奥さんを馬の下に放りぱなしにして、旦那は俺をなぐる、どうして馬をけつまずかせやがったのだって言うのさ、奥さんはそれをとめようとして、馬の下からはいだし、泥沼を、えっちら、おっちら、やってくる、旦那はわめく、奥さんは拝む、いまだ拝んだことなんかない人がだぜ、とうとう、俺は音《ね》をあげる、馬は駆けだす、手綱《たづな》は切れる、尻《しり》がいはなくなる――いや、そのほか貴重な記念品はことごとく紛失、いまや、いずれも忘却《ぼうきゃく》の淵《ふち》に沈みしまま、それで、貴様はなにも知らずに墓の下にはいってしまうってわけさ。

カーティス　そのぶんじゃ、どうも旦那のほうが、ずっとじゃじゃ馬らしいな。

グルミオー　そうよ、いまに旦那が御帰館あそばしゃ、貴様だって、いや、この家で一番ふんぞりかえってる家令だろうが執事だろうが、すぐに思い知るだろうぜ……だが、そんなお喋《しゃべ》りしてるどころの騒ぎじゃねえ。さ、呼んでこい、ナサニエル、ジョセフ、ニコラス、フィリップ、ウォルター・シュガーソップ、そのほか、みんな出てこい。髪に櫛《くし》目を入れてな、青いお仕着せにブラシをかけてさ、靴下の飾《かざ》り紐《ひも》もほどよくだ。お辞儀の要領は左脚。手に接吻《せっぷん》するまでは、馬の尻《し》っぽの毛にだって触っちゃいけねえぞ……さ、用意は出来たか?

カーティス　出来ているよ。

グルミオー　みんな呼んできな。

カーティス　(呼ぶ) おおい、聞えたか? 旦那をお迎えに出ろよう、新しい奥さんの顔をたてるのだ。

グルミオー　なんだと、わざわざ顔をぶったてなくたって、奥さんの顔は、もともと、まっすぐ立ってらあ。

カーティス　そんなことは、わかっているよ。

グルミオー　だって、いま、みんなに言ったじゃねえか、奥さんの顔たてろって。
カーティス　そりゃ、新しい奥さんにたいする召使の心遣《こころや》りってもんだ。
グルミオー　何をやる気か知らねえが、奥さんは何ももらいに来るわけじゃねえ。

他の召使が四、五人登場。グルミオーをとりまく。

ナサニエル　お帰り、グルミオー。
フィリップ　どうだい、グルミオー！
ジョセフ　やあ、グルミオーか！
ニコラス　しばらくだったな、グルミオー……
ナサニエル　どうだい、様子は？
グルミオー　なつかしいな、みんな！――どうだ、諸君！――やあ、しばらく！――以上、挨拶《あいさつ》は終り……さて、小意気な御同役殿、用意はいいかな、何もかも、きちんといっているかね？
ナサニエル　万事、ぬかりなしだ。旦那はすぐかい？
グルミオー　いまにも現われる、それ、馬を降りたとこだ。だから、いいかい――南無三《なむさん》、黙った！　足音がきこえる。

その瞬間、乱暴に戸が押し開けられ、ペトルーキオーがカタリーナをともなって現われる。二人とも頭の天辺《てっぺん》から足の先まで泥だらけ。ペトルーキオーは部屋の真中に歩みよる。カタリーナはほとんど気絶しそうだが、なお気丈に弱味を見せまいとしている。戸口の近くの壁に寄りかかる。

ペトルーキオー　家の奴《やつ》ら、どこにいやがるのだ？　畜生、だれひとり出迎えない、鐙《あぶみ》をおさえるやつもいなければ、馬の始末をする奴もいない！　ナサニエルはどうした、グレゴリー、フィリップ？――

召使たち　（駆け寄って）ここにおります、ここに、旦那様――ここにおります、旦那様。

ペトルーキオー　ここにおります、旦那様！　ここに、旦那様！　ここに、はい！　はい、ここに！――唐変木《とうへんぼく》の山猿め！　ええ、出迎えもしない気か？　敬意を表する気もないのだな？　勤めをさぼっていいつもりなのか？――さきによこした間抜け野郎はどこへ行った？

グルミオー　へい、ここに、旦那様、間抜けはまださっきのままで。

ペトルーキオー　この土百姓！　米つきばったのお人よし！　公園のところまで迎え

に出ろと、言っておいたじゃないか、この碌《ろく》でなしどもを引具して？

グルミオー　それが、その、旦那様、ナサニエルの上着が出来上っておりませんでして。いざとなったら、ガブリエルの靴には紐《ひも》がなし、ピーターの帽子を黒くいぶそうとしたら、薪《まき》はなし、ウォルターの剣は錆《さ》びついて抜けず、おまけにアダム、レイフ、グレゴリーのほかは、だれもかれもなっておりませんで――へい、ほかの連中はみんなおんぼろ、何年も着ふるした、乞食《こじき》同様のいでたち。が、とにもかくにも、一同、やっとこうしてお出迎えしているわけで。

ペトルーキオー　うるさい、碌でなしども。さ、晩飯を持ってこい……（みんな急いで退場。ひとりで歌う）「きのうの暮し、いまいずこ」――野郎ども、どこへ行ったのだ――（戸口に立っているケイトをみとめ）あ、お掛け、ケイト、よく来てくれた（煖炉のそばに連れて行く）……食い物だ、食い物、食い物、食い物だ！

召使たちが晩飯を持ってもどって来る。

ペトルーキオー　おい、何しているのだ！　心配することはない、ケイト、元気をおだし……（そのそばに腰をおろす）おい、靴を脱がせろ、穀《ごく》つぶし！　やい悪党、何しているのだ？（召使の一人が靴を脱がせようとして膝《ひざ》まずく。また歌いだす）「とあるお寺の坊さんが、えっさやっさと辿《たど》る道」――出て行け。穀つぶし！　俺の足を引っこぬく気か、こいつめ。（その召使の頭をなぐる）どうだ、わかったか、わかったら、片一方はちゃんと脱がせてみせろ……（それがすんで立ちあがる）元気をおだし、ケイト……水もってこい。おい、こっちだ！（召使が水を持って現われる。ペトルーキオーはそっぽを向いて）猟犬のトロイラスはどこにいる？　やい、貴様、すぐ行って、従弟《いとこ》のファーディナンドを呼んでこい……（召使の一人、出て行く）そいつにだけはね、ケイト、ひとつ、おちかづきの接吻をしてくれなくては困る……スリッパはどこへやった？　水はくれるのか、くれないのか？（ふたたび水盤がさしだされる）さ、ケイト、手をお洗い。ほんとによく来てくれたね……（そう言いながら、召使にぶつかり、水をこぼしてしまう）まったく手のつけられない悪党だ、貴様は！　なぜこぼしてしまうのだ？（相手をなぐる）

カタリーナ　お願い、許してあげて。うっかりこぼしてしまったのよ。

ペトルーキオー　とんちき、甲虫《かぶとむし》頭の、犬耳野郎め！　さ、ケイト、お掛け、さぞ、お腹《なか》がすいたことだろうね。（ケイトはテーブルにつく）お祈りをしてくれないか、ケイト？　それとも僕がやろうか？――何だ、こりゃ？　羊の肉だな？

召使の一人　はい、さようで。

ペトルーキオー　だれが持ってきた？

ピーター　へい、私で。

ペトルーキオー　丸こげだ。どれもこれもじゃないか。なんて犬どもだ！　コックの野郎どこにいる？　貴様らも貴様らだ、碌でなし、俺の嫌《きら》いなものをわざわざ運んできて、むりに食わせようというのは、どういう魂胆だ？　さ、持って行け、もぐらもち、コップからなにから、みんな引っこめてしまえ。（召使の頭に食物を投げつける）そっかしやの頓《とん》ちきの、もの知らずの田舎乞食め！　え、何か文句があるのか？　よし、聴いてやろう。（立ちあがり、一同を追いはらう。カーティスだけ残る）

カタリーナ　お願いです、そんなに興奮なさらないで。あの肉、結構でしたわ、あなたさえお気に召したら。

ペトルーキオー　いや、ケイト、あれは丸こげで、からからになってしまっているのだ。ああいう奴は口にしてはいけないと、医者にかたく禁じられているのだよ。癇《かん》がたかぶって、怒《おこ》りっぽくなるそうだ。僕たちは、お互いに怒りっぽいほうだろう——だから、焦げすぎたものは食わぬほうがいい——それよりはむしろ断食《だんじき》したほうがましなのだってさ……がまんおし、あしたになれば、どうにかなるだろう。今夜はお互いに断食のおつきあいだ……さ、寝室へ案内しよう。（二人階段をのぼって行く。カーテ

イスがつづく。召使たち、てんでに忍び足で現われる）

ナサニエル　ピーター、こんなの見たことがあるかい？

ピーター　毒をもって毒を制するってやつさ。

カーティスが降りてくる。

グルミオー　旦那《だんな》は？

カーティス　奥さんの部屋だ。節制について演説ぶっているところだ。それがどなる、ののしる、わめく、で、かわいそうに、奥さん、ただもううろうろ、どっち見てたらいいのか、どう言ったらいいのか、何にもわからず、まるでいま夢からさめた人のように、ぼんやり坐《すわ》っていたっけ……逃げろ、逃げろ、旦那がやってくる。（みんな部屋から消えうせる）

ペトルーキオー、上の廻廊に姿を現わす。

ペトルーキオー　こうして巧みに支配権を確立してしまえば、もう大丈夫、いずれは成功に終るだろう。俺の鷹《たか》は、今のところ腹ぺこぺこ。いよいよたまらなくなって餌《えさ》に飛びつくまでは、たらふく食わせてはならないぞ。腹がふくれれば、餌箱なんか見向きもしなくなるからな……もうひとつ、どんなにいうことをきかない鷹であろうと、飼主の意のまま、命のまま、手もとに呼びもどす手があるのだ。ほかでもない、断じて眠らさないことだ。野性の鳶《とび》で、羽をばたばたさせて、どうしようとこうしようと言うことをきかないやつには、その手を用いるそうではないか……きょう、あれはまだ飲まず食わずだ、もちろん、あとでだって、何もやらない。ゆうべは一睡もしなかった。今夜だって寝かすものか。さっきの肉のときとおなじ筆法、ベッドの支度《したく》に、何か難癖つけて、あっちに枕《まくら》、こっちに掛蒲団《かけぶとん》、向うにシーツというぐあいに、ぽいぽい投げとばしてくれる。そうだ、そうした乱暴沙汰《ざた》も、つまりは、あれのためを思うからこそ、というようにやってのけるのだ。要するに、一晩中、一睡もさせないこと。こっくりひとつしようものなら、大声でわめきちらし、うるさくて眠れないようにしてやろう……これ、深き情けもて妻を殺すの法なりだ。そうでもしなければ、あの気違いじみた強情はなおせるものではない……ほかにじゃじゃ馬ならしの名案を御存じの方がおいでででしたら、どうぞ名のりをあげていただきたい——お教えあるは、何よりの御慈悲と申すもの。（くるりと背を向けて、寝室に入る）

〔第四幕第二場〕

7

パデュアの広場

ルーセンショーとビアンカ、樹下に腰をおろし、本を読んでいる。トラニオーとホーテンショーとが、広場に面したある家から出てくる。

トラニオー　ねえ、リチオーさん、ありうることでしょうか、ビアンカさんがこのルーセンショー以外の男を想《おも》うなどということが？　うわべは、気をもたせるようなそぶりをして見せるのですが。

ホーテンショー　確かに申しあげたとおり、その証拠に、その辺に隠れて、あの男の教えぶりをうかがってごらんなさい。（二人は樹《き》のうしろに隠れる）

ルーセンショー　さあ、お嬢さん、いまお読みになったこと、もうおわかりになりましたか？

ビアンカ　先生がお読みになったのは何ですの？　さきに、それをお答えになって。

ルーセンショー　それは僕の専門、恋愛術です。
ビアンカ　それが教えていただけたら！
ルーセンショー　おやすい御用、もしまじめに習おうというお気持がおありでしたら、この燃ゆる想いを読みとる法を。（二人、接吻《せっぷん》する）
ホーテンショー　成績良好どんどん進級！　さ、これでも、あなたは、ルーセンショー以外にビアンカさんの恋人はいないとおっしゃる気ですか。
トラニオー　おお、あさましきは恋する女！　何と頼みがたき女心か！　リチオーさんつくづく呆《あき》れはてました。
ホーテンショー　もう隠す必要はない。僕はリチオーではありません。音楽家でもない。それはただの仮面です。しかし、立派な紳士を見すてて、こんな睾丸《きんたま》野郎を神様あつかいする馬鹿《ばか》娘のために、これ以上、仮面をかぶりつづけるなんて、とてもやりきれない。じつは、僕はホーテンショーというものです。
トラニオー　あなたがホーテンショーさん、ビアンカさんを心から想っておいでの方とは、まえまえからうかがっておりました。いま目《ま》のあたり、こんな尻軽《しりがる》ぶりを見せつけられた以上、あなたもそのお気持とあれば、旅は道づれ、ともども、わたしもあのひとを見すてましょう、永久に。

ホーテンショー　あれ、接吻している、あんなにいちゃついて！　ルーセンショーさん、さ、僕の手を受けてください。ここに、かたく誓います、今後けっしてあの女に手はださない、みごと捨ててみせる。きょうまで、なんのかんのとちやほや言ってきた、それほどの想いに値しない女だと断じてはばかりません。

トラニオー　それなら、わたしもここに偽らざる誓言を――けっしてあの女とは結婚しない、たとえ向うから頼んできたって。なんだ、あんな女！　けがらわしいといったら、ありはしない、それ、あんなにからみついて。

ホーテンショー　あの男のほか、世界中が、あの女を見向きもしなくなればいい！　僕は大丈夫、誓いを守るために、ある金持の未亡人と結婚して見せます、三日とたたないうちに。その女は、ずっとまえから、僕のことを想っていたのです。僕があの威ばりくさった高慢ちきのわからずやを想っていたように。では、これで失礼します、ルーセンショーさん。女は器量よりは心だて。僕はそのほうに心が惹《ひ》かれる――というわけで、いま誓った心もそのまま、いさぎよくお別れしましょう。（退場。トラニオーは恋人たちと一緒になる）

トラニオー　ビアンカさん、おめでとう！　幸福な恋人とはあなたのこと。じつは、あまりお睦《むつ》まじいお二人の御様子を拝見して、すっかり諦《あきら》めてしまいました。わたしばかりでなく、ホーテンショーも。
ビアンカ　トラニオーさん、御冗談おっしゃって――でも、本当ですの、お二人とも？
トラニオー　本当ですとも。
ルーセンショー　じゃ、僕たち、リチオーの手はのがれたというわけか。
トラニオー　そのとおり、どこかの精力絶倫の後家さんを手に入れるとかいう話です。それも、すぐ申しこんで、その日のうちに式をあげてしまうとか。
ビアンカ　どうかうまくゆくように！
トラニオー　さよう、奴《やっこ》さん、けっこう飼いならすでしょうよ。
ビアンカ　そういえば、そんなことを。
トラニオー　そうなのですよ、これから飼いならし学校に寄って行くそうですよ。
ビアンカ　飼いならし学校！　なあに、そんなところがありますの？
トラニオー　ありますとも。ペトルーキオーが、そこの先生。ちゃんと勝てるように札の引き方を教えてくれます、じゃじゃ馬を飼いならし、猛烈な舌の運動にまじないをかける方法を。

ビオンデローが駆けこんでくる。

ビオンデロー　わあ、旦那《だんな》、旦那、あんまり長いこと、立ちん坊しつづけで、すっかりへとへとになってしまいましたよ。でも、とうとう見つけました、起死回生の特効薬が山道をぶらぶら降りてくるのを。

トラニオー　そいつはどういう男だ？

ビオンデロー　それが、どうも、商人か教師か、よくわからないのです——でも、身なりはちゃんとしていますし、歩きつきや人相は、たしかに親父《おやじ》むきにできています。

ルーセンショー　で、トラニオー、その男をどうしようというのだ？

トラニオー　もしその男がわたしの話を信じて、その気になってくれさえしたら、じつは大旦那様ヴィンセンショー殿に仕立てあげて、バプティスタ・ミノーラ様に例の保証をする役を演じてもらおうというわけです。さあ、お嬢さんをお連れになって、お先に。（ルーセンショーとビアンカはバプティスタの家に入る）

学校教師がやってくる。

教師　御機嫌よう！

トラニオー　あなたも！　ようこそ。これから、どこかへお出かけですか？　それとも、ここが目的で？

教師　とにかくここに落ちつきます。しかし、一、二週間したら、また旅をつづけるつもりです、ローマまで参りたいとおもって。それから、さらにトリポリへ、寿命があればの話ですが。

トラニオー　お国はどちらで？

教師　マンテュアから参りました。

トラニオー　マンテュアですって？　とんでもない！　わざわざパデュアへ？　命が惜しくないのですか？

教師　命ですと！　そりゃ、また、どういうわけで？　由々《ゆゆ》しき一大事だ。

トラニオー　マンテュアの人間がパデュアに乗りこんでくるというのは、いまや、まさに死を意味します。御存じないのですか、そのわけを？　マンテュアの舟はみんなヴェニスに留められていますが、というのは、ヴェニス公が——何でもあなたの国のマンテュア公との間にもめごとがあって——公然とそういうおふれをだしたのですよ。不思議ですな、いらしたばかりだから無理もないとはいうものの、そのおふれのことをぜんぜん聴いていらっしゃらないというのは。

教師　やれ、情けない、不思議どころの話ではありませんや！　私はフロレンスから為替《かわせ》をもって来ているのですが、それをここで人に渡さなければならぬのです。

トラニオー　そうでしたか、何とかお役に立ちたいものですが、うん、こうなさったら——その前に、おたずねしたいが、あなたはピザにいらしたことがありますか？

教師　ありますとも。ピザなら、たびたび参っております。あそこの人たちは、みんなまじめだという評判だ。

トラニオー　その一人、ヴィンセンショーという人物を御存じでしょうか？

教師　お目にかかったことはないが、お噂《うわさ》はうかがっています、並ぶもののない大商人だとか。

トラニオー　じつは、わたしの父親なのです。ところで、正直な話、その顔つきがあなたにそっくり。

ビオンデロー　（傍白）林檎《りんご》と牡蠣《かき》が似ていればな。ま、そりゃ、どうでもいいや。

トラニオー　この死ぬか生きるかの瀬戸ぎわ、かならずおためを計りましょう——それにつけても、父に似ておいでなのが、もっけのさいわい——父の名と信用をそのまま、気軽にわたしの家を御利用なさればよい。いかにも父になりきったつもりでお振舞いください。よろしいか、おわかりですね。ここの用事がおすみになるまで、お泊りいただいて結構です。こちらの気持、御納得いったら、どうぞ御遠慮なく。

教師　おお、もちろん、喜んで。命の親、御恩は一生忘れません。

トラニオー　では、御一緒に、そして手はずを決めましょう。ついでにお伝えしておいたほうがいい――みんな、父が来るのを待っております。わたしはバプティスタという人の娘と結婚することになりましたが、その契約の保証にやってくるのです。その間の事情、いずれこまかくお話しします。さ、御一緒に、いちおう身なりも父らしく整えましょう。（一同退場）

8

〔第四幕 第三場〕

田舎にあるペトルーキオーの別荘

カタリーナとグルミオー。

グルミオー　とんでもございません。そんなことは、とても。

カタリーナ　いじめれば、いじめるほど、あの人の意地悪が刺戟《しげき》されるらしいの。え、あたしを飢え死にさせるために、結婚したとでも言うの？　父のところへも、よく乞《こ》食《じき》が来て、門口でなんのかんのと言っていたけど、たいてい何か貰《もら》っていたわ。でなくても、かならずどこかで、何かかにかに、ありついている。それが、今まで人にものを頼んだことのないあたしが、そんな必要を一度も感じたことのないあたしが、何も食べずに飢え死にしそう、一睡もせずに頭がくらくら、朝も夜も、ただもうどならればおし。それより、何より、一番いやなのは、あの人の態度、ことごとに愛情の押し売りをするのだもの。まるで、こう言わんばかり――寝たり食べたりしようものなら、病気はおろか、命まで落しかねないって。お願い、何か食べるものを持って来て。なんだって、構わない、毒さえはいっていなければ。

グルミオー　牛の足などいかがでございましょう?

カタリーナ　何よりだわ。どうかそれを頂戴《ちょうだい》。

グルミオー　もっとも、あいつは刺戟が強すぎはしませんかな。肝焼きはいかがで?

カタリーナ　好きよ。ねえ、グルミオー、それを持って来て。

グルミオー　こいつも刺戟が強いかな。ビーフに辛《から》しというのは、いかがなもので?

カタリーナ　好物よ、よく食べるわ。

グルミオー　しかし、辛しっていうのは、少々強すぎるかな。

カタリーナ　何でもなくてよ。それならビーフだけにして、辛しはつけなければいいのだもの。

グルミオー　それはいけません、辛し無しなんて。このグルミオーがビーフだけ持って来られますか。

カタリーナ　それなら、両方、もちろん片方だけでもいいわ。いいえ、何でも持って来られるものでいいの。

グルミオー　さようでございますか。じゃ、ビーフぬきの辛しだけということに。

カタリーナ　行ってしまえ、この大嘘《おおうそ》つき、（グルミオーを打ち）食べものの名前だけ食べさせる気だね。みんな、ひどい目にあうがいい、寄ってたかって、あたしをいじめて喜んでいる。行ってしまえと言うのに。

　ペトルーキオーとホーテンショーとが肉の皿をもってはいって来る。

ペトルーキオー　ケイト、どうだね？　おや、ばかに弱っているじゃないか？

ホーテンショー　奥さん、どうかなさったのですか？

カタリーナ　ええ、こんな辛《つら》い思いをするなんて。

ペトルーキオー　元気をおだし、笑って見せておくれ。それ、御覧、このとおり一所懸命、自分で料理して持って来たのだよ……（そう言いながら、料理をおろす。カタリーナはそれにむしゃぶりつく）ねえ、ケイト、この深切、まさに礼に値すると思うがね……（カタリーナ、食物を口に入れる）おや、何とも言ってくれないね？　そうか、さては口にあわないのだな。せっかくの苦労も水の泡《あわ》か……（皿をひったくり）おい、さげてしまえ。

カタリーナ　お願いだから、そのままにしておいて。

ペトルーキオー　どんなまずいものだって、礼くらい言うものだ。僕の料理にしても、手をつけるまえに、礼を言って損はあるまい。

カタリーナ　ありがとう。（ペトルーキオー、皿をおく）

ホーテンショー　ペトルーキオー君、あんまりだ！　君が悪い。さ、奥さん、僕が御相伴しましょう。（と言って、テーブルにつく）

ペトルーキオー　（小声で）頼む、みんな食ってしまってくれよ、ホーテンショー、いやしくも親友ならな。さて、これがすこしでも利《き》いてくれればいいが……（大声で）ケイト、どんどん食べておくれ。さて、それからお里帰りとゆこう。最上の晴着を美々しく着飾り、どんちゃん騒ぎをやらかそうではないか。絹の上衣《うわぎ》に絹帽子、ひだ襟《えり》に袖口《そでぐち》飾り。スカートの輪骨にスカーフ、扇子。ビーズに琥珀《こはく》の腕輪に金指輪。本物、偽物《にせもの》、とりまぜて……（カタリーナがふと顔をあげたすきに、ペトルーキオーの目までで、グルミオー、すばやく皿をかたづける）おや、もう食べてしまったのかい？　そう、仕立屋が待っていたな。その、君の体を、ぴらしゃら飾りたてようというわけさ……

仕立屋が腕に服を引っかけたままはいって来る。

ペトルーキオー　おい、仕立屋、見せてもらおう。その服をひろげてくれ……（仕立屋がテーブルの上にそれをひろげる。そこへ小間物屋が箱をもって現われる）何か用かい？

小間物屋（箱を開けて）はい、旦那様が御注文なさいました帽子を持ってまいりました。

ペトルーキオー（それを乱暴にひったくり）何だ、これは、お椀《わん》を型にして造ったものじゃないか——ビロードの鉢《はち》っていうわけか。ふざけるな！　こんな不様《ぶざま》な、意味のないものが使えるか。帆立貝《ほたてがい》か胡桃《くるみ》の殻よろしく、いや、饅頭《まんじゅう》だ、玩具《おもちゃ》だ、赤ん坊の帽子だ。（それを部屋の隅《すみ》に投げつける）打っちゃってしまえ！　もっとでかいのを持って来い。

カタリーナ　あたし、大きいのはいや。それ、今の流行よ。それに、そういうのなら、お人柄だと思うわ。

ペトルーキオー　君自身がお人柄になったら、ひとつかぶってみるのだね。それまでは、やめておいたほうがいい。

ホーテンショー　（傍白）急ぐことはないや。
カタリーナ　何ですって！　もう黙っていられません、ええ、言いますとも！　子供じゃないのだから。赤ん坊とちがいますよ——あなたより身分のいい人たちだって、あたしには、もっと言いたい放題のことを言わせてくれた。聞きたくないのなら、耳をおさえていればいい。あたしの舌は、腹のなかのこと、そのまま喋《しゃべ》るのです、怒りだろうと、何だろうと。それを無理に押し殺せば、きっと破裂してしまう、この胸が。それよりは、思う存分喋りまくったほうがいい。そうしますとも、ええ、そうしてやる。
ペトルーキオー　そうだ、君の言うとおり——まったくこの帽子はひどい、カスタード・プディングの上皮よろしく、ほんとに子供だましだよ、絹製のパイだよ！　これが気にくわんとは、ますます、君が好きになった。
カタリーナ　あたしが好きだろうと、嫌《きら》いだろうと、この帽子は気にいったのです。だから、これにします、ほかのは要《い》らない。
ペトルーキオー　服はと？　あ、仕立屋、それを見せてくれないか……（テーブルのところへ行く。グルミオー、小間物屋を帰す）わあ、何という代物《しろもの》だ！　仮装舞踏会に着て出ようというのだな？　これはなんだ？　袖ってものかい？　まるで大砲の筒口じゃないか。なんてことだ！　上も下も、ぶくぶく、裁ちも裁ったり、アップル・パイよろしく。いや、驚いた、ここも、ちょきん、あそこも、ちょきん、しゃっと切り、しゅっと切り、これじゃ、どう見ても床屋の湯わかし同様、穴だらけ。やい、この野郎、仕立屋、これは、一体全体、なんてものだ?

ホーテンショー (傍白)この様子じゃ、帽子も上着も、女房の手にはいりそうもないぞ。

仕立屋 御注文のとき、大事な品ゆえ、流行にあわせて、きれいに仕立てあげろというお話だったので。

ペトルーキオー そのとおり、いかにもそう言った。だが、忘れては困る、大事な品を台なしにしろとは言いはしない……さっさと帰れ、まったくとめどない野郎だ、こうなれば、出入りさしとめだぞ。そんなもの要らん、持って帰れ。

カタリーナ でも、あたし、こんないいの、はじめてよ、型もいいし、流行にもあっているし、とても気にいったの、申しぶんないわ。それなのに、あなたは、あたしを木偶《でく》あつかいなさるつもりね。

ペトルーキオー まったくだ、こいつ、きみを木偶あつかいしている。

仕立屋 いいえ、旦那様が奥様を木偶あつかいしていらっしゃる、そう、奥様はおっしゃいましたので。

ペトルーキオー　こいつ、とんでもないなまいきな野郎だ！　嘘をつけ、この糸くず野郎の指ぬき野郎！　三尺、二尺、一尺五寸の、八寸、二寸、たった三分の切れっぱし野郎！　貴様は蚤《のみ》だ。虱《しらみ》の卵だ、冬のこおろぎだ！　俺の家へ来てまで、糸巻ふりまわして威ばる気か？　出て行け、ぼろきれ野郎の余りぎれ野郎！　ぐずぐずしていると、その物さしでぶんなぐるぞ！　そのぶんじゃ、生きているかぎり、べちゃくちゃ喋りつづけるつもりだろうからな。奥さんの着物を、よくもまあ、こんなにしてしまいやがったもんだ。

仕立屋　旦那様は何か勘違いしておいでで——これはお指図《さしず》どおり造りましたのでございます。はい、グルミオーさんがいらして、こうこうと。

グルミオー　あたしゃ、何にも言いはしません。ただ裂《き》れ地《じ》を持って行っただけでして。

仕立屋　でも、どういうふうに仕立てろと、ちゃんとおっしゃったでは？

グルミオー　そりゃ、言ったとも、針と糸を使ってとな。

仕立屋　でも、裁てとおっしゃいましたでしょう？

グルミオー　ずいぶん、いろんなものをくっつけたもんだ。

仕立屋　はい、手前としては、せめて。

グルミオー　だが、俺を責めちゃいけねえ。これまで、ずいぶん、いろんな奴《やつ》をなめてきたんだろうが、俺をなめちゃいけねえ。俺という男は、めったに責めたり、なめたり出来ねえ男だ。いいか、確かに俺は、お前のとこの親爺《おやじ》に服を裁ってくれって言った。けど、ちぎってくれたあ言わなかったぜ。かかるがゆえにだ、貴様は嘘つきだ。
仕立屋　それなら、ここに証拠が、型のことを書いた書き附けがあります。
ペトルーキオー　それを読んでみろ。
グルミオー　その書き附けは真赤《まっか》な嘘だ、もしおれがそう言ったっていうなら。
仕立屋　（読む）「一つ、上着はゆったり仕立てること」
グルミオー　旦那様、ゆったりだなんて、淫売《いんばい》じゃあるまいし、もしそんなこと言ったとしたら、そのスカートのなかにわたしを縫いこんでもらいましょう。そして糸巻きの芯《しん》で叩《たた》き殺しておくんなさい。
ペトルーキオー　先を読め。
仕立屋　「半円形のケープつき」
グルミオー　ケープとは言った。
仕立屋　「袖は広袖」
グルミオー　袖は二つにしろとは、確かに言った。

仕立屋　「袖の仕立はふるっていること」

ペトルーキオー　そこだ、それがけしからんのだ。

グルミオー　それは書き附けの間違いです、旦那様、たきつけの間違いだ！　へい、わたしはこう言っただけです、袖は一度裁ってから、さらに縫いあわせること、それだけです。これだけは、どこまでも決着つけてもらおうじゃねえか、そんな、小指に指ぬきの鎧《よろい》つけておどそうたって、ちっともこわくなんかあるもんか。

仕立屋　手前の申すことに間違いはございません。出るところへ出れば、わかりましょう。

グルミオー　よしきた。貴様はそのたきつけで来い。物さしはこっちへよこせ。さあ、遠慮は要らないぞ。

ホーテンショー　驚いたね、グルミオー！　それでは、仕立屋は儲《もう》けになるまいが。

ペトルーキオー　ま、よし、要するに、その服は俺の趣味に合わん。

グルミオー　それは、ごもっともです。女物だからな。

ペトルーキオー　持って帰って、親爺《おやじ》の好きなようにしろ。

グルミオー　待て、こんちくしょう、とんでもないこった！　奥様の服を貴様のところの親爺が使うだなんて！

ペトルーキオー　何だって、それは、どういう洒落《しゃれ》だ？
グルミオー　これは、ちょいとおわかりになりますまい。奥様が肌におつけになるものを、あいつの親爺が！　と、と、とんでもねえこった！
ペトルーキオー　（小声で）ホーテンショー、仕立屋に勘定を、うまく計らってくれ……（大声で）さ、持って帰れ、消えうせろ、もう口をきくな。
ホーテンショー　（小声で）仕立屋さん、その衣裳《いしょう》の代金は明日はらうよ。いくらひどいことを言われたからって、そう気にしなくてもいいのだ。さ、お帰り。親爺さんによろしくな。（仕立屋、退場）
ペトルーキオー　それからと、さ、ケイト、お父さんのところへ行こう。ふだん着だが、ちゃんとしたものだ、これでかまわない。財布の中身は立派、貧しいのは着物だけさ。何といっても、肉体を実らせるのは精神だからね。同様に、どんな賤《いや》しい身なりをしていても、徳はおのずから姿を現わすものだ。そうじゃないか、間抜けのかけすが、いくら羽根が美しいからって、雲雀《ひばり》より尊いとは言えまい？　うろこの色が見た目にきれいだからって、まむしがうなぎより好きだという奴がいるかね？　いや、そんな奴はいるものか。ねえ、ケイト、おなじだよ、着るものが貧弱だろうが、道具が廉物《やすもの》だろうが、それできみの値打がさがるってものではない。もし、そんなことが恥ずかしいというなら、みんな僕のせいにしたらいい。そうときまれば、さ、元気をだして、すぐこれからお父さんのところへ行って、ひとつ大浮かれの宴会を開こうじゃないか。さ、ものどもを呼んでくれ。すぐ出かける。馬はロング・レインの突き当りのところにつないでおけ。そこから乗って行く。そこまでは歩いて行こう。さてと、もう七時ころだろうな。夕飯までには着くだろう。

カタリーナ　いいえ、二時です。でも、とても夕飯には間にあいません。

ペトルーキオー　馬のところへ行きつくまでには、七時になるさ。ところで、君は、僕の言うこと、なすこと、考えることに、一々たてをつくね。おい、みんな、もういい。きょうはやめにした。俺が思ったとおりの時間にならなければ、出かけないぞ。

ホーテンショー　驚いたね、この豪傑は太陽に命令を下そうというのか。（一同退場）

〔第四幕 第四場〕

9

パデュアの広場

トラニオー。ヴィンセンショーに扮《ふん》した学校教師、旅をして、やっとこの土地に着いたばかりという恰好《かっこう》で長靴をはいている。二人ともバプティスタの家に近づく。

トラニオー　ここがその家です——寄ってもよろしいか？

教師　うむ、そのために来たのじゃないか。バプティスタさんは、わしをおぼえているはずだ、薄情な男でないかぎりな。ほとんど二十年にもなろう、ジェノアにいたときのことだが、ペガサスという宿屋で相客だったことがある。

トラニオー　その調子。へまをやらないように、どんなときでも、いかにも親父《おやじ》らしく、もったいつけて頼みますよ。

教師　大丈夫……

ビオンデローが出てくる。

教師　おや、あそこにあなたの子分が来た。あれにも一応言っておいたほうがいい。

トラニオー　御心配にはおよびません……こら、ビオンデロー、言附けどおりやるのだぞ、いいか。この人を本物のヴィンセンショー殿と思うのだ。

ビオンデロー　へん、言うにゃおよぶです。

トラニオー　で、バプティスタさんへの伝言はすませたのか？

ビオンデロー　言っておきました。お父様はヴェニスにおいでなさる、だが、きょうにもパデュアにお着きになるはずだって。

トラニオー　それでこそ一人前。さ、飲みしろに取っておけ。(金をやる)

戸が開き、バプティスタが出てくる。つづいてルーセンショー。

トラニオー　あ、バプティスタさんが。さ、恰好をつけて。バプティスタさん、いいところでお目にかかりました。(教師に)これがお話した方です。どうか父親として御《ご》挨拶《あいさつ》を。ビアンカさんを私に、そして、遺産をそのままビアンカさんに。

教師　ま、お待ち！　ええ、一言、御挨拶を。このたび、債権とりたてのため御当地に参ったのでありまするが、倅《せがれ》ルーセンショーから聴くところによると、御令嬢との間の恋愛という重大事が起りました由《よし》。もちろん御高名はかねがね承っておりますし、倅は御令嬢をお慕い申しあげておりますし、御令嬢もまた倅を慕っておられますし、このうえ倅をじらすのもいかがかと存じますので、父親の立場といたしましては、進んで結婚いたさせたいのでございます。つきましては、もし尊台に格別の御異議がなければ、ここにそれ相当の御約束をとりきめ、御令嬢への遺産の件、よろこんで御同意申しあげたく、ほかならぬバプティスタさんのことゆえ、いまさらへたな詮索《せんさく》などいたしたくないという気持なのでございますが。
バプティスタ　私にも一言――率直簡明な御挨拶、快く拝聴いたしました。おっしゃるとおり、これなる御子息ルーセンショーさんは娘のことを想《おも》うてくださり、娘もまたお慕い申しあげている様子。まさか見かけだけの酔狂とはおもわれません。したがって、御父上として娘に資産を残すとおっしゃってくだされば、もうそれだけで、この婚儀は整うたも同様、べつに問題はございません――喜んで御子息に娘をさしあげます。
トラニオー　ありがとうぞんじます。それでは、婚約はどこでいたすのが一番よろしいでしょうか？　またお互いの契約の交換もいたさねばなりませんが、どこがよろしいとお思いでしょうか？
バプティスタ　わたしのところは困ります。というのは、水さしに耳あり、召使が大勢おりますし、例のグレミオー爺《じい》さんが、始終、聴き耳をたてておりますので、どんな邪魔がはいらぬでもありません。
トラニオー　では、私の宿はいかがでしょう、もしおいやでなければ。父も一緒におります。今夜、うちうちだけで事を運んでしまいましょう。お嬢さんを呼びにやってくださいまし。（ルーセンショーに目くばせする）代書はこちらですぐ呼びにやらせます。

ただ困ることは、なにしろ急なので、碌《ろく》におかまいもできませんが。

バプティスタ　御心配にはおよびません。キャンビオー君、急いで行って、ビアンカにすぐ仕度してくるように伝えてください。ついでに、事情も話してやって――ルーセンショーさんのお父様がパデュアにいらした、そして、あれはルーセンショーさんの妻になると決ったらしいと。（ルーセンショー、すぐ立ち去る。が、トラニオーからの目まぜで樹立《こだち》のうしろに隠れて立つ）

ビオンデロー　おお、神様、どうかそうなりますように！

トラニオー　神様なんかと遊んでいないで、さっさと行ってこい……（ルーセンショーのところへ行くように合図する）

召使がトラニオーの家の戸を開ける。

トラニオー　バプティスタさん、では、おいでいただきましょうか？　ようこそ、おいでくださいました！　ほんの一品料理になりそうですが。さあ、さあ、いずれピザでお埋め合せいたします。

バプティスタ　では、お供いたしましょう。（トラニオー、バプティスタ、教師、入る。ルーセンショーとビオンデローとが前面に出てくる）

ビオンデロー　おい、キャンビオー。
ルーセンショー　なんだ、ビオンデロー。
ビオンデロー　あの旦那《だんな》様が、あなたに目まぜしたり笑ったりしたのを見たでしょう？
ルーセンショー　それがどうした？
ビオンデロー　いえ、大したことはありません。ただあの合図の深遠なる意味を説明するように、私を残しておいたのです。
ルーセンショー　頼む、その謎《なぞ》を解いてくれ。
ビオンデロー　つまり、こうです……バプティスタは安全、目下、偽物《にせもの》の親父と、偽物の息子のことについて会談中。
ルーセンショー　で、バプティスタがどうしたと言うのだ？
ビオンデロー　あなたは、これから、そのお嬢さんを誘い出しにお出掛けになる。
ルーセンショー　それから？
ビオンデロー　聖ルカ教会の神父さんが待っておいでになる、いつでもお役に立ちたいそうで。
ルーセンショー　それで、いったいどういうことになるのだ？

ビオンデロー わかりません――知っているのは、みんな寄ってたかっていかさま契約の真最中。あなたも教会で娘さんとよろしく誓約をとりかわしておしまいなさい。「版権独占」ってやつだ。さ、早く教会へ！　坊さんと書記と、それから相当な立会人を二、三人、すぐ連れていらっしゃい……以上、これが日ごろからのお望みでないとおっしゃるなら、もう何も言うことはありません。ビアンカさんに、永久のさようならをしていらっしゃい。（行こうとする）

ルーセンショー それにしても、ビオンデロー？

ビオンデロー ぐずぐずしちゃいられないんです。私はこういう話を知っています。兎《うさぎ》に食わせるおらんだ芹《ぜり》を庭に取りに行った娘っこが、その日の昼すぎにはもう嫁っこになっちまった――あなたもその口らしい。じゃ、さようなら。御主人様の命令で、これから聖ルカ教会へ参ります。あなたがお供を連れてくるまえに、出かけられる用意をしておくよう、坊さんにお伝えしておこうというわけです。（去る）

ルーセンショー そうゆけばいいし、そうしたいものだ、あれがその気にさえなってくれれば。きっと喜んでくれるだろう、とすれば、べつに心配することはない。どうなろうと、とにかくありのまま話してみよう。このキャンビオー、今となっては、もうあれなしでは生きられない。（去る）

〔第四幕 第五場〕

10

パデュアに通じる街道の山道

ペトルーキオー、カタリーナ、ホーテンショー、召使たちが道ばたに休んでいる。

ペトルーキオー　（立ちあがり）さ、行こう！　いよいよ、親父《おやじ》さんの家だぞ……やあ、すばらしい月だ、皎々《こうこう》と輝いている！

カタリーナ　月ですって！　太陽ですよ。いま時分、月だなんて！

ペトルーキオー　いや、あれは月だ。

カタリーナ　いいえ、あれは太陽です。

ペトルーキオー　吾《わ》がお袋の息子にかけて、とりもなおさず、この吾が輩にかけて、あれは月だ、星だ、いや、吾が輩の欲するものすべてだ、すくなくとも親父さんの家に着くまではな……（召使に）やい、馬をかえせ――いちいち突きかかる、しょっちゅうだ、突きかかる以外に能がないのか！

ホーテンショー（小声でカタリーナに）逆らってはいけません。さもないと、いつになったって行き着かない。

カタリーナ　お願いです、行きましょう、せっかくここまで来たのだから。月でも、太陽でも、何でもお好きなように。なんでしたら蠟燭《ろうそく》でも。

ペトルーキオー　月だ。

カタリーナ　そう、月ですわ。

ペトルーキオー　違う、お前は嘘《うそ》つきだ。明々白々、あれは太陽だ。

カタリーナ　それなら、ええ、確かに、あれは太陽ですわ――でも、あなたが、それは違うとおっしゃれば、太陽ではありません。月だって、いろいろに変ります、あなたのお心と同じように。あなたがこうとお呼びになれば、そのとおりになります。そうなれば、あたしもそう呼びます。

ホーテンショー（傍白）ペトルーキオー、進め、勝ったぞ。

ペトルーキオー　よし、行け！　かくして、水は高きより低きへ、（カタリーナの腕をとり）自然に従うっていうことはいいことだ……しかし、待てよ、あれはなんだ？

ヴィンセンショー、旅装にて、山道を反対側からのぼってくる。

ペトルーキオー　（ヴィンセンショーに）やあ、今日は、お嬢さん、どちらへ？　ねえ、ケイト、正直にいって、こんなぴちぴちしたお嬢さんを見たことがあるかい？　あの頰《ほお》の色、肌の下で白と赤とが競いあっているようだ！　あの二つの眼、どんな星だって、あれほどの美しさをもって、夜空を輝かしはしまい？　麗《うるわ》しきお女中、もう一度今日はを。ケイト、かほどの美しさに御挨拶《ごあいさつ》を、さ、抱いてさしあげろ。

ホーテンショー　（傍白）爺《じい》さんを女あつかいしたりして、奴《やっこ》さん、きっと目をまわすだろう。

カタリーナ　春の若芽のようなお嬢さん、きれいで、瑞々《みずみず》しくて、かわいらしい、どちらへお越しですの、お住いは？　こんなきれいなお嬢さんをおもちの御両親は、ずいぶんしあわせでしょうね。あなたを閨《ねや》の伴《とも》にするような、いい星の下に生れてきた男は、もっとしあわせですわ！

ペトルーキオー　え、なんだって、ケイト！　気でも違ったのじゃないか。この方は男だよ、お年寄りだよ、すっかり萎《しな》びてしまって、皺《しわ》だらけで、かすんでいる。娘さんだなんて？　とんでもない。

カタリーナ　ごめんなさい、お爺さん、日の光がまぶしいものですから、つい間違えてしまいました。なにもかも、ぱっと緑色に燃えて見えるのです。あら、ほんとにお年寄り。どうぞ許してくださいましね、とんだ間違いをいたしました。

ペトルーキオー　御老体、許してやってください。で、おさしつかえなくば、どちらへお越しか、お教えいただきたい――同じ方角なら、喜んでお供したいのですが。

ヴィンセンショー　これは、これは、お二人とも、おもしろい方だ、変った御挨拶でびっくりしてしまいました。(頭をさげる) わたしはヴィンセンショーと申すもの、ピザに住んでおりますが、これからパデュアに参りますところ、久しく会わなかった伜《せがれ》を訪ねようとぞんじまして。

ペトルーキオー　その息子さんのお名前は?

ヴィンセンショー　ルーセンショーと申します。

ペトルーキオー　喜ぶべき奇遇ですな――その息子さんのためにはなおのこと……となると、法律上、またあなたのお年からも、わたしはあなたを親愛なる父とお呼びしなければならない。つまり、この家内の妹にあたる女性と、あなたの御子息とは、たぶん今ごろはもう結婚をすませているはず……お驚きなさるな、ましてお歎《なげ》きにはあたらない――それは立派な女性です、持参金も十分なら、家柄も歴《れっき》としたもの。そのうえ、どんな立派な紳士の妻としても恥ずかしくない資格をそなえておいでだ……さ、ヴィンセンショーさん、抱かせてください。(二人、抱きあう) これからみんなで、あなたの御子息に会いに出かけようではありませんか。あなたのおいでになったのを、さぞかし喜ばれることでしょうよ。

ヴィンセンショー　だが、本当ですかな？　ふざけておいでなのでは？　気まぐれな旅人がよくやることだ、出あいがしらの相手に、誰彼かまわず、冗談を言いかけるのではありませんかな？

ホーテンショー　僕が保証します、本当ですよ。

ペトルーキオー　さ、出かけましょう。行ってみれば、真偽はすぐわかる。のっけからふざけてしまったので、なかなか信じていただけないのだ。（ホーテンショー以外、去る）

ホーテンショー　なるほど、ペトルーキオー、おかげで勇気がついたよ……その手で後家さんにぶつかってみるぞ！　もし相手が強情な女なら、こっちは強引に、つまり、そういうことだろう、ペトルーキオー。（みんなのあとを追い、山道を駆けのぼって行く）

〔第五幕　第一場〕

11

パデュアの広場

グレミオーが樹下に腰をおろし、居ねむりしている。やがて、バプティスタ家の戸がそっと開き、ビオンデローが、つづいて、自分の身なりに立ちかえったルーセンショーと、身をくるんだビアンカとが出てくる。

ビオンデロー　（小声で）そっと、急いで。坊さんはもう用意ができております。

ルーセンショー　俺の足は宙を飛んでいるのだ、ビオンデロー。お前は家へ帰ってくれ、何か用があるかもしれない。（そう言いおいて、ビアンカと急ぎ去る）

ビオンデロー　（あとを追いながら）いえ、いえ、教会におはいりになるのを、ともかくもお見とどけして、それから急ぎもどることに。

グレミオー　（立ちあがって）どうしたんだろう、キャンビオーの奴《やつ》、いつまで待ったって現われはしない。

このとき、ペトルーキオー、カタリーナ、ヴィンセンショー、グルミオー、その他の召使たち、広場にはいって来る。一行はトラニオーの宿に近づく。

ペトルーキオー　ここが玄関、いよいよルーセンショーの家です。父の家はもっと市場寄り、まずそこへ顔を出さねばなりませんので、ここで失礼します。

ヴィンセンショー　その前に、ぜひ一献《こん》さしあげねば。とにかくおもてなしするよう命じましょう、何かさしあげられるはず。（戸をノックする）

グレミオー　（近づいて来て）とりこみ中だ、もっと強く叩《たた》かにゃだめだ。（ペトルーキオー、ものすごく強く叩く）

戸の上の窓から学校教師が首を出す。

教師　だれだ、戸を叩いたのは、ぶちこわそうっていう気かな？

ヴィンセンショー　ルーセンショーさんは御在宅ですかな？

教師　いるにはいるが、どなたにも会いませんぞ。

ヴィンセンショー　愉快に暮せるように、百ポンドも二百ポンドも、金を持って来たものを？

教師　それは大事にしまっておきなさい。あれはそんなものほしがりはしません、わしの目の黒いうちは。

ペトルーキオー　それ、わたしのいったとおり、息子さんはパデュアで大変な人気者だ……ねえ、君——くだらぬやりとりはぬきにして、ルーセンショー君に伝えてくれませんか、お父上がピザからおいでになって、門口で待っておられるとね。

教師　いいかげんなこと言いなさるな。ルーセンショーの父親は、とうにマンテュアから着いて、いまここに、こうして窓から首をだしている。

ヴィンセンショー　では、あなたが父親だと？

教師　そうとも、母親がそう言っているでな、嘘《うそ》かほんとか知らないが。

ペトルーキオー　（ヴィンセンショーに）こりゃ、どうしたと言うのだ！　え、あくどいではありませんか、人の名をかたるなんて。

教師　その悪党をつかまえてくれ！　わしの名をかたって、この都で、だれかを欺《だま》すつもりにちがいない。

ビオンデローがもどってくる。

ビオンデロー　（ひとりごと）お二人とも無事に教会におはいりになったが、どうぞ神のお恵みがあるように……おや、あれは？　大旦那《おおだんな》のヴィンセンショー様だ！　さてはばれたか、万事休すだ。

ヴィンセンショー　（ビオンデローを見て）おい、ここへ来い、死刑囚。

ビオンデロー　（そばを通りぬけながら）お前を、ごめん。

ヴィンセンショー　（それをおさえて）ここへ来いと言うのに。おい、貴様はわしを忘れてしまったのか？

ビオンデローー　忘れてしまった？　とんでもない、忘れられるわけがない、まだ一度もお目にかかったことがないんだから。

ヴィンセンショー　なに、この悪党め、自分の主人の父親に会ったことがないと言うのか？

ビオンデローー　何ですって、御主人のお父様？　はい、それなら知っています――ほれ、窓からのぞいておいでになる。

ヴィンセンショー　本気で、そんなことを？（ビオンデローを打つ）

ビオンデローー　助けてくれ、助けて、助けてくれ！　気違いだ、殺される。（逃げ去る）

教師　おい、伜《せがれ》、助けてやってくれ！　バプティスタさん、助けてやって！（窓を閉める）

ペトルーキオー　こりゃ、ケイト、どいていよう。しばらく成りゆきを見物しようじゃないか。（樹《き》の根もとに腰をおろす）

教師が召使とともに出てくる。つづいてバプティスタ、トラニオー。てんでに棒を持っている。

トラニオー　一体、何者だ、うちの召使をなぐるなどと？
ヴィンセンショー　何者だと！　いやさ、お前こそ何者だ？　おお、呆《あき》れたやつだ！　畜生め、なんだ、そのぴらしゃらした恰好《かっこう》は！　絹の上着、ビロードのズボン、緋色《ひいろ》の外套《がいとう》、山高帽子！　ああ、わしの身代はめちゃめちゃだ！　身代はめちゃめちゃだ！　一所懸命家を守っていれば、何のこった、外では、息子と召使が留学と称して、湯水のように金を使っている。
トラニオー　これは、また！　一体どうしたのです？
バプティスタ　どうしました、この男は気違いですかな？
トラニオー　お見うけしたところ、立派なお年寄りだが、おっしゃることは、どうも狂人としか思えませんね……そうでしょうが、私が真珠や金をつけていたからといって、それがあなたにどういう関係があるのです？　父親のおかげで、こうしていられるのだ、誰に文句を言われる筋あいもありません。
ヴィンセンショー　父親のおかげ！　何を、畜生め、貴様の親父《おやじ》はベルガモで船の帆をこしらえているじゃないか。
バプティスタ　人違いだ――そりゃ、人違いだ――ま、この人を誰だと思っておいでなのだ。

ヴィンセンショー　誰だと思っている！　知らないでどうする。三つのときから育てきたのだ。名前を言ってやろう、トラニオーだ。

教師　帰った、帰った、この気違い馬！　ルーセンショーというのだ、この男は。わしの一人息子、このヴィンセンショーの跡とりだ。

ヴィンセンショー　ルーセンショー！　おお、それなら、こいつは主人を殺したのだな！　この男をつかまえてくれ、頼む、パデュア公の命令だ……ああ、息子は、わしの息子は……おい、答えろ、この極悪人め、ルーセンショーはどこにいる？

トラニオー　おまわりさんを呼んでこい……

警邏《けいら》が現われる。

トラニオー　この気違いを監獄へぶちこんでしまってください……お父さん、こいつを裁判所へ送りこむように御手配ねがいます。

ヴィンセンショー　監獄へぶちこむ！

グレミオー　おまわりさん、ちょっと待った。その人を牢屋《ろうや》へ連れて行くことはない。

バプティスタ　お黙りなさい、グレミオーさん。どうしても牢屋へ入れてもらいましょう。

グレミオー　気をつけぬといけませんぞ、バプティスタさん、へたするとだまされる。あえて言うが、この人が本物のヴィンセンショーだ。

教師　そうまで言うなら、誓っていただきましょう。

グレミオー　いや、誓うなどと。

トラニオー　それなら、私がルーセンショーではないと、おっしゃったらいい。

グレミオー　いや、そりゃ承知している。あなたはルーセンショーだ。

バプティスタ　消えうせろ、この老いぼれめ、こいつと一緒に監獄行きだ！

ヴィンセンショー　ああ、よそものは、よくこんなひどい目にあうものだ……ええい、悪党め！

ビオンデローがルーセンショーとビアンカを連れてもどってくる。

ビオンデロー　ああ、めちゃくちゃだ——あそこにお父様が！　知らぬふりをしなさい、裏切るのです。さもないと、みんな破滅です。

ルーセンショー　（膝《ひざ》まずいて）許してください、お父さん。

ヴィンセンショー　伜、生きていてくれたか？

ビオンデロー、トラニオー、教師、倉皇《そうこう》としてルーセンショーの家のなかに逃げこむ。

ビアンカ　（膝まずいて）お許しくださいましお父様。

バプティスタ　お前が、何を悪いことしたのだ？　おや、ルーセンショーは？

ルーセンショー　ここに。本物のヴィンセンショーの、本物の息子です。ただいま御令嬢と結婚の式をすませてまいりました、偽物《にせもの》があなたのお目をくらましているあいだに。

グレミオー　いんちきだ、こりゃ、みんな、まんまと一杯食ったのだ！

ヴィンセンショー　どこへ行ってしまったのだ、あの悪党めのトラニオーは？　どこまでもずうずうしく逆らいおって。

バプティスタ　一体、どうしたというのだ、これは、うちのキャンビオーじゃないか？

ビアンカ　キャンビオーがルーセンショーに変ったのです。

ルーセンショー　愛が奇蹟《きせき》を。ビアンカの愛が、私の身分をトラニオーに。つまり、あれがここでは私の役を。おかげで私は思いどおりに、やっと幸福の港に……トラニオーの所行は、すべて私が無理に言いつけたこと、お父さん、どうぞ許してやってください、私の顔に免じて。
ヴィンセンショー　あいつの鼻を引裂いてやりたい、わしを監獄にほうりこもうなどと。
バプティスタ　だが、待ってくれ。すると、あなたは、わしの許しを得ないで、娘と結婚したことになるな？
ヴィンセンショー　御心配なさるな、バプティスタさん——かならずお気のすむように計らいます。が、その前に、あの悪党めをこらしてやらねば。（ルーセンショーの家の戸を開けて、はいる）
バプティスタ　わたしにしても放ってはおけない、この悪だくみの底をさぐってみなければ。（自分の家に入る）
ルーセンショー　ビアンカ、そんなにしおれなくてもいい——お父さんはそんなにお怒りになりはしない。（二人、バプティスタのあとを追って入る）
グレミオー　俺の菓子だけは生焼けか。だが、一緒に引っこもう。希望は失ったが、せめて馳走《ちそう》にゃありつきたい。（あとにつづく）

ペトルーキオーとカタリーナ、立ちあがる。

カタリーナ　ねえ、あなた、一緒に行きましょうよ、この騒ぎがどうなるか見とどけたいわ。
ペトルーキオー　その前に、接吻《せっぷん》を、ケイト。
カタリーナ　え、道の真中で？
ペトルーキオー　おや、相手がぼくでは恥ずかしいとでも？
カタリーナ　あら、そんなこと――恥ずかしいのは接吻。
ペトルーキオー　そうか、じゃ、帰ろう……（グルミオーに）おい、こら、帰るんだ。
カタリーナ　待って、それなら、します。さ、あなた、帰らないで。（接吻する）
ペトルーキオー　悪くないだろう？　さ、ケイト、為《な》さざるは、為すにしかず、つまり、いつだって、遅すぎるということはないのさ。（二人、バプティスタ家に入る。カタリーナはペトルーキオーの腕にすがっている）

12

〔第五幕 第二場〕

ルーセンショー家の一室

召使が戸を開ける。バプティスタ、ヴィンセンショー、グレミオー、学校教師、ルーセンショー、ビアンカ、ペトルーキオー、カタリーナ、ホーテンショー、未亡人、つぎつぎに現われる。最後に、トラニオーとともに召使たちが、食後のデザートを運んでくる。

ルーセンショー　だいぶ長くかかりましたが、不協和音もこれでやっと調子が合ったという形、激しい戦いが終って、九死に一生を得た危険な物語を、笑って茶のみ話に出来る時がきたと申すもの……ビアンカ、父をよろしくもてなしてもらいたい、僕も、同じ真心をもって、君のお父さんをおもてなしする。ペトルーキオー兄さんに、カタリーナ姉さん、それからホーテンショー、もちろん、お連れの美しき未亡人も、さ、みなさん、大いにやってください。本当に、よくいらしてくださいました。この小宴は、さきほどの大盤ふるまいのあと、胃袋のいささかの空きを埋めるにすぎぬもの。さ、みなさん、席にお着きください。あとは坐《すわ》って、喋《しゃべ》って、食って、ただそれだけ。

(みんな席に着く。召使たちが酒をつぐ。果物、その他をだす)

ペトルーキオー　さよう、坐って食って、食って坐って、ただそれだけさ！

バプティスタ　吾《わ》が婿《むこ》ペトルーキオー殿、この好意はパデュアが捧げるものですぞ。

ペトルーキオー　いかにも、パデュアの供しうるのは好意のみ。

ホーテンショー　吾々《われわれ》二人のためにも、その言葉が真実ならばと願うのだが。
ペトルーキオー　さては、ホーテンショー、内心、おびえているな。
未亡人　変なことおっしゃらないで、あたし、おびやかされなんかしませんよ。
ペトルーキオー　あなたは考えぶかい人だと聞いたが、どうも勘違いしているようですな、僕の言葉を。僕は、ホーテンショーのほうがおびえていると言ったのですよ。
未亡人　めまいを持病にもっていると、世の中の方が廻っていると思いたがるものですからね。
ペトルーキオー　廻りくどい理窟《りくつ》をこね廻しますな。
カタリーナ　ちょっと、今おっしゃったこと、どういう意味ですの？
未亡人　率直に言えば、ペトルーキオーさんのことを、ひそかに思っていましたの。
ペトルーキオー　吾が輩のことを、ひそかに思っていた！　そんなこと、ホーテンショーの前で言って、いいのですか？
ホーテンショー　この人の言う意味は、君のことから思いついたということだよ。
ペトルーキオー　訂正、おみごと。そのお駄賃に接吻してあげなさい。
カタリーナ　「めまいを持病にもっていると、世の中のほうが廻っていると思いたがるもの」――さ、その意味をおっしゃって。

未亡人　あなたの旦那《だんな》様は、じゃじゃ馬で苦労しているものだから、御自分の悩みから、宅の気持を推しはかっておいでになる、そういうこと。さ、おわかりになったでしょう。

カタリーナ　つまらないことなのね。

未亡人　つまり、あなたがね。

カタリーナ　ええ、あたしなんか、取るにたりなくてよ、あなたのつまらなさにくらべれば。

ペトルーキオー　ふれ、ふれ、ケイト！

ホーテンショー　ふれ、ふれ、後家さん！

ペトルーキオー　百マルク賭《か》ける、ケイトはかならず後家さんを押し倒しますぜ。

ホーテンショー　そりゃ、僕の役だ。

ペトルーキオー　お役目御苦労、よく言った、さあ、行くぞ！（ホーテンショーに乾杯する）

バプティスタ　どうです、グレミオーさん、つぎからつぎへと、よく、まあ洒落《しゃれ》のめすではありませんか。

グレミオー　まったく、まるで頭のぶっつけあいだ。

ビアンカ　丸太を頭にですって！　駄洒落のうまい人が聴いたら、丸太より角のほうが頭に似あうって言うでしょうよ。

ヴィンセンショー　ははあ、花嫁御、あなたまで調子づきましたな？

ビアンカ　ええ、でも、おじけづいたわけではありませんから、すぐ静かになりましてよ。

ペトルーキオー　いや、そうはさせませんぞ。御自分から買って出た以上、一発、苦いやつをお見まい申しましょうかな。

ビアンカ　あたし、あなたの鳥になるの？　いいわ、すぐ藪《やぶ》を変えてしまうから。さ、弓を持って追いかけていらっしゃい……みなさん、よくいらしてくださいました。

(立ちあがって、一同に礼をし、さっと部屋から姿を消す。カタリーナと未亡人、そのあとにつづく)

ペトルーキオー　みごと先手を打たれたぞ。おい、トラニオー君、君のねらった鳥だったな、あれは。射そこないはしたけれど――乾杯、射そこなった連中のために。

トラニオー　おお、それは、ルーセンショー様が私めを、まるで猟犬よろしく、先に突っ走らせましたので。こっちはいい気になって駆けまくり、飼主のために獲物《えもの》をとらえました次第で。

ペトルーキオー　その洒落、まことに当意即妙、が、ちと犬くさいぞ。
トラニオー　なるほど、あなた様は御自分で狩りだされたというわけ。ですが、どうやら、その獲物の鹿《しか》に食いつかれておいでの御様子。
バプティスタ　やあ、ペトルーキオーさん！　一本やられましたな。
ルーセンショー　礼を言うぞ、トラニオー、ぐさり、一本だ。
ホーテンショー　さ、正直に、参ったと白状しろよ。
ペトルーキオー　ちょっとかすったというところかね。吾が輩の急所をそれたその流れ矢が、たぶん御両所にぷすり、御自分がやられたのにお気づきないらしい。
バプティスタ　いや、まじめな話、ペトルーキオーさん、あなたはお気の毒、世界一のじゃじゃ馬を嫁になさったのだ。
ペトルーキオー　いいや、断じて。あえてそうおっしゃるなら、その証拠に、めいめい自分の妻を呼びにやることにしよう。呼んですぐ来るようならすなおな女房、その亭主が、みんなの賭けたものを取るということにしようではないか。
ホーテンショー　よしきた。いくら賭けるね？
ルーセンショー　二十クラウン。
ペトルーキオー　二十クラウン！　鷹《たか》や猟犬にだって、そのくらい賭ける。女房には、その二十倍だ。

ルーセンショー　では、百クラウンにしよう。

ホーテンショー　よしきた。

ペトルーキオー　決った！　それでいこう。

ホーテンショー　最初はだれだ？

ルーセンショー　それは、僕だ。おい、ビオンデロー、奥さんを呼んで来い、俺が呼んでいるといって。

ビオンデロー　かしこまりました。（出て行く）

バプティスタ　賭金はわたしが半分もつ。ビアンカはすぐ来ますよ。

ルーセンショー　半端《はんぱ》は好みません。全部、僕がもちます。

ビオンデローがもどってくる。

ルーセンショー　おお、来た！　どうした？

ビオンデロー　旦那様、奥様のおっしゃいますには、忙しいから、行かれません。

ペトルーキオー　ほう！　奥様は忙しい、で、来られない！　それが返事か？

グレミオー　なるほど、お心のこもった御返事だわい。ま、神様にお祈りを捧げたがいい、あなたのときは、これ以上まずい返事をもらわぬようにな。

ペトルーキオー　自分の番が楽しみですな。

ホーテンショー　おい、ビオンデロー、家内のところへ行って、すぐここへ来てもらうように言って来い。（ビオンデロー、退場）

ペトルーキオー　やれ、やれ！　来てもらうときたな！　なるほど、頼まれれば、来もしようぜ。

ホーテンショー　そう言っては悪いが、君の場合は、頼んでも来はしまいが……

ビオンデローがもどってくる。

ホーテンショー　おい、家内はどうした？

ビオンデロー　こう言っておいででした、何か悪ふざけを考えていらっしゃるのだろう、だから参りません、そちらからおいでくださいって。

ペトルーキオー　だんだん悪くなるぞ、だから参りませんときた！　ううむ、ひどいものだ、これはかなわん、とうてい我慢できないね！　こら、グルミオー、奥さんのところへ行って、ちょっと来いと言って来てくれ、俺の命令だと言ってな。（グルミオー、出て行く）

ホーテンショー　答えは明々白々。
ペトルーキオー　どう？
ホーテンショー　来るものか。
ペトルーキオー　そういう目にあったら最後、万事休す。
　その瞬間、カタリーナが戸口に現われる。
バプティスタ　や、これは、カタリーナが！
カタリーナ　何か御用、お呼びになったって？
ペトルーキオー　ビアンカはどこにいるね？　ホーテンショーの奥さんは？
カタリーナ　煖炉《だんろ》のそばで話していらっしゃるわ。
ペトルーキオー　じゃ、呼んでおいで。もし、いやだと言ったら、ぽんこつ食わしてもいいから、引っぱってくるのだ、御亭主のところへ……さ、行って、みんな連れておいで。（カタリーナ去る）
ルーセンショー　奇蹟《きせき》が起るとすれば、まさにこれこそ奇蹟だ。
ホーテンショー　まったくだ。一体、こりゃ、何の前兆だ。
ペトルーキオー　決っている、平和の前兆、愛の前兆、平穏無事の前兆さ。権威に満ちた支配、正しき主権、その前ぶれだ。手っとり早く言えば、なんのことはない、円満と幸福、それだけのことではないかね？

バプティスタ　ペトルーキオー、さあ、しあわせをその胸に抱きとるがいい！　賭けはあなたの勝ちだ。わたしからも、さらに二千クラウン、つけくわえましょう――べつの娘にべつの持参金、というのは、あれはまったく別人に生れ変ったのだから。

ペトルーキオー　いや、わたしの勝ちに、さらに上塗りをしたいものです。あれがどんなにすなおか、どんなに貞淑か、その生れ変った姿をお目にかけたいもの……

そこへカタリーナがビアンカと未亡人とを連れて、もどってくる。

ペトルーキオー　それ、そこへ、諸君の奥方たちを連れて来ました、やさしく口説きおとして、捕虜にして……カタリーナ、その帽子は似あわないね、そんな玩具《おもちゃ》くさいものは打っちゃってしまって、足の下にふんづけてやりなさい。（カタリーナ、そのとおりにする）

未亡人　あなた、こんなふざけた話ってありはしない！

ビアンカ　いやだわ、ばかばかしい！　わざわざ呼びつけてどうなさろうというの？

ルーセンショー　君がもっとばかになっていてくれるとよかったのだ。なまなか利巧に考えすぎたものだから、おかげで大損してしまった、夕食から今までのあいだにさ。

ビアンカ あなたのほうが、もっとおばかさんよ、あたしを餌《えさ》に賭なんかなさるなんて。

ペトルーキオー カタリーナ、ひとつ、この強情な奥さんたちに話してきかせてくれないか、女房が亭主たるものにたいする本分というものを。

未亡人 まあ、あたしたちをからかっていらっしゃるのね。そんな話、聴く耳ございません。

ペトルーキオー さあ、やってくれ。まず、この人に。

未亡人 たくさんです。

ペトルーキオー いいや、やってもらおう――その人から先に。

カタリーナ まあ、なんという顔なさるの！ その眉根《まゆね》の皺《しわ》を解いて、怖《こわ》い眼つきをおやめになったら。それは御主人を傷つけることよ、あなたの殿様を、あなたの王様を。それればかりではない、御自分の美しさを台なしにする、霜が牧場をよごすように。それにあなたのお名をけがす、つむじ風が美しい花の蕾《つぼみ》をもみくたにするように。どう考えても興ざめだわ、愛嬌《あいきょう》がなさすぎてよ……怒った女は濁った泉、泥だらけで、きたならしくて、せっかくの美しさも台なし。それでは、どんなにのどの渇《かわ》いた男でも口をつける気がしない、一滴だって飲む気がしません……夫は自分の主人、自分の命、自分の守護者、頭でもあり、君主でもある、そうでしょう、あなたのためを思い、あなたを楽に暮させたい一心で、身を粉にして働いている、海でも陸でも。あらしの夜も眠らず、厳寒のさなかも恐れず、おかげであなたは家のなかで安心して、のんきに、横になって温まっていられるのです。だのに、男は何も貢物《みつぎもの》を求めない。愛情と、やさしい顔と、すなおな心、ただ、それだけ。借りが多い割には、取るにたりない支払い……つまり、臣下が君主に負う義務、それが妻の夫にたいする勤め。とすれば、妻が怒りっぽくて、ひねくれていて、気むずかしい仏頂面《ぶっちょうづら》をして、夫の気持に沿おうとする気がないなら、それは不逞《ふてい》の謀反人《むほんにん》、おもいやりある君主に反逆を企てる忘恩の徒でなくてなんでしょう？　平和を求めて膝《ひざ》まずくべき場合に、あえて宣戦を布告したり、愛情とすなおさを示すべき場合に、相手を支配したがったり、権力を求めたり、そんなことは女にとって恥ずべきこと……あたしたちの肌は、なぜ柔らかいのでしょう、なぜ弱くて、なめらかで、この世の荒仕事に向かないのでしょう？　やっぱり、あたしたちの気持が柔らかくて、そういう外形にふさわしいからではなくて？　さあ、さあ、無力な怒《おこ》り虫さん！　あたしも、もとは、あなたがた同様、心も考えも、思いあがっていて、言葉には言葉を、怒りには怒りを、ことごとく打ちかえしていたのですけれど、ようやく気がつきました、あたしたちの槍《やり》は藁《わら》しべ同然、力も弱く、その弱さときたら、てんでお話にならない。いくら強そうに見えても、やっぱり弱いのだわ……早く帽子を脱いだほうがよくてよ、なんの役にもたたないのだから。そして、それぞれ、御主人の足の下に手を置いて。その従順の証拠に、もし主人が望むなら、あたしは踏みつけられてもかまわない。

ペトルーキオー　おお、それでこそ女！　さ、接吻してくれ、ケイト。

ルーセンショー　なるほど、大いにやってくれたまえ、勝利は君のものだ。

ヴィンセンショー　今のは耳よりの話だ、子供たちに聴かせたい。

ルーセンショー　しかし、耳が痛いでしょうよ、頑固《がんこ》な女には。

ペトルーキオー　さ、ケイト、いよいよお床入りだ。君たち二人は泣き寝入り、三人一緒に結婚したが。もっとも、君も獲物は取ったが、（とルーセンショーに）賭けに勝ったは吾が輩ひとり。では、みなさん、おやすみなさい！（ペトルーキオーとカタリーナ、去る）

ホーテンショー　よう、大いにやってくれ、とにかく、ひねくれのじゃじゃ馬を、馴《な》らした君の手際《てぎわ》はみごとだ。

ルーセンショー　ふしぎだよ、失礼な言いかただが、あの人を、ああもおとなしくしてしまうなんて。

（一同寝室へ退く）

解題

福田恆存

一

シェイクスピアの生前、死後を通じて最初に出版された戯曲全集は一六二三年の第一・二折本であるが、この『じゃじゃ馬ならし』はそのとき始めて本になった。作者生前、既に四折本として世人の目に触れていた作品は十九で、そのうち善本と見なされるものが十四、五あるが、その他はすべて一六二三年の第一・二折本全集所収のものを定本として優先的に考えてよい。『じゃじゃ馬ならし』もその点ではなんの疑問もない。私が飜訳《ほんやく》の原書として用いている新シェイクスピア全集の校訂者アーサー・クイラクーチ、ドーヴァ・ウィルソンのみならず、あらゆる版の校訂者が第一・二折本を定本として採っている。

しかし、『じゃじゃ馬ならし』の場合、それだけではかたづかない厄介な問題がある。というのは、シェイクスピアの『じゃじゃ馬ならし』は Taming of the Shrew となっているのだが、別に作者不明の Taming of a Shrew という作品があり、両者の関係が甚《はなは》だ曖昧《あいまい》で、いまだ定説というほどのものが無いからである。もっとも、大別すれば、旧来の多数意見と比較的新説に属する少数意見との二つに分たれる。多数意見に随《したが》えば、後者、すなわち《不定冠詞》の方はシェイクスピア以外の誰か、それもシェイクスピアが最も尊敬していた先輩のクリストファー・マーローによって書かれたものであり、またそれには数人の共作者がいたと考えられ、シェイクスピアもそのうちの一人だったかもしれぬというのである。その説に随えば、もう一つの《定冠詞》の方は、後にシェイクスピア自身が、かつては自分が共作した、あるいは単にマーローによって書かれた《不定冠詞》を基にして作りなおしたものだということになっている。もしそうなら、《不定冠詞》は《定冠詞》の種本にすぎぬものとなる。

事実、《不定冠詞》の方は既にシェイクスピアの生前、一五九四年六月に四折本として上梓《じょうし》され、その前の同年五月二日にロンドン書籍出版組合に著作権登録の届出が行われており、その原本も記録も残っているのみならず、ヘンズローの日記にも同年六月十三日附で『じゃじゃ馬ならし』を観《み》たという記事があり、それが《不定冠詞》のそれになっているのである。もっとも、ヘンズローのほうはあまり当てにはならない。冠詞の誤記はありがちのことである。しかも、それを演じた劇団名がシェイクスピアの属していた侍従長劇団となっているから、彼の観たのはシェイクスピア作の《定冠詞》の方であったかもしれない。しかし、同年、それに先だって既に《不定冠詞》が登録上梓されているという事実だけは如何《いかん》ともしがたい。

が、少数意見者は、この事実を難なく覆《くつがえ》す。ドーヴァ・ウィルソンもその一人であるが、彼に随えば、話はすこぶる単純明快なものになる。つまり、こうである。シェイクスピアの手になる《定冠詞》は、その前に下敷があったかどうかは知らぬ。あったとしても、それは《不定冠詞》の方ではない。というのは《定冠詞》の方が《不定冠詞》よりも先に作られたからであると言う。話は全く逆になる。シェイクスピアは既に一五九二年の夏以前に《定冠詞》の第一稿を完成していた。ただし、それは作者死後の第一・二折本まで出版されなかった。のみならず、それを基にして作られた《不定冠詞》の方が悪《あ》しき四折本として先に登録上梓されてしまったと言うのである。もしそうなら、両者はそれぞれ別の作者による別の作品ではなく、単に同一作品の版の違いということになる。すなわち、『じゃじゃ馬ならし』は、シェイクスピアの他の十九作品と同じく、しかもそのうち善本の十五作品を除いた残りの四作品と同じく、作者生前に悪しき四折本をもっていた。ただ、それが同一作品の版の相違と見るにはあまりに原作と異なっており、たまたま冠詞が違っているので、死後上梓の《定冠詞》は生前の《不定冠詞》を種本にしたものと見なされただけであると言う。

しかし、この説には多少の無理がある。もしウィルソンの言うように、《不定冠詞》が同一作品の悪本であるとしても、同じく悪しき四折本をもつ他の四作品と異なって、その杜《ず》撰《さん》の度もひどく、作者名もないままに登録上梓されたのを見て、シェイクスピア、およびその周囲の人たちがなぜそれを黙って見過したのであろうか。『ハムレット』の場合、悪しき第一・四折本の上梓にたいして、おそらくそれを訂正する目的からであろう、やはり作者生前に第二・四折本の刊行が行われた。それと同様の挙があってよいはずである。ウィルソンは多数意見に異を立てるのに急でありすぎはしないか。それはともかく、もう少しウィルソンの立論の経緯を紹介しておこう。

先に述べたように、シェイクスピアは一五九二年の夏以前に《定冠詞》の第一稿を書きあげていた。依頼主のペンブローク伯劇団が、その夏の地方巡業にそれを持って出かけるためである。シェイクスピアが侍従長劇団所属になったのは一五九四年末以後のことで、当時は主としてペンブローク伯劇団と行動を共にしていたらしい。ところが、この劇団はその年から翌一五九三年にかけて経営不振に陥り、加うるに一五九三年夏には、エリザベス女王在位中もっとも猛威をふるったと言われるペストが発生し、ロンドンの劇場は翌一五九四年春まですべて閉鎖されるに至って、ついに破産状態に瀕《ひん》したらしく、劇団所有の脚本はもちろん、衣裳《いしょう》まで売払わざるをえなくなったのである。そのなかに《定冠詞》の『じゃじゃ馬ならし』も含まれていた。買いとったのは侍従長劇団である。あるいは、侍従長劇団はペンブローク伯劇団の競争相手であると同時に親劇団でもあったから、一五九二年夏の地方巡業後、当然のこととしてその脚本を預ったのかもしれない。

いずれにせよ、なお苦境のうちにあって、一五九三年の冬から翌一五九四年の春にかけ、ふたたび地方巡業に出かけなければならなかったペンブローク劇団員の手もとには、『じゃじゃ馬ならし』はもとより、その他の台本も全く無かったのである。方法は一つしかない。役者たちがそれぞれ自分の記憶を吐きだし、それを手がかりに台本を作製することだ。そうして出来あがったのが《不定冠詞》の『じゃじゃ馬ならし』だというわけである。さらに彼等は巡業からもどって、それを印刷出版業者に売《ばい》却《きゃく》した。一五九四年五月二日の登録記事はそれに関するものである。そして翌六月には、それが市場に出ている。

ところで、問題はヘンズローの日記であるが、それには、同年六月「ニューウィントン・バッツにおいて侍従長劇団により上演さる」とあり、ペンブローク伯劇団としてない。侍従長劇団には《定冠詞》が保存されていたはずであるから、ヘンズローが《不定冠詞》を記《しる》したのは誤りであり、本当はこれが現在シェイクスピア作として残っている《定冠詞》上演史最初の記録であろうと言う。一方、五月の登録には確かに「ペンブローク劇団により度々《たびたび》上演されたる」と記してある。以上、ウィルソン説の大綱を紹介したまでで、それ以上の詳しい内証、外証を求めるならば直接に彼の文章に就くほかはない。私にはその真偽の判定は出来ない。

二

『じゃじゃ馬ならし』の主筋、すなわち、ペトルーキオーがカタリーナを軟化させてゆく過程はシェイクスピアの独創であるが、副筋のルーセンショーとビアンカとの関係は《定冠詞》と《不定冠詞》とを問わず、その種がイタリー喜劇、アリオストの散文劇『ぺてん師』(一五〇九年)にあることは定説になっている。これは初演のときラファエロが装置を受持ち、後に作者みずから韻文劇に書きなおして一五一三年に法王レオ十世の前で演じたものだが、内容はあくまで笑劇風の市民劇である。英国では一五六六年にジョージ・ガスコーニュの散文訳が上演されている。

大体の筋はこうである。場所はフェララ、学生エロストラトはポリムネストラに想《おも》いを寄せ、自分の召使に変装して、女の父親ダモネの邸《やしき》に入りこむ。一方、老人のクレアンドロもこの娘に求婚しており、結納金二千ダカットの贈与を申出ている。エロストラトにはそれだけの能力がない。主人に変装した召使のドゥリポはシエナの旅人を籠絡《ろうらく》して、主人の父親に仕立てあげるのだが、間もなく本物の父親が現れ、また召使に変装したエロストラトと娘のポリムネストラとの関係も露顕し、大騒動になるのだが、その結末がどうなるかは見物の想像に委《ゆだ》ねられている。

この副筋はそのまま《定冠詞》のルーセンショー（エロストラト）、ビアンカ（ポリムネストラ）、トラニオー（ドゥリポ）、ダモネ（バプティスタ）、グレミオー（クレアンドロ）、マンテュアの教師（シエナの旅人）、ヴィンセンショー（父親）に当てはまり、大方の登場人物が出揃《でそろ》うわけであるが、肝腎《かんじん》の「じゃじゃ馬」とその「調教師」とが欠けている。その功は《不定冠詞》の作者に帰するか、あるいはウィルソンのように《定冠詞》の作者シェイクスピアの独創に帰せねばならない。

もっとも、クイラクーチによれば、「じゃじゃ馬」なるものはソクラテスの妻クサンチッペ以来、つねに存在していた。いや、実在していたばかりではなく、それよりもなお強固に、普遍的な観念として、世間の夫の脳裡《のうり》に存在していたはずである。また最後の幕で夫たちが妻の態度に賭《か》けるという話も、個人の独創というよりは、既に民俗説話の類型として誰にも知られていたものなのである。問題は、それらがどこまでシェイクスピアらしい面目を発揮しているかにある。その点、《定冠詞》の方が《不定冠詞》より遥《はる》かに優《すぐ》れているらしく、ペトルーキオー＝カタリーナの場面は溌《はつ》剌《らつ》としたものになっており、分量も多くなっている。副筋の方も《定冠詞》の方が《不定冠詞》および原作のアリオストよりも複雑であるばかりでなく、それを主筋と平行して進行させてゆく作劇術の巧みさという点でも《不定冠詞》の遠く及ばぬものがあるという。

しかし、《定冠詞》の方もかならずしも無条件に優れているとは言いかねるし、全部が全部、シェイクスピアの筆になったものでもない。なるほどクイラクーチも言っているが、シェイクスピアを完璧《かんぺき》な作家に祀《まつ》りあげるために、見ばえのせぬ部分、下等な箇処が出てくるたびに、「フウィッピィング・ボーイ（王子に代って鞭《むち》を受ける学友）として誰か共作者を仕立てあげたり、後人の補筆を仮想したりするのは馬鹿《ばか》げている。しかし『じゃじゃ馬ならし』に関するかぎり、それが通り相場になっており、間違いなくシェイクスピアの筆と見なされるのは、最初の序劇とペトルーキオー＝カタリーナの場面とを含む五分の三程度で、あとは共作者のものと考えられている。

事実、この作品には、辻褄《つじつま》の合わぬ単純な錯誤や手ぬかりが多い。ウィルソンの校訂により、大分解《わか》りやすくはなっているが、彼が指摘しているように、たとえば第五幕第一場の冒頭など、なぜグレミオーが外で待っているのか解らない。そのすぐ後で「どうしたんだろう、キャンビオーの奴《やつ》、いつまで待ったって現われはしない」というせりふがあるが、このキャンビオーというのはルーセンショーが変装している架空の人物で、それをグレミオーは自分とビアンカとの間の恋の取持役だと思いこんでいる。しかし、グレミオーとルーセンショーとの関係は第一幕第二場で発展を予想されたまま、二度と表に出て来ないのである。そこでウィルソンはこういう示唆《しさ》を述べている。もしビアンカがルーセンショーを装《よそお》うトラニオーとは決して結婚しないだろうとグレミオーを安心させて、同時に、キャンビオーを装うルーセンショーがビアンカとグレミオーの駆落の手筈《てはず》を整えてくれているのだと想わせておくなら、第五幕第一場の始めにグレミオーが外で待っていることも、ごく自然になってくると言うのである。ウィルソンによれば、これなどは後人の加筆によって構成が崩《くず》れた一例であり、そういう加筆の事実があったことは確からしい。

同様に、その逆の場合もある。すなわち、シェイクスピアが先人の旧作に手を入れるに当り、その興味が専《もっぱ》らペトルーキオー＝カタリーナの遣《や》り取りに注がれたため、その他の箇処が削除され、副筋の一貫性に支障が起った例である。その顕著なものはホーテンショーの役割である。今日トラニオーのせりふになっているもののかなりの部分が、旧作ではホーテンショーのものだったのではないかと考えられるが、それはそれとして、第一、最初にグレミオーの恋敵として、かつペトルーキオーの友人として現れた彼が、リチオーに扮《ふん》して以後、急速に影が薄くなるのも変である。また第四幕第三場でペトルーキオーの別荘に姿を現すのもおかしい。その前の場で、彼は「ある金持の未亡人と結婚して見せます、三日とたたないうちに」と言っているからである。ホーテンショーについてばかりでなく、そのほか、誰と誰とがどうして知りあっているか、誰が何をどうして知ったか、その経緯が曖昧《あいまい》、かつ不自然なことが多い。

次に序劇の問題がある。これはもちろんアリオストにはない。しかし、《不定冠詞》にはある。しかも、その方が首尾一貫している。《定冠詞》の方では、序劇の登場人物スライたちは第一幕第一場の終りにもう一度現れるが、「こりゃ、すばらしい傑作だな、奥の女房。早く終りになればいいに！」というスライの野次を最後に見物の前から姿を消してしまう。一方、《不定冠詞》の方では、彼等は第五幕第一場の終りにもう一度登場する。すなわち、スライはいつの間にかふたたび眠りに落ち、それを見た領主は従者たちに命じて、序劇の元の場所に運び去らしめ、やがて目をさましたスライは「じゃじゃ馬」征服に張り切って家路を辿《たど》るという仕組みになっている。

といって、そのことから《不定冠詞》先行説、種本説は出て来ない。クイラクーチの指摘を待つまでもなく、酔払いが眠っているところを、通りがかった貴族がそっと自分の館《やかた》に連れ去り、美服を着せ、目ざめてのちも殿様扱いして弄《もてあそ》ぶという話は『千一夜物語』にも出ており、その他にも同巧異曲の話が珍しくない。かならずしもシェイクスピアがそれを《不定冠詞》に学んだとは言えぬ。《定冠詞》においても序劇の結構は最後まで首尾一貫していたのが、後に脱落したものと考えるべきで、むしろ地方巡業中のペンブローク劇団側がそれを全く省いて上演したと見るウィルソン説が当っているかもしれない。なぜなら、尾羽うちからしたその劇団が、スライと領主、いずれも駆出しの役者には出来ぬ、しかも後の本筋芝居で二役を兼ねるには目だちすぎる二人の役を、旅興行でむだづかいする余裕があろうとは考えられないからである。さらにウィルソンはこう推測する、旅興行では本筋芝居だけやっていた彼等ではあるが、台本を出版業者に譲渡するための記憶による復原にさいして、序劇を復活させ、最後までその筋を通したのであろうと。ありうることだが、やはり臆測《おくそく》を出《い》でない。

しかし《定冠詞》の序劇は尻切《しりき》れとんぼになっているので、実際の上演においてはこれを省くことが多い。もっとももこのままでも結構だという批評もある。書斎で読む場合には尻切れとんぼかもしれぬが、劇場ではスライは大いに活躍できると言うのである。つまり、彼は道化役兼見物代表として、エリザベス朝時代なら二重あるいはプロセニアムの端に、現在なら見物席その他の適当なところに腰をおろし、時々眠りからさめて脚本にはない野次を飛ばせばよく、その即興は確かに本筋芝居の面白味を倍増させるであろうと言う。なるほど、その効果はあろうが、シェイクスピアが、最初かららそれを計算していたと考えるのは穿《うが》ち過ぎではないか。やはり脱落と見るのが至当である。

三

『じゃじゃ馬ならし』はもちろんシェイクスピアの傑作ではない。一五九四年前と言えば習作時代である。一五九〇年前後に故郷ストラトフォード・アポン・エイヴォンから始めてロンドンに出て来た彼は劇場の前で客の馬を預る下足をしていたとも言われる。その彼の最初の作品は史劇『ヘンリー六世』三部作であり、続いて喜劇『間違いつづき』史劇『リチャード三世』悲劇『タイタス・アンドロニカス』そしてこの『じゃじゃ馬ならし』を書いたのである。他のエリザベス朝の劇作家も大抵そうであるが、当時のシェイクスピアは悲劇と喜劇とを問わず、イタリーの影響を強く受けていた。『じゃじゃ馬ならし』の種本として一部にアリオストが使われたということばかりではない。喜劇の概念、あるいは笑いの質が、全くイタリーの喜劇、というよりは笑劇、茶番劇のそれを出なかったのである。この作品は彼のそういう時代の代表作である。

それにもかかわらず、笑劇に学び笑劇を書いてもなお笑劇にとどまらなかったところに、拭《ぬぐ》うべからざるシェイクスピアの刻印がある。一口に言えば、それは彼の豊かな人間味である。それが芸術的にも倫理的にも危い橋を渡るこの作品を辛うじて救っている。クイラクーチはペトルーキオーを論じて次のように言っている。

この戯曲は怒号を喚《よ》び、事実、それを要求する箇処も多いので、ペトルーキオー役者は訳の解《わか》らぬ叫声や饒舌《じょうぜつ》に誘われがちである。だが、この男には一種の思いやりとも言うべきものがあって、それが一貫して彼の狂騒の底を流れている。舞台ではそれが現れなければならぬし、それを現してやりさえすれば、見物は必ず喜ぶ。なるほど彼は悍馬《かんば》を馴《な》らさねばならない。事実、甚だ苛酷《かこく》にそれをやってのける。だが、召使や仕立屋の前で荒れ狂っている間にも、彼は結構、女のためを思っており、その言葉にもどこか控えめな優しさが残っている――確かに抑制が働いており、皮肉な言葉づかいのうちに、かえって情のこまかい優しさを感じさせる。すぐ解ることだが、彼は相手にありとあらゆる試練を課するにもかかわらず、気位の高い女にとってはどんな暴行よりも心を傷つける蔑《さげす》みの言葉だけは一度も使っていないのである。ペトルーキオー役者がこの底を流れる思いやりにさえ留意するならば、まず失敗はなく、必ず「好演」できる。

つまり、ペトルーキオーの魅力は、アメリカ映画によくある「野性の男」の性的魅力とは違って、その優しさにあると言うのだ。またカタリーナについて、ある論者は色気もなければ、無邪気なところもないと非難しているが、クイラクーチはそれを否定して、この女の強情な仮面の下には、シェイクスピア劇の女性特有の、男を求め、男に頼りたがる女らしさがあると言っている。

しかし、以上はなにもクイラクーチの新発見ではない。この作品を素直に読めば、決して読み誤りようのない事実である。たとえ読者が誤っても、見物は誤らない。その証拠に『じゃじゃ馬ならし』の上演史は豊富で、ほとんど失敗したためしがないのである。日本でも明治末以来、よく新派が採りあげている。落語にもなっている。もっとも新劇ではあまり演《や》られないようだ。やはり男尊女卑の「封建性」にこだわるのであろう。新劇はいまだに文化運動の名残《なご》りをもっているからであろう。しかし、新派や落語に結びつけられたのは主題の「封建性」によるものとのみは言えまい。右に述べた作者の人間味がどこかで人々を楽しませ、安心させているのに違いない。それに、強い女が、それより強い男にぶつかって軟化してゆくという、その過程だけでも十分に面白い。

ペトルーキオーも、カタリーナも、その他の人物の扱いかたにも、すこしも邪気がなく、こういう「危険な」主題を思うぞんぶん描き切って、卑俗に堕さず、しかも毒気のない、さらりとしたものに仕上げているのは、喜劇の伝統的な手法によっているからでもあろうが、やはり作者の大きさというものであろう。

空騒ぎ

場所　シシリー島のメシーナ

人物

ドン・ペドロー　アラゴンの領主
ドン・ジョン　その腹違いの弟
クローディオー　フローレンスの貴族
ベネディック　パデュアの貴族
レオナートー　メシーナの知事
アントーニオー　その弟、老人
バルサザー　ペドローに仕える歌手
ボラチョー
コンラッド　ジョンの家の者
使者
修道僧フランシス
ドグベリー　警保官

ヴァージズ　村長
第一の夜番
第二の夜番
書記
侍童
貴族
ヒーロー　レオナートーの娘
ベアトリス　レオナートーの姪《めい》
マーガレット
アーシュラ　　ヒーローの小間使
アントーニオーの息子、楽師、夜番、侍者たち

〔第一幕第一場〕

1

レオナートー邸に接する果樹園

よく繁《しげ》った果樹の下を小道が一方に通じている。正面は忍冬《すいかずら》に蔽《おお》われた亭《ちん》。メシーナの知事レオナートー、娘のヒーロー、姪《めい》のベアトリスの三人が使者と共に出て来る。

レオナートー　この手紙によると、アラゴンの領主ドン・ペドローが今宵《こよい》このメシーナにお着きになるという。

使者　それも、もうすぐそこまでお出《い》でになっております。三リーグとはございますまい、先刻お別れした所からも。

レオナートー　今度の戦《いくさ》で身方の死傷はどの位あった？

使者　高下を問わずほんの僅《わず》か、名のあるお方は一人も。

レオナートー　出て行く時そのままの姿で凱旋《がいせん》とは二重の勝利というもの……これで

見ると、ドン・ペドローはフローレンスのクローディオーという若者に恩賞をお与えになったらしい。

使者　それだけのお働きがございましたればこそ、ペドロー様にもお心をお打たれになりましたので。その若さに似ぬ立派な御進退、いわば小羊の面をもって獅子《しし》の勲《いさお》しをお立てになったと申上ぐべきでございましょう。文字どおり人々の想像を超《こ》ゆる御奮戦ぶり、私の口からでは恐らく御想像になれますまい。

レオナートー　このメシーナには叔父《おじ》がいるはずだ、さぞかし喜ぶことであろう。

使者　先程、お手紙をお届けして参りました、殊《こと》のほかのお喜びにございます――あのように度の過ぎた喜びは慎みを破りましょう、幸い悲しみの雫《しずく》がそれを押えてくれはしましたものの。

レオナートー　涙を流していたというのか？

使者　止めどない程に。

レオナートー　情の泉が溢《あふ》れたのだ。その泉で洗われた顔ほど真実に輝く顔はない。泣きたい時に笑うよりは、笑いたい時に泣くほうが、どれほどましか！

ベアトリス　お訊《たず》ねしたいのだけれど、例の突きの名人様も御帰還になりまして？

使者　そういうお名前の方は存じません。どの部隊にもそういう方はいらっしゃいませんが。
レオナートー 誰の事を訊《き》いているのだ？
ヒーロー パデュアのベネディックさんのことよ。
使者 ああ、あのお方ならお戻りになりました、相変らずお賑《にぎ》やかで。
ベアトリス あの人はいつだったか、このメシーナの辻々《つじつじ》に立札を出して、キューピッドに喧嘩《けんか》を売ったことがあるのよ、その弓矢で俺《おれ》の胸が射抜けるものなら、見事、射抜いてみろって。それを読んだ叔父の家の道化が、キューピッドの代りに喧嘩を買って出て、弓矢どころか、舌先三寸、見事、言抜けてみせたという訳……ところで、あの人、戦争で何人位殺して召上ったのかしら？　殺したのは何人？　獲物《えもの》は全部、御馳走《ごちそう》になる約束がしてあるものだから。
レオナートー まあ、待て、ベネディックに何もそう当る事はあるまい——もっとも、あの男なら結構お前の相手も勤まろう、その点、心配は無いが。
使者 あのお方も、お嬢様、今度の戦では立派なお働きぶりでございました。
ベアトリス 兵糧《ひょうろう》が腐りかけて、急いでそれを平らげるのに大手柄を立てたという訳ね。あの人ときたら、剛勇無双の大食漢で、世にも稀《まれ》なる太腹《ふとっぱら》の持主でいらっしゃるから。

使者　それに剣士としても御立派でいらっしゃいます、お嬢様。

ベアトリス　それに剣士としても御立派でいらっしゃいます、お嬢様方の前では、でも、どうかしら、殿方の前では？

使者　殿方の前に出れば殿方、男の前では男――頭の天辺《てっぺん》から爪先《つまさき》まで、ありとある美徳ではちきれんばかりのお方でございます。

ベアトリス　そう、おっしゃるとおり。あの人こそは正《まさ》に人間の剝製《はくせい》、でも、その中身の詰物ときたら――止《や》めましょう、どうせ詰らない人生なのだから。

レオナートー　姪を誤解してくれては困る。いわば陽気な戦いとでも言うか、ベネディックとこれとの間はいつもこの調子なのだ。会えば、必ず洒落《しゃれ》合戦になる。

ベアトリス　それが何ということでしょう、あの人、一度だって点を入れたためしがないの。この間も、折角神様から賜わった五つの才覚のうち、四つまでお手挙げ、残る一つで五体の始末をつけなければならなくなったのよ――そうなった以上、まだ体を冷やしてはいけない位の才覚はあるでしょうから、せめて今のうちに自分と自分の馬との違いだけは、しっかり心得ておいて貰《もら》いたいわ、その取柄を無くしたら、あの人が理性的動物だという事が誰にも解《わか》らなくなってしまいますもの。ところで、あの人のお仲間は今は誰？　何しろ一月《ひとつき》ごとに義兄弟を変える人だから。

使者　まさかそのような事が？

ベアトリス　大ありなの。あの人にとっては、真心も帽子の流行同様、次々に珍型を追掛けて千変万化窮《きわ》まりなし。

使者　その調子では、お嬢様、あの方のお名前はお嬢様の手帖《てちょう》には載っておりませんようで。

ベアトリス　もちろん、もし載っていたら、その名簿を焼いてしまうでしょうよ。それはそれとして、あの人のお仲間を教えて下さらない？　鼻息の荒い若者で、お前とならば、たとえ地獄の底までもというような人が附いているのではなくて？

使者　今一番仲よくしていらっしゃるのは、クローディオー様という御名門のお方でございます。

ベアトリス　まあ、お気の毒な、その方、病気に取憑《とりつ》かれたようなものよ——ペストよりこわいわ、罹《かか》るや否《いな》や気が違ってしまうのだから。神様、そのクローディオーとかおっしゃるお方をお助けくださいますよう。もしベネディック狂に取憑かれでもしたら、癒《なお》るのに千ポンドはかかりますからね。

使者　恐れ入りました、この辺で休戦という事に、お嬢様。

ベアトリス　どうぞ、よろしいように。

レオナートー　お前なら気が違う心配はないな。
ベアトリス　大丈夫、お正月の暑さにやられるまでは。
使者　ドン・ペドロー様がお着きになりました。

ドン・ペドロー、クローディオー、ベネディック、バルサザー、およびペドローの異母弟ジョンが果樹園にはいって来る。

ドン・ペドロー　シニョール・レオナートー、わざわざ厄介者の出迎えにお越しか？物入りを避けるのが世の習い、あなたはそれを進んで背負いこもうとなさる。
レオナートー　いえ、いまだかつて吾《わ》が家に、そのようなお姿の厄介者が舞込んだ事はございませぬ。と申しますのは、厄介払いをした後には楽が残るはずでございましょう、が、ペドロー様がお帰りになりました後には、悲しみが居残り、福が去ります。
ドン・ペドロー　強《し》いられた勤めを、吾《われ》から喜んで抱き取ろうというのだな……どうやら娘御らしいが。
レオナートー　これの母親が度々《たびたび》そう申しておりました。
ベネディック　お信じになれなかったのですな、問いただささずにいられなかったところを見ると？

レオナートー　シニョール・ベネディック、見当違いですな——それ、当時、あなたはまだ子供だったからな。
ドン・ペドロー　見事一本取られたな、ベネディック——それでおよその察しがつく、今は一人前のお前の行状が。ところで、この娘御、父親の面《おも》ざしそっくりだな……喜ぶがよい、立派なお父上によく似ておられる。（ヒーローとレオナートーを誘うようにして離れる）
ベネディック　たとえシニョール・レオナートーが父親であろうと、その自分にそっくりの親父《おやじ》の頭をそのまま肩の上に載せる気にはなれまい、褒美《ほうび》にメシーナ全部をやると言われてもな。
ベアトリス　おかしな人、一人でお喋《しゃべ》りを続ける気なのね、ベネディックさん——誰も聴《き》いてはいませんわ。
ベネディック　これは、これは、吾が親愛なる鼻高姫！　まだ生きておいででしたか？
ベアトリス　鼻高が死ぬと思って？　ベネディックさんのようなお誂《あつら》えむきの餌食《えじき》が鼻の先にぶらさがっているのに？　あなたにお目に掛ったら、どんなお淑《しと》やかさもたちまち変じて鼻高にならずにはいられませんわ。
ベネディック　すると、お淑やかさというのは、余程の浮気者と見える。それはそれとして、確かな話、女という女はみんな私に惚《ほ》れてしまう、ただし、あなたは例外だ、それにつけても、つくづく思いますな、吾が心ながら、せめて一片の優しさがあったならと、正直、私という男は、女に惚れる事が出来ないのでね。

ベアトリス　お蔭《かげ》で女にとってはこの上なしの大仕合せ——さもなければ、片端からしつこく口説かれて、随分迷惑したことでしょうよ。神の御加護のせいか、生れつきか、その点、私もあなたと同じたちなの。どちらかと言うと、家の犬が烏《からす》に吠《ほ》えているのを聞いているほうが、あなたを愛していますなどという熱っぽい男の言葉を聞いているより、ずっと楽しいのだもの。

ベネディック　その姫の御心のとわに変りませぬよう、さもないと顔に生傷の絶えない男がきっと出て来る。

ベアトリス　生傷をこしらえたところで、今さらまずく見える顔でもないでしょう、それがあなたのような顔なら。

ベネディック　なるほど、あなたほど鸚鵡《おうむ》の学校の先生にもって来いの人も珍しい。

ベアトリス　私の舌のまねをする鳥なら、あなたのまねをする四足より、まだましでございましょう。

ベネディック　出来ることなら、私の馬もその舌の早さ、息の長さにあやからせたいものだ。いや、その先を、御盛大に――こちらはもう沢山だ。

ベアトリス そうしていつも、あなたは狡《ずる》い馬のように途中で急に立往生して、乗手をつんのめらせるのね。昔からそうだった。

ドン・ペドロー つまりはそういう訳だ、レオナートー。（そう言ってこちらに向き直る）クローディオー、ベネディック、吾々を招待したいとレオナートーが申出ている。少なくとも一箇月は逗留《とうりゅう》するつもりだと言ったところ、何かの都合でその予定がもっと長引けば嬉《うれ》しいという返事だ。誓ってもよいが、巧言を弄《ろう》する男ではない、心からそう思っているのだ。

レオナートー その事でしたら、幾らお誓いになりましょうと、決して偽誓の御心配は要《い》りませぬ。（ドン・ジョンに）あなた様もようこそ当地へ――御領主のお兄上様と和解の儀めでたく整いました由《よし》……（礼をして）お心のままに何なりとお命じ下さいますよう。

ドン・ジョン ありがとう。私は口数の多い男ではない、とにかくありがとう。

レオナートー よろしければ、どうぞ内に。

ドン・ペドロー 手を、レオナートー――一緒に行こう。（ベネディックとクローディオーを残して、一同退場）

クローディオー　ベネディック、レオナートーの娘を見たか？
ベネディック　見はしない、が、見えはした。
クローディオー　淑《しと》やかな娘ではないか？
ベネディック　本気で俺に飾り気なしの率直な判断を求めているのか、それとも触込みどおり女嫌いの暴君として、お家流の文句を聞かせて貰《もら》いたいのか？
クローディオー　いや、まともな判断を聞かせてほしいのだ。
ベネディック　それなら、正直のところ、どうもあの女は少々脊《せい》が低すぎて高くは買えない、色も白くないので白々しい世辞も言えない、それに小柄の弱点を大目に見過すわけにもゆかない――なお推薦の辞を述べろと言われれば、精一杯こう申しあげておこう、今のままでなかったら、美人にあらず、かつまた今のままでなくなかったら、とても俺のお気には召さないとね。
クローディオー　冗談だと思っているのだな。頼むから、どう思うか率直に言ってくれ。
ベネディック　あの女を買う気なのか、品調べにひどく気を入れるではないか？
クローディオー　世界中の金を集めても、あれほどの宝が買えると思うのか？
ベネディック　買えるとも、しかも箱附きで。それより、どういう顔でそんな文句が吐けるのだ、額の上に憂《うれ》いの雲でもかかっているのか？　それとも天邪鬼《あまのじやく》のいたずら気、キューピッドは気のきいた勢子《せこ》で、その矢を鍛えるヴァルカンは腕ききの大工だなどと、人をからかうつもりなのか？　さあ、どこに調子を合わせたらいいのだ、君の歌に附合うためには？

クローディオー　俺の目には、あの女こそ、今までに見た最高の美人なのだ。

ベネディック　俺の目はまだ老眼鏡を必要としないが、一向それらしいものは見えないね。それよりあの従姉《いとこ》がいたろう、もしあれで狂暴な発作さえ起さなかったら、あの方が遥《はる》かに美しいと言える、爽《さわ》やかな五月が霜枯れの師走《しわす》に優《まさ》るがごとしさ……だが、君はまさか亭主稼業《かぎよう》に転じようというつもりでもないだろうな？

クローディオー　どうも自信がもてなくなったのだ、そうしない誓いはたてたものの、もしヒーローの方にその気があるとなると。

ベネディック　事態はそこまで来ているのか？　まったく、男と生れて一人位いないものかね、あいつの帽子だけは額の角《つの》を隠すためのものではないと公認できる男は？　齢《よわい》六十にしてなおかつ独《ひと》り身《み》という男性には、もうお目に掛れぬのか？　さあ、勝手にしろ、どうしてもその首に軛《くびき》を嚙《か》ませ、その棒で擦《す》りむけた傷痕《きずあと》を後生大事に抱《かか》えこんで、週に一度の休日に吾が身のあわれを歎《なげ》いていたいというのなら……

ドン・ペドローが戻って来る。

ベネディック　それ、御領主が君を探しに戻られた。

ドン・ペドロー　何か内密の話でもあったのか、どうして一緒に附いて来なかったのだ？

ベネディック　是非とも話を聞かせろとさえ、おっしゃって下されば。

ドン・ペドロー　命令する、お前の忠節に賭《か》けてな。

ベネディック　お聞きのとおりだ、クローディオー伯。もちろん秘密となれば、俺は啞《おし》のように黙ってもいられる男だ、それだけは認めて貰いたい――しかし、俺の忠節に賭けてとなると、いいか、俺の忠節に賭けてとなれば！　この男は目下恋愛中なのでございます――相手は何者だ？　ここでそうおっしゃるのが手順と申すもので……よろしゅうございますか、そのお答えは至極短い――ヒーロー、即《すなわ》ちレオナートーのちび娘。

クローディオー　どう言ったところで、この男の口からはその程度の答えしか出てまいりますまい。

ベネディック　お伽話《とぎばなし》の決り文句そのままにございます――「そんな事は起らない、

昔だってそうだった、どうぞ神様、これから先もそうありますように」
クローディオー　この情熱が直《す》ぐ冷めるようなものでございませんでしたら、どうぞ神様、これから先もそうありますように。
ドン・ペドロー　私も共に祈ろう、その愛が真実のものならば——それというのも、あれは全く申し分の無い娘だからな。
クローディオー　そうおっしゃるのは、私を罠《わな》に掛けてやろうとのおつもりらしい。
ドン・ペドロー　誓ってもよい、思ったとおりを言ったまでだ。
クローディオー　それなら、正直の話、私も思ったとおりを申上げましたまでにございます。
ベネディック　それなら、私も二役兼ねて、正直の話、誓ってもよい、思ったとおりを申上げたまでの事。
クローディオー　確かにあの娘を愛しております、私の感情がそう申します。
ドン・ペドロー　確かにあの娘は全く申し分無しだ、私の理性がそう言っている。
ベネディック　確かに私の感情と理性は、あの娘が愛らしいとも申し分無しとも申しません、それが火もなお熔《と》かしえぬ私の意見であります——たとえ命に賭けても、それだけは守ります。

ドン・ペドロー　いつもお前は美に反逆する頑固《がんこ》な異教徒だったからな。

クローディオー　それも、筋道なしの剛情一点張りで罷《まか》りとおって来たのでございます。

ベネディック　確かに私も女から生れた、その点は女に感謝しております。確かに女に育てて貰《もら》った、同様その点も、心から女に礼を申します。が、その女のお蔭で額に角が生え、時にはその笛を吹き鳴らし、時には目に見えぬ帯にぶらさげてうろつき廻る、それればかりは御免を蒙《こうむ》ります……特定の女に不信を感じるような過《あやま》ちを犯したのではは女性全般に申し訳が立たない、だから私は頭からどの女も信ぜず、過ちを犯さぬようにして、自分自身に申し訳を立てたいのです。私の言いたい事は——その言いたい事を言って暮せるためにも——生涯、独身を守るという事です。

ドン・ペドロー　いずれ、この眼の黒いうちに、恋患《こいわずら》いで青ざめたお前の姿にお目に掛らせて貰えよう。

ベネディック　怒った時か、病気の時か、それとも腹ぺこの時なら知らぬ事——恋患いで青い顔は致しません、万一、恋のために、酒で取返せぬほど血の気を失うような事があったら、この両の眼を小唄《こうた》作者のペン先で抉《えぐ》り出し、目くらのキューピッドの看板代りに、この身を女郎屋の戸口に吊《つ》り下げて頂きましょう。

ドン・ペドロー　だが、その誓いを守り通せなかったら、とんだ物笑いの種になるぞ。
ベネディック　もしそうなりましたら、猫のように樽詰《たるづめ》にして、弓矢の的にして下さって結構です、射抜いた者がおりましたら、肩を叩《たた》いて名射手アダムと褒《ほ》めそやすがよろしい。
ドン・ペドロー　そう言うなら、時の証《あか》しに任せよう、「時経《ふ》れば、猛《たけ》き野牛も軛《くびき》を附けられ」か。
ベネディック　猛き野牛はさもありましょう——しかし、分別あるベネディックにして軛に附けられんか、むしろ野牛の角を捥《も》ぎ取《と》り、この額に植えこんで貰うにしくはありません。それから出来るだけ見っともない似顔をお描かせになり、例の「良き貸馬あり」の貼札《はりふだ》よろしく大きな字で、その私の絵看板の下に「これぞ女房持ちのベネディック」と明記して頂きましょう。
クローディオー　そんな事になったら、君の事だ、さぞかし角を振り立て荒れ狂うだろうよ。
ドン・ペドロー　いや、キューピッドが快楽の都ヴェニスでその矢を使い果してしまわぬ限り、いずれ直ぐそういう事になって、この男、がたがた震えだすだろう。
ベネディック　では、精々地震が来るのを待つと致しましょう。

ドン・ペドロー　それこそ、お前の事だ、天災とよろしく話を着けてしまうだろう。それはさて置き、ベネディック、レオナートーの邸《やしき》へ行って、私の挨拶《あいさつ》と共に、晩餐《ばんさん》には必ず参上すると伝えて貰いたい——何しろ大掛りな準備をしているようだからな。

ベネディック　吾ながら、その御使いにふさわしき分別、まずは十分と自任しております、では、御身にはくれぐれも——

クローディオー　神の御加護のあらん事を、敬具、吾が家にて、もし吾が家なるものありとせば——

ドン・ペドロー　七月六日、ベネディック拝。

ベネディック　おい、からかうのもいい加減にしろ。君の話はとかくひらひらが飾りに附いていて、それがまた糸が緩《ゆる》んで今にも落ちそうときている。そんな切れ端の決り文句で、なおも俺を嘲弄《ちょうろう》したいのなら、まず己《おの》れの頭の蠅《はえ》を追ってからにするがいい——では、これで失敬する。（退場）

クローディオー　この上は、お力に縋《すが》るよりほかございません。

ドン・ペドロー　俺の心はお前に預ける、意のままに用いるがよい。どうしたらよいかをそれに教えてやれ、どんな難題であろうと、お前のためになる事なら、進んで修業する気らしいからな。

クローディオー　ところで、レオナートーには、男の子がございましょうか？
ドン・ペドロー　ヒーローのほかに子供はいない、あれが唯一人《ただひとり》の後嗣《あとつ》ぎだ。あの女が気に入ったのか、クローディオー？
クローディオー　おお、実は、この度《たび》の戦《いくさ》が始まり、いよいよ出征という時に始めてあの女性を見掛けましたので、その時は、いわば武人の目、もちろん好もしくは感ぜられましたが、荒っぽい仕事を鼻の先に控えていて、その好もしさを恋と名附くるものにまで駆立てるゆとりは、更にございませんでした。しかし、こうして凱旋《がいせん》して参り、戦にまつわるくさぐさの思いが胸中を去りました今……その空席目がけ、みやびなる優しき情けがにわかにどっと押寄せ来たり、あのヒーローという娘の何と美しき事か、既に出征前より好もしく思ってはいたがなどと、しきりに囁《ささや》き唆《そそのか》すのでございます。
ドン・ペドロー　その分では、たちまちその道の訳識《わけし》りになり、長談義で聴手をうんざりさせる事だろう。ヒーローをそれ程に思っているなら、その気持を大事にするがよい、当人にはもちろん、父親にも私から話す事にしよう、大丈夫、あれはお前のものになる……要するに、目的はそこにあったのだな、妙に態《てい》よく持って廻った話で始めたのも？

クローディオー　まことに粋《いき》なお裁《さば》き、恐れ入りましてございます、顔色から恋の悩みをお読み取り下さるとは！　実は、軽はずみにも程があるとお叱《しか》りを受けるのを恐れ、長広舌の煙幕を張っておこうと思ったのでございます。

ドン・ペドロー　橋の長さは川の幅だけあれば事足りよう？　最上の施しは急場の用に応じる事、相手のためを計るのが何より大事だ、よいか、お前は恋をしている、それなら私は特効薬を授けよう。そうだ、今夜は宴会がある――いよいよ仮装となったら、私がお前の役を演じるのだ、まずヒーローに近附きクローディオーと名のる、それからあれの胸のうちに心のたけを注ぎ込む、押しの一手であの子の耳を虜《とりこ》にして、恋の口舌《くぜつ》を征矢《そや》に攻めたてる、そうしておいて、改めて父親の方に話を持って行く――さて、その結末は、あれがお前のものになるという訳だ。直ぐにも実行に取掛るとしよう。（二人果樹園を去る）

〔第一幕第二場〕

2

レオナートー邸の玄関広間

戸口は三つあり、一つは中央にあって大広間に通じている。その上に廻廊があり、そこから奥に通じる戸口が二つある。召使たちが舞踏会の準備をしており、アントーニオーが、その采配《さいはい》を振っている。

そこへレオナートーが急ぎ登場。

レオナートー　おお、アントーニオーか、甥《おい》はどこにいる、お前さんの息子は？　楽隊の手筈《てはず》は整っているのかな？

アントーニオー　それで転手古舞《てんてこまい》らしい。それより、兄さん、妙な話を聞いた、夢にも考えられぬ事だが。

レオナートー　いい話かな？

アントーニオー　中身は結果次第、ただし表紙は上等……外側は結構見栄《みば》えがする。御領主とクローディオー伯爵《はくしゃく》とが先ほど邸《やしき》の果樹園の蔓草道《つるくさみち》を歩いておいでのところを、召使の一人がすっかり立聞きしてしまった、御領主はクローディオー様に向って、私の姪《めい》、即《すなわ》ちあなたの娘に御執心の由《よし》をお打明けになったとか、しかも、それを今夜の舞踏会ではっきりさせるお積りらしい——で、もし娘の方にもその気があると解《わか》ったら、機を逸せず直ちに兄さんの所へ話を持って行くお積りとの事。

レオナートー その話をお前に伝えたのは、一応分別のある男か？

アントーニオー なかなかのしっかり者。今、呼びにやるから、直き直きその男から訊《き》いて貰《もら》おう。

レオナートー よい、よい、夢としておこう、それが事実となるまではな。ただ娘には知らせておかねばならぬ、もしこれが本当なら、どうお答えするか、その心構えもあろうし……お前、行って、話してやってくれぬか……

アントーニオーが出て行くと、入れ違いにその息子が楽師を一人伴って、他の戸口から出て来る。

レオナートー 甥か、心得ていようが――(楽師を認めて)おお、済まぬ、一緒に来てくれぬか、頼みたい事がある……(甥に)万事、そつの無いようにな。(楽師を連れて去る。少し間を置いてアントーニオーの息子と召使たちも退場)

3

〔第一幕 第三場〕

前場と同じ

上の廻廊の戸が開いている。そこからドン・ジョンとコンラッドが出て来る。

コンラッド　どうなさったのでございます、旦那様《だんな》！　その度はずれのお悩み、何か訳がおありなのでは？
ドン・ジョン　その訳の方が既に止めどが無いと来ている、だから悩みも果て無しだ。
コンラッド　まず理性の声に耳をお傾けにならねば。
ドン・ジョン　で、その声に耳を傾けると、どういう御利益《ごりやく》があるのだ？
コンラッド　たちまち効き目《きめ》が現われぬまでも、とにかく苦しみに堪えられましょう。
ドン・ジョン　何を言うのだ、ほかでもない、お前が――土星の下で生れたと称する陰気屋の癖に――瀕死《ひんし》の病人を直す説教の丸薬をくれようという……が、俺は自分を隠せない男だ、悩みの種があれば直《す》ぐそれを顔に出す、人に冗談を言われても笑いはしない、食い気が起れば食う、他人様の都合を待ってはいられない、眠くなれば寝る、誰が仕事をしていようが構いはしない、嬉《うれ》しい事があれば大いに笑う、人の鼻息など一々窺《うかが》ってはいない。
コンラッド　それもよろしゅうございましょう、が、開け拡《ひろ》げも余り華々しいのは考えもの、遠慮なしにそれが出来るには時期というものがございます。この間も、お兄様に楯《たて》をお突きになりました、幸い御勘気は許《ゆ》りましたものの、されぱと申して、それで大丈夫根が附いたとは思われません、やはり吾《われ》から努めて陽気が良くなるようにお仕向けになるのが一番。肝腎《かんじん》なのは、御自分の穫入《とりい》れ時を、如才無くお作りになる事でございます。

ドン・ジョン　同じ薔薇《ばら》の花なら、兄貴の恵みの花壇に咲くよりは、生垣《いけがき》の野薔薇でいたほうがずっとましだ、たとえ皆の鼻摘《はなつま》みになっても、手足の揚げ降ろしに気兼ねしながら、誰かの寵《ちょう》を得ようとするよりは、その方が俺の性に合う、もちろん、おべっか使いの善人にはなれぬが、まず間違い無し、正々堂々の悪党にはなれる。今の俺は口輪を嵌《は》められての御信任、足枷《あしかせ》あればこその解放だ――だから、俺は籠《かご》の中で囀《さえず》る鳥にはなるまいと腹を決めたのだ……口輪さえ無くなったら嚙《か》み附こう、枷が取れたら自由に動き廻ろう、それまでは今のとおりにさせておいてくれ、気を変えさせようとするな。

コンラッド　その御不満、何とか上手に御利用になれませんものか？

ドン・ジョン　全力を挙《あ》げて利用している、俺にはそれしか利用するものが無いのだからな。誰だ、あれは？

ボラチョーが廻廊にはいって来る。

ドン・ジョン　どうした、ボラチョー？

ボラチョー　あちらの御晩餐《ばんさん》の席を抜け出て参りました。御領主にはレオナートー様のお持てなしに大層御機嫌《ごきげん》でいらっしゃいます、それはさておき是非お耳に入れておきたい事がございます、実は御縁談が進行中の模様で。

ドン・ジョン　そいつは何かいたずらの種に出来そうな事か？　どこのどいつだ、吾から求めて不穏の事態に身を任そうという奴《やつ》は？

ボラチョー　何と、それがお兄上様の片腕とも申上ぐべきお方で。

ドン・ジョン　誰だ、あの無類の才子クローディオーか？

ボラチョー　正《まさ》に図星。

ドン・ジョン　色男め！　で、誰だ、誰なのだ、どっちの方角に奴は色目を使っているのだ？

ボラチョー　それ、それ、ヒーローでございます、レオナートー様の後とり娘の。

ドン・ジョン　おませの雛《ひな》っこめ！　お前、それがどうして解った？

ボラチョー　たまたま香を焚《た》く役を仰《おお》せつかりまして、黴臭《かびくさ》い部屋を焚きこめておりますと、そこへ御領主とクローディオー様とが手を組むようにして、何やらひそひそ話を交しながらはいっておいでになるではございませんか、手前はそれを見まして、つと壁掛けの後ろに身を隠し、委細を聴き取りましたので、要するに、御領主がまずお口説きになり、御自分の物になさってから、改めてクローディオー伯に下しおかれるという寸法にでございます。

ドン・ジョン　さ、さ、向うへ行こう——こいつは俺にとって鬱憤《うっぷん》晴らしのいい材料だぞ。あの成上り者の青二才め、俺を蹴落《けおと》して、あらゆる栄誉を独《ひと》り占めにしやがった、奴の不為《ふため》は、こっちのお為だ。二人とも大丈夫だな、手伝ってくれような？

コンラッド　命に賭《か》けましても、はい。

ドン・ジョン　晩餐の席に出てみよう——俺がしょんぼりしていればいるほど、奴らの楽しみは増すのだ。料理人が俺と同じ考えになってくれれば、これに越した事は無いのだが。さて、実行に取掛るとするか？

ボラチョー　お伴をさせていただきます。（一同、廻廊から姿を消す）

〔第二幕第一場〕

4

前場と同じ

大広間に通じる中央の戸口が開く。レオナートー、アントーニオー、ヒーロー、ベアトリス、マーガレット、アーシュラ、その他レオナートー家の者が出て来る。

レオナートー　ジョン伯爵《はくしゃく》は晩餐にはお出《いで》にならなかったのか?

アントーニオー　お見掛けしなかったな。

ベアトリス　あの方、いつも苦虫を嚙《か》み潰《つぶ》したような顔をしていらっしゃる。私、一寸《ちょっと》お目に掛っただけでも、一時間位、胸がむかむかして仕方無いわ。

ヒーロー　本当に陰気な方ね。

ベアトリス　あの人とベネディックさんと搗《つ》き混ぜて二つに割ったら、素晴らしい男が出来あがるのだけれど。片方はまるで木偶《でく》のように一言も口をきかないし、片方はまるで「奥方の御長男」のように始終口を動かしてばかりいるし。

レオナートー　それならジョン伯の口にベネディックさんの舌を半分、ベネディックさんの顔にジョン伯の陰気を半分——

ベアトリス　ついでに立派な脚も、叔父《おじ》様、そうして懐《ふとこ》ろに一杯お金を詰めこんで、もしそんな人がいたら、世界中どこの女でも意のままに出来るでしょうよ、女にその気を起させられたらの話ですけれど。

レオナートー　呆《あき》れた娘だ、そう口が悪くては、誰もお前の亭主になり手は無いぞ。

アントーニオー　全く、激し過ぎる。

ベアトリス　激しすぎるというのは、ただ激しいのより一廻り上でしょう。それなら、私は神様の御手数を省いて差上げた事になる、だって、昔から「神は激しき牛には短き角を授け給《たま》う」と言いますもの――激し過ぎる牛には角を全然お授けにならないお積りなのよ。

レオナートー　つまり、お前のように激し過ぎる女には、神様は角をお授けにならぬと言うのか？

ベアトリス　そうに決っております、御亭主をお授けにならないお積りなら――そういう仕合せな境涯を送れますようにと、私、毎朝毎晩、神様の前に膝《ひざ》まずいてお祈りしているのですけれど……ああ、ぞっとする！　髯《ひげ》の生えた御亭主、とても我慢できない――それより直《じ》かに毛布にくるまって寝たほうがまだましよ！

レオナートー　髯の無い亭主に巡り遭《あ》えるかもしれぬぞ。

ベアトリス　そんな男はどうしようかしら？　私の着物を着せて、小間使にでもしておきましょうか？　髯が生えだしては薹《とう》が立ち過ぎ、髯も生えぬのはまだ男にならず、薹が立っては私に向かない、男にならないのは私の方で向かない。嫁に行きそこなった女は、子供のためにあの世の道案内が出来ないから、その代り猿の道案内をさせられると言いましょう、だから、私、今のうちに見せ物師から手附けを貰っておいて、死んだらその猿を地獄まで連れて行ってやる積りよ。

レオナートー　さては、地獄へ行く気だな？

ベアトリス　どう致しまして――ただ入口の所まで、するとそこに悪魔がいて、間男《まおとこ》されたお年寄りみたいな顔をして私を出迎えてくれるでしょうよ、そしてこう言うの、「天国へ行け、ベアトリス、天国へ行くのだ――ここはお前さんたちの来る所じゃない」って。そしたら猿を相手に渡しておいて、私は聖ペテロ様のお側へ飛んで行く、聖ペテロ様は天界の独り者ばかり坐《すわ》っている所へ私を御案内下さり、そこで私は日もすがら面白おかしく暮すのだわ。

アントーニオー　（ヒーローに）ところで、お前さんは、父親の言い附けを守ってくれるような。

ベアトリス　もちろんですとも、従妹《いとこ》は丁寧に頭を下げて「お父様のお心に適《かな》います事なら」そう言うのが子たるものの務めでございますもの……けれど、ヒーローさん、相手が好い男ならとにかく、そうでない場合は、ついでにもう一度頭を下げて「私の心に適います事なら」そう言わなければ駄目よ。

レオナートー　まあ、よい、ベアトリス、いずれお前も似合いの夫を持つ事もあろう。

ベアトリス　いいえ、ございません、神様が土以外のもので男をお拵《こしら》えになるまでは。女にとっては随分情けない事だとお思いになりません、雄々しき土砂の塊《かたまり》に頭を押えられたり、一塊の我がままな粘土に一生を任せ切りにしたりするのは？　いいえ、叔父様、私は夫を持ちません、アダムの息子たちは私の兄弟です、兄弟と縁を結ぶのは恐ろしい罪、心底からそう思っているのですもの。

レオナートー　ヒーロー、先に言った事を忘れぬように。御領主がそうしてお言寄りになったら、それ、例の御返事をな。

ベアトリス　音楽のせいだと思いなさい、ヒーロー、もしお口説きになる間が狂ったら。余りくどいようだったら、何事にも程というものがございますと申上げて、御返事を踊り流してしまえばいいのよ。よくて、ヒーロー――求婚、結婚、後悔は、たとえてみればスコッチ踊りに宮廷舞踊にシンク・ペース踊りのようなものだわ、第一の求婚は熱っぽくて急調子でスコッチ踊りそのまま、おまけに気まぐれの出たらめと来ている、結婚は程を得て品よき事、宮廷舞踊さながら、重々しく古風な趣あり、その次に来るのが後悔で、不様《ぶざま》に脚をばたつかせるシンク・ペース踊りそっくり、それが段々早調子になって、四苦八苦の七顛八倒《しちてんばっとう》、とどのつまりは墓穴に滑《すべ》り込むという訳。

レオナートー　よく、まあ、先の先まで見透《みとお》したものだ。

ベアトリス　目はきくほうでして、叔父様――何しろ教会堂が昼でも見える位でございますから。

レオナートー　それ、浮かれ仲間が御入来だ、アントーニオー。道を開けて差上げるように。

アントーニオーは召使たちに指図《さしず》を下して退場。

ドン・ペドロー、クローディオー、ベネディック、ドン・ジョン、ボラチョー、その他が鼓手を先導にして登場、それぞれ仮面、仮装をしている。間も無くアントーニオーが戻って来るが、やはり仮面を附けている。楽師たちは階上の廻廊に入り、伴奏の用意。一同、円舞のために男女二人ずつ組を作る。

ドン・ペドロー　（ヒーローを連出し）お嬢様、序曲の御相手をさせて頂けませんか、あなたのお友達のこの私に？

ヒーロー　ゆっくりでしたら、そして優しく何もおっしゃらないでいて下さるなら、喜んでお相手を致します――離れる時でしたら、なおの事。
ドン・ペドロー　その時も御手を取って、御一緒に？
ヒーロー　はい、その気になりましたら。
ドン・ペドロー　いつ、その気になって下さいます？
ヒーロー　お顔を見せて下さいましたら。まさか中の楽器はその箱のように気味の悪いものとは思いませんけれど！
ドン・ペドロー　吾《わ》が面はフィレモンが家――藁《わら》もて葺《ふ》けど、中に在《おわ》すはジュピター神。
ヒーロー　あら、それならお頭《つむ》も藁詰でございますの？
ドン・ペドロー　しっ、恋の話は声ひそめと申します。（部屋を一廻りして過ぎ去る）
ボラチョー　本当です、あなたに好かれたら本望だ。
マーガレット　いけません、ほかならぬあなたのために、私、欠点が沢山あるのですもの。
ボラチョー　たとえば？
マーガレット　お祈りの時、大声を出したり。
ボラチョー　ますます好きになった、側の者は、「どうぞそのように、アーメン」と言えばいい。
マーガレット　神様、よき踊り手と組ませて下さいますように。
ボラチョー　アーメン。
マーガレット　そうして、神様、踊りが終りましたら、その男を追払って下さいますように、さ、お続けになって、どうぞ介添役を。
ボラチョー　二の句が継げない――介添はお払箱だ。（部屋を一廻りして過ぎ去る）
アーシュラ　どなたかよく解《わか》っておりますわ――アントーニオー様でいらっしゃる。
アントーニオー　残念ながら違います。
アーシュラ　でも、解りますもの、お頭《つむ》をお振りになる癖で。
アントーニオー　本当の事を言うと、あの人のまねをしているのです。
アーシュラ　そうまで悪いところを良くまねられるものではございませんわ、御当人でもないのに、それ、この枯れたお手――アントーニオー様でいらっしゃる、やっぱりアントーニオー様。
アントーニオー　残念ながら違います。
アーシュラ　何をおっしゃいます、解らないとお思いになりまして、その溢《あふ》れるような御才気が？　美点はおのずから表われるものではございません？　いいえ、もうお

止《や》め遊ばせ、アントーニオー様に決っております。お人柄は隠せませんもの、もう沢山。（部屋を一廻りして過ぎ去る）

ベアトリス　どうしてもおっしゃらないお積り、その話、どなたからお聞きになったか？

ベネディック　はい、それだけはお許し下さい。

ベアトリス　その上、御自分が誰かもおっしゃらないお積り？

ベネディック　はい、目下のところ。

ベアトリス　私は生意気な女だ、私の才気走った言葉は皆「滑稽《こっけい》百物語」の受売りだ……決っています、ベネディックさんよ、そう言ったのは。

ベネディック　それはどういう男です？

ベアトリス　よく御存じのはずですわ。

ベネディック　存じません、本当に。

ベアトリス　あの人に大笑いさせられた事ありません？

ベネディック　そいつは一体どういう男なのです？

ベアトリス　御存じないの？　あの人は御領主様の道化師、それも甚《はなは》だ気のきかない幇間《ほうかん》なのよ——あの人に才能があるとすれば、途方も無い中傷を考え出す事だけだわ。

余程の道楽者でもなければ、誰も話を聞いて面白がる者はいないでしょうよ、それにあの口悪は才気から来るのではなくて、歪《ゆが》んだ根性から来るのですの、その証拠に、あの人は人を面白がらせるだけでは済まず、直《す》ぐ怒らせてしまうものですから、始めのうちはどなたも慰み物にして笑っておいでですけれど、そのうち突いたり叩《たた》いたりし始めます……(踊りの群れを見渡し)きっと今もあの船団の中にいる事でしょう――こちらへ攻寄せて来ればよいのですけれど。

ベネディック　その方とお近附きになったら、お言葉をそのままお伝えしておきましょう。

ベアトリス　どうぞ、そうして下さいまし。必ず喩《たと》え話《ばなし》に事寄せて、私への当てこすりを一つ二つ聞かせてくれますわ、たまたまこちらで気附かなかったり笑わなかったりしようものなら、あの人、たちまち悄《しょ》げ返ってしまうでしょうよ――結果は鷓鴣《しゃこ》が一羽分助かるという訳、あの幇間さん、その晩は食事も咽喉《のど》を通らなくなるからなの……さ、先導の人たちに附いて行かなければ。

ベネディック　私たちを善導してくれるのでしたら。

ベアトリス　大丈夫、悪い方へ引張って行かれそうになったら、次の曲り角《かど》で別れてしまうだけ。

音楽が始まり、組になった男女はそれに乗って陽気に踊り始める。終り頃にドン・ペドローがレオナートーに合図をし、一緒になる。大広間の戸が開け放たれ、ヒーローが人々を夜食（大掛りなデザート）の席へ先導する。後にドン・ジョン、ボラチョー、それにクローディオーが残る。

ドン・ジョン　（大声で）確かに兄はヒーローに夢中だ、今、父親を引張って行ったが、その事を打明けるつもりだろう……女連もヒーローの後に附いて行ってしまったな、ただ面を被《かぶ》ったのが一人残っている。

ボラチョー　（小声で）クローディオーに違いありません。風つきで解ります。

ドン・ジョン　ベネディックさんではありませんか？

クローディオー　よくお解りですな――確かに。

ドン・ジョン　ベネディックさん、あなたは兄の側近でいらっしゃる。ところで、兄はヒーローにすっかり夢中になっています。何とかして兄の気持をあれから移して頂けないものでしょうかな、あの女は兄の身分に釣合わない。あなたの事だ、忠義者の役を演じて下さるに違いない。

クローディオー　だが、どうして真相をお知りになったのです？

ドン・ジョン　娘の前で誓っているところを耳にしたものですから。
ボラチョー　実は私も聞きました、それも今夜、結婚すると誓っておいででした。
ドン・ジョン　さ、吾々《われわれ》も夜食を頂戴《ちょうだい》に出掛けよう。（退場、ボラチョーもそれに続く）
クローディオー　今、答えたのはベネディック、が、不吉な話を聞かされた耳はまさしくクローディオー……そうに決った――主人は自分のために口説いているのだ。友人のためを思うというのも当てにはならぬ、ほかの事ならいざ知らず、色恋沙汰《いろこいざた》はまた別だ、だから恋する者は皆自分の舌を使っている……誰でも自分の目で掛け合うに越した事はない、人頼みは禁物だ、美人は魔法使、まじないを掛けられたら最後、どんな信義も血と溶ける、始終お目に掛る事ではないか、間抜けにも程がある……こうなれば、もうお別れだ、ヒーロー。

仮面をはずしたベネディックが大広間から出て来て、クローディオーを探す。

ベネディック　クローディオー伯か？
クローディオー　まさにそのとおり。
ベネディック　さ、一緒に来ないか？
クローディオー　どこへ？

ベネディック　直ぐそこの振られ柳の下まで、もちろん、君のためだ、伯爵《はくしゃく》……柳の輪飾りを作るのはよいが、それをどこへ着ける積りかね？　高利貸よろしく首にぶらさげて損害賠償をと行くか、それとも肩章《けんしょう》代りに副将をまねて雄々しく決闘と出るか？　どの道、放ってはおけない、御主人にヒーローを奪われたのだからな。
クローディオー　お目に止めて頂いて何よりだ。
ベネディック　ほう、その口のききようは正直な牛商人がお顧客《とくい》に向って言うせりふと同じだ——牡牛《おうし》を売る時に奴《やつ》らはそう言う。ところで、君の積りは御主人にかくのごとくお力添え頂こうという事だったのかね？
クローディオー　頼む、放っておいてくれないか。
ベネディック　ほう、今度は昔話のお目くらか。肉を盗んだのは下男の小僧、それをお見当違いに柱を擲《なぐ》っている。
クローディオー　どうしても放っておいてくれなければ、こちらで失敬するだけだ。
（退場）
ベネディック　やれやれ、かわいそうに手負いの鴨《かも》め——最後は真菰《まこも》の中に身を隠す……それはそれとして、あのベアトリス、俺を知っていながら、俺と気附かぬとは……御領主の幇間だと！　はっ、案外、世間は俺の事をそう呼んでいるのかもしれぬ、俺はふざけてばかりいるからな、ふむ、いや、そう思うのはみずから蔑《さげす》むようなものだ、そんな噂《うわさ》が立つ訳が無い――あの皮肉、卑劣なベアトリスがあたかも世間の評判のように言い触らし、この俺をそんな男に仕立てあげてしまおうという腹に違いない……よし、それなら何とか仕返しをしてやろう。

ドン・ペドローがレオナートー、ヒーローと共に戻って来る。親子は離れて話す。

ドン・ペドロー　おお、お前か、伯爵はどこにいる？　姿を見掛けなかったか？

ベネディック　実のところ、手前、ただ今まで井戸端夫人の役を勤めていたところでございます。あの男、ここにぼんやり立っておりましたが、その姿の悄然《しょうぜん》たるや、正《まさ》に禁猟地の番小屋にも似たる趣。そこで、手前は万事を、もとよりそれが事実と思えばこそ、洗《あら》い浚《ざら》い話してやりました、御領主には、これなる若き姫御前《ひめごぜ》の心を、見事、捷《か》ち得られたと――のみならず、これから振られ柳の下まで附合おう、そして捨てられた印に輪飾りを造ってやってもよい、それとも、いっそ思切り打ちのめして貰《もら》いたいとあらば、その鞭《むち》を拵《こしら》えて差上げようかと申出たのでございます。

ドン・ペドロー　打ちのめして貰いたいと！　一体、どんな間違いを犯したというのだ？

ベネディック　それこそ紛れも無い犯罪、子供がよくそれをやります、鳥の巣を見附けて、すっかり嬉《うれ》しくなって、友達に場所を教えてやったはよいが、友達がそれを盗んでしまうという筋書でして。

ドン・ペドロー　人を信用するのが罪だと言うのだな？　罪は盗んだ方にあろう。

ベネディック　しかし、無駄にはなりますまい、鞭を造っておきましても、いや、輪飾りとて同様――輪飾りはみずから進んで着用に及びましょうし、鞭の方はそのお手にお預けすればよろしゅうございましょう、この目に間違い無し、御領主こそ、あの男の見附けた鳥の巣を盗んだ犯人と睨《にら》んでおります。

ドン・ペドロー　鳥に囀《さえず》りを教えてやるためさ、いずれ持主に返してやる積りでいる。

ベネディック　もしその鳥がお言葉に応《こた》えて色よき囀りを聞かせましたなら、なるほどお言葉に嘘《うそ》は無いと申せましょう。

ドン・ペドロー　ところで、ベアトリス姫だが、大層お前に腹を立てていたぞ。さっき一緒に踊った男から聞いたというが、お前はひどくあれの事を誹《そし》っているらしいな。

ベネディック　おお、あの女の方こそ私を、木石の忍耐力すら超《こ》ゆる程に侮辱したのです、枯れなんとする槲《かしわ》の木も、梢《こずえ》になお一葉の緑を残していたなら、恐らくこのまま黙って引込みは致しますまい、それ、この仮面にまで命が通い、あれに向って怒鳴り始めた位です……言うに事を欠き、もちろん当の私とは気附かずにの話ですが、私の事を御領主様の道化師だとか、雪解け時分の陽気よりたるんでいるとか――次から次へと愚弄《ぐろう》の言を投げてよこす、その凄《すさ》まじさと来ては、当方、息を飲む間も無く、あたかも全軍の一斉射撃に呆然《ぼうぜん》と立ち尽す看的手《かんてきしゅ》さながら……あの女は匕首《あいくち》を吐くのです、しかも一語一語が的に突刺さる、あれでもし息にも言葉同様毒があったら、あたりはたちまち死屍《しし》累々《るいるい》、被害は北極星のかなたにまで及びましょう……あんな女を女房にする気にはなれませんな、たとえアダムが原罪以前に持っていたすべてを持参金に持って来ると言われようと。何しろ超人ヘラクレスを下男にして、台所で炙串《あぶりぐし》の番でもさせかねない女だ、そうですとも、いや、それどころか、そのヘラクレスの棍《こん》棒《ぼう》を薪《まき》代りに煖《だん》を取る位の事は朝飯前という女で……頼みます、あの女の話は止《や》めにして下さい。やがてお解りになりましょう、あれは美々しく着飾った鬼女アーテーです――誰か有徳《うとく》の博士が祈り鎮《しず》めてくれればよいのですが、冗談ではありません、あの女がいる限り、地獄の方がまだしも聖院に近い、ずっと静かです――という訳で、誰も彼もわざと罪を犯してまで地獄行きを望むようになる、あの女の行く所、さほどに不安、恐怖、騒擾《そうじょう》が附いて廻るのです。

クローディオーとベアトリスが一緒に話しながら登場。

ドン・ペドロー　それ、あの女がやって来る。

ベネディック　お願いにございます、この世の涯《はて》まで、何なりと御用をお申附け下さいますよう。どんな詰らぬ使いでも喜んで出掛けましょう、地球の裏側の国へでも、何か用を拵《こしら》えてさえ下されば。アジアの涯《はて》へ楊枝《ようじ》を取りに行って参りましょうか、極東の聖王ジョンの足の大きさでも計って参りましょうか、韃靼《だったん》王の髭《ひげ》を一本抜いて参りましょうか、小人の国に何か御用はございませんか――あの化鳥《けちょう》ハーピーと一言でも口をきくより、その方がまだしも楽です。本当に何か用は無いものでしょうか？

ドン・ペドロー　それが無い、唯《ただ》ここにいて貰いたいという事だけだ。

ベネディック　おお、何たる事か、実際、こいつは私の嫌いな料理でして――タン姫だけは我慢が出来ません。（退場）

ドン・ペドロー　これは、これは、どうやらあなたはベネディック殿の御機嫌を損じてしまったらしいな。

ベアトリス　（前に進み）そのとおりにございます、御領主様、一時はあの方からお借りしておりましたが、もう利子を附けてお返し致しました――お預かりした心は一つでございましたが、御礼には二心を差上げました。それも、骰子《さいころ》をごまかして、私から騙《かた》り取ったもの、確かに仰《おお》せのとおり私は損してしまったらしゅうございます。

ドン・ペドロー　勝負あった、あなたの方が一枚上手だな。

ベアトリス　あの人の下になったら、もうお終《しま》いでございます、阿呆《あほう》どもの母親にさせられてしまいますもの……お言い附けどおりクローディオー伯をお連れ致しました。

ドン・ペドロー　おお、待っていた、伯爵、何でそう鬱《ふさ》ぎこんでいる？

クローディオー　別に、何も。

ドン・ペドロー　では、どうしたというのだ？　どこか具合が悪いのか？

クローディオー　いいえ、どこも。

ベアトリス　伯爵はお鬱ぎでもなし、具合がお悪いでもなし、御機嫌でもなければ、お元気でもない、ただ伯爵は粋人でいらっしゃる――ですから、何でもオレンジのように酸《す》いのがお好き、胸が焼けて焼けてたまらないほど酸っぱいのが。

ドン・ペドロー　全くそのとおり、あなたの謎《なぞ》解きは当っている、だが、伯爵がそんな気でいるなら、独《ひと》り合点《がてん》も甚《はなは》だしいというべきだ……聞け、クローディオー、俺はお前の名を騙って言寄り、ヒーローを捷《か》ち得たのだ、父親にも話し、その許しを受けている、後は縁組の日取りを決めるだけ、それで万事お前の思いどおりになろうというもの。

レオナートー　（ヒーローを前に連出し）伯爵、どうぞ娘を、私の財産も一緒に、御領主みずからお計らいの縁組、天なる主にもお喜び頂けましょう。

ベアトリス　御返事を、伯爵、あなたの番よ。

クローディオー　喜びにとっては、沈黙こそ最上の使者――なまなかな嬉しさなら、これ程にもと申上げられましょうが！　ヒーロー、あなたはもう私のもの、それゆえ、私はあなたのもの。あなたのためなら、自分のすべてを捧げる、その代り私はあなたを離しません。

ベアトリス　さあ、御返事をなさい、ヒーロー、それが出来なければ、接吻《せっぷん》で相手の口を塞《ふさ》ぎ、もう何もおっしゃれないようにしてあげるのよ。

ドン・ペドロー　いや、全く、陽気な性分だな。

ベアトリス　はい、御領主様、私、そういう自分の心に日頃から感謝しておりますす――感心な事に、それはいつも煩《わずら》い事《ごと》を風に柳と受流してくれるのでございますもの。従妹《いとこ》を御覧下さいまし、私もお慕い申上げておりますと、ああして伯爵のお耳に。

クローディオー　正《まさ》にそのとおり、ベアトリス。
ベアトリス　まあ、もう親類扱い！　こうして誰も彼も世帯《しょたい》持ちになる、私だけね、私だけが棚《たな》ざらしの、日に焼け放題。どこかの町角《まちかど》に腰を下ろして、「へい、ほう、誰かお嫁に貰っておくれでないか」と歌でも歌って暮しましょう。
ドン・ペドロー　ベアトリス、あなたにもいずれ良い人をお世話しよう。
ベアトリス　出来ましたら、御領主様のお父君がお儲《もう》けになりましたお方を。御領主様にはほかに御兄弟がおいでては？　女と生れて、もし立派な夫に巡《めぐ》り遭《あ》えたと致しましたら、それはきっとお父君が拵えておいて下さった方に相違ございません。
ドン・ペドロー　いっそ私ではどうだな？
ベアトリス　お断わり申し上げます、もっとも普段使いにもう一人お許し頂ければ別の話でございますけれど――御領主様では余り畏《おそ》れ多くて、毎日使い放題という訳には参りませんもの……何の彼《か》のと、お許し下さいまし、これが私の生れ附き、こうしていつも取止めも無い事を面白おかしくお喋《しゃべ》りをしていたいのでございます。
ドン・ペドロー　あなたの沈黙は、私にはむしろ耳障《みみざわ》りだ、陽気にしているのが一番似合う、それというのも、あなたが生れた時、周囲に何か陽気な賑《にぎわ》いでもあったからに違い無い。

ベアトリス　いいえ、それが、御領主様、母はずっと呻《うめ》きどおしだったそうで――でも、その時、一つの星が踊っていて、その下で私は生れました。さあ、お二人とも、末永く！

レオナートー　それはそうと、言い附けておいた事、早く手配りを頼む。

ベアトリス　申し訳ございません、叔父様。御領主様、退《さが》らせて頂きます。（一礼して退場）

ドン・ペドロー　本当に明るい気性の娘だ。

レオナートー　蔭《かげ》というものがあれにはいささかもございませぬ。引籠《ひきこも》っているのは眠っております時だけ、いや、その時すら引籠っているとは申せませぬ、娘から聞き及びましたが、あれも時々悲しい夢を見るらしく、それでいて、夢の中で笑いだし、自分の大声に目を醒《さま》すそうでございます。

ドン・ペドロー　縁組の話となると、おとなしく聴いていられぬようだな。

レオナートー　おお、その段ではございませぬ――己《おの》れに言寄る者を嘲弄《ちょうろう》し、片端から追返してしまいます。

ドン・ペドロー　ベネディックが相手なら立派な女房になれるかもしれぬ。

レオナートー　おお、とんでもございません、式を挙げて一週間も経《た》たぬうちに、両人とも、互いに喚《わめ》き喚かれ、気違いになってしまうのが落ちにございましょう。
ドン・ペドロー　クローディオー伯、教会の方はいつにする積りだ？
クローディオー　は、あすにでも。恋の儀式の一通り済みますまでは、時は杖《つえ》を頼りに歩みおるのか、万事まどろこしき思いでございます。
レオナートー　何を言う、月曜日まで待って頂こう、息子殿、丁度、今から六日七夜——それでも日が足らぬ、父親として思いどおりの仕度はとても出来ませぬ。
ドン・ペドロー　お預けが長過ぎるとばかりに首を振っているな——だが、クローディオー、私は手を束《つか》ねて、時に道草を食わせておこうと言うのではない。その間に、ヘラクレスの腕を振い、ベネディックとベアトリスとの間に、何人《なんぴと》も押《お》し退《の》けられぬ相思相愛の巨大な山を築いてお目に掛けたいのだ。出来る事なら、女夫《めおと》を一組造り上げたいものと思っている——必ずしも不可能事とは言えまい、お前たち三人が力を協《あわ》せ、私の指図どおりに動いてくれればな。
レオナートー　喜んでお手伝い致しましょう、たとえ十日間一晩も寝ずに駆けずり廻りましょうとも。
クローディオー　私とても。
ドン・ペドロー　もちろん、ヒーローも手伝ってくれような？

ヒーロー　私に適《かな》う事でしたら何でもお言い附け下さいまし、従姉に良い夫を持たせるお手伝いでございますもの。

ドン・ペドロー　その事なら、ベネディックは夫として頼もしからぬ男とは言えまい、少なくともこれだけは褒《ほ》めてやってもよかろう――貴族の出であり、武勇の誉高く、天晴《あっぱ》れ志操堅固の士だ。(ヒーローに)手筈《てはず》はいずれ教えてあげよう、どうしたら巧《うま》くベアトリスを唆《そその》かし、ベネディックに夢中にならせる事が出来るかを。(レオナートーとクローディオーに)私はお前たち二人と力を協《あわ》せてベネディックに働き掛け、あの縦横の機智《きち》と欲無しの気難かしさとの裏を掻《か》き、ベアトリスに夢中にならせるように事を運ぶのだ……それが巧《うま》く行ったら、いつまでキューピッドだけに弓の名手の名をほしいままにさせておくものか、手柄はもとより吾《われ》らのもの――何と言おうと、結びの神は吾々だけだからな。さあ、一緒に来てくれ、もくろみを話して聞かせよう。(一同、奥に退場、ヒーローはクローディオーの腕に手を預けて入る)

5

〔第二幕 第二場〕

前場に同じ
擦《す》れ違いにドン・ジョンとボラチョーとが夜食の席から戻って来る。

ドン・ジョン　筋書どおりだな――クローディオー伯め、いよいよレオナートーの娘と結婚するぞ。

ボラチョー　はい、旦那《だんな》様、しかし、まだ食い止められます。

ドン・ジョン　食い止め、妨害、人の邪魔、そいつが俺には何より薬。あの男を見ると胸糞《むなくそ》が悪くなる、奴《やつ》の気持に逆らう事なら、何であろうと俺の気に入るのだ。まだ食い止められると言うが、何か手があるのか?

ボラチョー　まともな手立てでは、どうにもなりません――しかし、闇《やみ》から闇への抜道をもってすれば、如何《いか》なる不正もそれとは気附かれますまい。

ドン・ジョン　どうする積りか手短かに話してみろ。

ボラチョー　一年程前に確かお話したと思いますが、例のヒーローの小間使のマーガレットが手前に思召《おぼしめ》しがありまして。

ドン・ジョン　うむ、覚えている。

ボラチョー　私がそうしろと言えば、たとえ夜中の如何《いか》なる時刻であろうと、ヒーローの部屋の窓から、あれは顔を出してくれましょう。
ドン・ジョン　一体、そんな事でどうして今度の縁組が打毀《うちこわ》せるというのだ？
ボラチョー　毒の効《き》き目《め》は専《もっぱ》ら調合者のお腕次第にございます。まず、御領主の、お兄上様の所へおいでになり、何はともあれ、こうおっしゃいまし、名門クローディオーを――左様、伯爵《はくしゃく》の事はいやが上にも盛大にお持上げになるがよろしい――人もあろうに、穢《けが》わしい淫売《いんばい》に、つまりヒーローのような女と縁組させるとは、何より兄上御自身の名誉を傷附けるものだと。
ドン・ジョン　何の証拠でと言われたら、どうする？
ボラチョー　証拠は山程ございます、御領主様を欺《あざむ》き、クローディオー伯を苦しめ、娘を台無しにし、父親を死に陥《おとしい》れるようなのが。その上どんな禍《わざわ》いがほしいとおっしゃるので？
ドン・ジョン　奴らを苦しめられさえすれば、どんな事でもしてのけよう。
ボラチョー　では、早速お掛り頂きましょう、適当な折に御領主様と伯爵をお連出しになり、ヒーローの恋人がこのボラチョーである事を突留めたとおっしゃり、それもお二人のお為《ため》を思えばこそ、即《すなわ》ち、この縁談の仲立ちをなさったお兄上様の名誉も大事なら、とんだ生娘《きむすめ》に一杯食わされ掛っている御友人の体面も大事、幸い女の化けの皮を剝《は》ぐ事が出来たからにはという風にお持ち掛けになるのです。恐らくお二人とも、証《あか》しが無ければ信じられますまい、よろしい、現場を見せておあげなさいまし、と申して、大した事ではございません、手前がヒーローの窓下に参り、ヒーローと呼んでマーガレットに顔を出させ、マーガレットには手前をクローディオーと呼ばせるだけの事――それをお二人に見せるのは式の前の晩でなければいけません。一方、よろしく口実を設けて、ヒーローはその場に居ないように計らいます、そうすれば、女が如何にも品行が悪いように見え、ただの邪推も尤《もっと》もらしく思われましょう、かくして折角の準備もすべて水の泡《あわ》という訳でございます。

ドン・ジョン　その結果、どういう目が出ようと、きっとやってのけるぞ……腕前を見せてくれ、巧《うま》く行ったら、一千ダカットの褒美《ほうび》だ。

ボラチョー　旦那様は中傷の方をしっかりお願い致します、手前の腕が何で手前を裏切りますものか。

ドン・ジョン　俺は直《す》ぐにも式の日取りを聞いて来よう。（両人退場）

〔第二幕 第三場〕

6

レオナートー邸に接する果樹園

ベネディックが考えこみながら出て来て伸びをする。

ベネディック　(奥に向って) 小僧！

侍童が駆けこんで来る。

侍童　はい。
ベネディック　俺の部屋の窓に本がある、それを持って来てくれ、果樹園の方へだぞ。
侍童　果樹園でしたら、もう参っております。
ベネディック　解《わか》っている――だが、一度向うへ行って、それからまた戻って来いと言っているのだ……(侍童が去った後、腰を下ろす) 全く呆《あき》れて物が言えぬ、人が恋に憂《うき》身《み》を窶《やつ》すのを見て愚の骨頂と言っていた男が、ついこの間までは誰彼の容赦無く、そのする事なす事に一々嘲笑《ちようしよう》を浴びせていた癖に、それがみずから恋の虜《とりこ》となって己《おの》が毒舌に的を提供するとは。いや、はや、それが何とクローディオーだ。俺の知っている限り、音楽と言えば軍鼓に軍笛、そのほかに縁の無い男だった、それが今では粋《いき》な小鼓や洒落《しやれ》た笛の音に耳を傾けたがる、俺の知ってる限り、良い甲冑《かつちゆう》が見られるとあれば、十里の道を遠しとせずに歩いて出掛けた男だった、それが今では十日、夜毎夜《よごと》毎新しい服の型を想《おも》い描いて、まんじりともしない、昔は簡にして要を得た言葉遣いしか知らぬ男だった（実直、尚武の人物とはそういうものさ）、それが今では口うるさい修辞学者と化してしまった――口を開けば正《まさ》に奇想天外の大酒盛よろしく、変妙な料理が次から次へと繰出されて来る……この俺もいつかあんな風に変ってしまって、それをこの目で眺《なが》める日が来るものだろうか？　そいつは解らぬ――ただ、そうは思えぬ、なるほど恋のために俺が牡蠣《かき》にならぬという保証は無い、が、誓ってもいい、そうなるまでは、俺は決して阿呆《あほう》にはならぬぞ……こちらは美人、結構、俺は泰然としているね、そちらは才女、結構、同じく泰然としている、あちらは淑女、結構、やはり泰然だ、あらゆる徳を一身に兼ね備えた女が出現するまでは、本腰入《こしい》れてお輿入れを願い出る気にはなれぬ……金を持っている事、こいつは必要条件だ、才たけてあれ、さもなければ真平御免だ、淑《しと》やかなれ、さもなければ値も附けられぬ、美しくあれ、さもなければ顔を見る気もしない、優しからざるは側へも寄るな、品なきは天使も去れ、弁舌さわやかにして、音楽の素養深く、髪の色は、何色なりとも神の思召《おぼしめ》し次第。（近くに話し声が聞える）はあ！　御領主と恋の君だ！　よし、この亭《ちん》の中に隠れていてやれ。

ベネディックが亭に隠れると、ドン・ペドロー、レオナートー、クローディオーが登場、後にバルサザーがルートを持って続く、クローディオーは亭の近くに行き、忍冬《すいかずら》の繁《しげ》みを覗《のぞ》く。

ドン・ペドロー　さて、一曲聴かせて貰《もら》うとしようか？

クローディオー　は、そう致しましょう……何と静かな宵でございましょう、自然はあたかも楽の音を引立てんがために、みずから声をひそめてでもいるように！

ドン・ペドロー　（小声で）見たか、ベネディックが隠れたところを？

クローディオー　（小声で）は、確かに。音楽が済みましたら、隠れた狐《きつね》めを一寸《ちょっと》ばかりいびってやりましょう。

ドン・ペドロー　おい、バルサザー、先程の歌をもう一度頼む。

バルサザー　おお、何を仰《おお》せられます、悪声は音楽の穢《けが》れ、これ以上、罪を犯しとうございませぬ。

ドン・ペドロー　それが何より上手の証拠、入神の技をもちながら、内に包んで素知らぬ顔をする。是非、聴かせてくれ、余り口説かせるな。

バルサザー　口説かせるなと仰せられては、歌わぬ訳にも参りますまい――何せ、口説き上手と言わるるお人は誰彼の見境無しに、まず言寄って御覧になるもので、内心、詰らぬ女とお思いでも同じ事、それでもお口説きになる、はい、それでも好きでたまらぬなどと仰せになりますものでな。

ドン・ペドロー　さ、早くしてくれ、まだ先があるなら、序《つい》でにそれも歌の節に載せて貰おう。

バルサザー　節に載せます前に、伏してお許し願いたき儀がございます――手前どものからきし下手な節廻しにては、不思議の妙音など、到底、思いも寄りませぬ。

ドン・ペドロー　やれやれ、竪琴《たてごと》ではなくて、たわごとを聴かせてくれるのか――それも節づくしの節穴だらけ、音もうつろの空騒ぎ！（バルサザーがルートを弾《ひ》き始める）

ベネディック（傍白）さてこそ、妙《たえ》なる名曲！　片や魂《たま》も奪われてか。奇妙なものだな、羊の腸《はらわた》で人間の腹から魂《たましい》を釣り出すというのは？　俺は角笛の勇ましきを採る、文句無しだ。

バルサザー（歌う）

泣くな　歎《なげ》くな　御新造衆《ごしんぞしゅう》よ
男の口は　当てにはできぬ
海へ一足　陸へ一足
きのうときょうとで　相手が変る
なれば泣くより　笑って別れ
おもしろ　おかしく　この世を送れ
泣けるのどなら　どうせの事に
浮れ調子で　ヘイ・ノン・ノンニ
聞くな　歌うな　陰気な唄《うた》は
どんより雲に　どしゃぶり雨か
男の嘘《うそ》に　若葉の緑
その昔から　相も変らず
なれば　泣くより　笑って別れ
おもしろ　おかしく　この世を送れ
泣けるのどなら　どうせの事に
浮れ調子で　ヘイ・ノン・ノンニ

ドン・ペドロー　感心した、良い歌だ。

バルサザー　悪いのは歌手でして。

ドン・ペドロー　そんな事があるものか、本当に良かった――結構、巧《うま》く歌いこなしている、気晴らしには十分。（離れてクローディオー、レオナートーと話し始める）

ベネディック　（傍白）犬でなくてよかった、あの調子で吠《ほ》え立てようものなら、たちまち締め殺されてしまうだろう。あの悪声が何か禍《わざわ》いを引きずり出さなければよいのだが――俺には夜鴉《よがらす》の声の方がまだしもありがたい、疫病《えきびょう》の前兆だと言うが、構うものか。

ドン・ペドロー　そうだ、そうしよう。（振向いて）おい、バルサザー、聞いていたか？　何か品の良い音楽を用意しておいてくれ、あすの晩、それをヒーローの部屋の窓下でやって貰いたいのだ。

バルサザー　はい、精々良いものを何か。

ドン・ペドロー　では、頼んだぞ、もうよい……（バルサザー退場）ところで、レオナートー。あれは本当か、先刻、聞かせてくれた話は？　お前の姪《めい》のベアトリスがベネディックに思いを寄せているというのは？

ベネディックは話を聞こうとして亭《ちん》の端にうずくまる。

クローディオー (後ろを窺《うかが》い、小声で) おお、その息、抜足、差足——鴨《かも》は降りております……(大声で) 相手が誰にせよ、あの人が恋をするなどと、夢にも考えた事は無かったのですが。

レオナートー いや、全く、私だって思いも寄らなかった——それにしても驚きましたな、惚《ほ》れも惚れたり、相手は人もあろうにベネディックさんというのですから、どこから見ても嫌っているとしか思えなかったのに。

ベネディック (傍白) 本当か？　そんな風が吹いているのか？

レオナートー さよう、ほかに考えようはない、確かにあれは気も狂わんばかりに恋い焦《こが》れております。それも、人間の考え得る限界を遥《はる》かに超えておりますな。

ドン・ペドロー わざとそんな芝居をして見せているだけの事かもしれぬ。

クローディオー なるほど、そういう事も。

レオナートー おお、とんでもない！　芝居ですと？　お芝居の情熱で、あれほどの真実味が感じられるものですか、決して。

ドン・ペドロー ほう、真実味といって、どういう風に？

クローディオー （二たび後ろを窺い、小声で） さあ、針に餌《えさ》をしっかり附けて――魚め、いよいよ食附きますぞ。

レオナートー どういう風に！ いずれ御納得させられましょう――（クローディオーに） あなたはヒーローから様子を聞いておいでだろう？

クローディオー 聞いております、確かに。

ドン・ペドロー おい、おい、何を言うのだ！ 余り驚かさないでくれ。あの女だけは、どんな恋の攻撃にも難攻不落の心の持主と思っていたのだが。

レオナートー 手前とて同様にございます――殊《こと》にベネディックなどに。

ベネディック （傍白） こいつは仕掛けと思いたいところだが、あの白髪頭《しらがあたま》がそう言うのだからな。たくらみというやつが、あんな尤《もっと》もらしい装《よそお》いを隠れ家にする事はまずあるまい。

クローディオー （小声で） 効《き》き目《め》は十分――後を続けて。

ドン・ペドロー で、女は自分の気持をベネディックにもう打明けたのか？

レオナートー とんでもない、あれにはその積りは全くございません。それだけに悩んでおりますので。

クローディオー そこですよ、ヒーローから聞いたのですが、「今さら、そんな事が」

と言っているそうです、「これまで出遭《であ》うたびに悪罵《あくば》の限りを尽して来た自分が、お慕い致しておりますなどと、今さら書けると思って？」

レオナートー　さよう、手紙を書きかけては、そう言っているそうで、はい、何でも夜中に二十たびも起上り、寝巻のまま机に向って、大判の紙に綿々と思いを書き綴《かつづ》るとか、委細、娘から聞きましてございます。

クローディオー　その紙の話で思い出しましたが、ヒーローが面白い洒落《しやれ》を教えてくれましたっけ。

レオナートー　おお、おお、その手紙を書き終って、読み返しているうち、一枚のシートにベネディックとベアトリスとが枕《まくら》を並べていると言ったという話では？

クローディオー　そのとおり。

レオナートー　おお、その手紙をあれはずたずたに引きちぎり、からかわれるだけが落ちと知りながら、そういう相手にこんな手紙を書くなどと、慎みの無いにも程がある、そう言ってさんざんに己れを罵《ののし》ったそうでございます。「立場を換えて見れば、およそ察しの附く事ですもの、私があの人からこんな手紙を貰ったら、精々からかってやる——ええ、たとえ心で思っていても、きっとそうしてやる」という訳で。

クローディオー　それからどしんと膝《ひざ》を突き、涙を流したり、すすり上げたり、胸を打つかと思うと髪を掻《か》き毟《むし》り、あるいは祈り、あるいは呪《のろ》い――「おお、いとしいベネディック様！　神よ、この身に耐える力を与え給《たま》え！」といった具合で。

レオナートー　本当の事でございます――娘がそう申しております。何しろ、激情に吾《われ》を忘れる有様で、このままでは吾と吾《わ》が身に自暴自棄の振舞いにも出《い》でかねぬと、娘も大層心配しておりました。嘘《うそ》も偽りも無い話にございます。

ドン・ペドロー　人を介してベネディックに話してやったほうがよい、どうしても自分からは打明けられないというなら。

クローディオー　で、どうなりましょう？　相手はそれをよい慰みにし、ますますあの人を苛《いじ》めるだけの話です。

ドン・ペドロー　そんな事をしたら、世のため人のため、絞《しば》り首にでもしてやるのだな。あの女は素晴らしい魅力がある、それに――言うまでもない事だが――身持ちも良いしな。

クローディオー　それに、実に頭が良い。

ドン・ペドロー　ただ一点、ベネディックに惚《ほ》れた事を別にすればな。

レオナートー　いやいや、分別と情熱とが弱い人間の内部で互いに相争うとなれば、十中八、九、情熱の勝ちと決ったもの。手前としては、あれがかわいそうでなりませぬ、叔父でもあり後見人でもあって見れば、当然の事でございましょうが。

ドン・ペドロー　どうせの事なら、俺に夢中になってくれればよかったものを。そうなったら、他のあらゆる腐れ縁を断ち切っても、あれを妻に迎え入れる……それはさておき、ベネディックに事実を伝えて、あれの気持を聞いて貰いたい。

レオナートー　そうしてもよろしゅうございましょうか?

クローディオー　ヒーローは、そんな事をしたら、きっとあの人は死んでしまうだろうと申しております――いや、自分でそう言っているそうで、相手が自分の思いを受入れてくれなかったら死んでしまうと言い、自分の思いを相手に知られる位なら死んでしまうと言い、たとえ相手の方から言寄って来ても、折角きょうまで続けて来た角突合いに、一寸《ちよつと》でも手加減を加えろと言われたら死んでしまうと言うのでして。

ドン・ペドロー　その気持は解る。もしあれの方で少しでも惚れた弱味を見せようものなら、あの男の事だ、嘲笑せずにはおくまい――何しろ、知ってのとおり、人を見下したがる男だからな。

クローディオー　しかし、なかなかの美男子でございます。

ドン・ペドロー　そう言えば、人好きの良い男だな。

クローディオー　仰せのとおり、それに、なかなかの切れ者でして。

ドン・ペドロー　そう言えば、機智縦横、火花を発すといった感じがある。
クローディオー　それに、あの男こそ恐れを知らぬ勇者と申せましょう。
ドン・ペドロー　正に勇将ヘクトールのごとし。殊《こと》に争いに処するや、いよいよ切れ者たるの面目《めんぼく》を発揮するようだ、時に思慮分別をもってそれを避けるかと思うと、時にクリスト者にふさわしき畏《おそ》れをもってそれに臨むという風にな。
レオナートー　神を畏れる者は、当然、和を保たんと心掛けます。たとえ和を破るも、畏れ戦《おのの》きつつ争いに入らせねばなりませぬ。
ドン・ペドロー　さよう、それがあの男の流儀なのだ——あれは神を畏れる事を知っているからな、ただ、いつも無駄口ばかりきいているので、そうは見えないだけの事だ……いずれにせよ、姪御《めいご》にはお気の毒に思う。ベネディックを呼んで来て、姪御の気持を教えてやったほうがよくはないか？
クローディオー　およしなさいまし。むしろベアトリスを説いて思い切らせたほうがよろしゅうございます。
レオナートー　いや、それこそ無理というもの——思い切る前に、命の綱が切れてしまいましょう。
ドン・ペドロー　よろしい、なおよくヒーローの口から聞いてみる事にしよう。暫《しばら》く様子を見るのだな。俺にとってベネディックは大事な男だ、出来る事なら、あの男が謙虚に自分を反省して、あれ程の女性に値するかどうか考えて貰いたいものだ。

レオナートー そろそろおはいりになりましては？　もう食事の用意が出来ております。（一同、亭から離れる）

クローディオー （小声で）これでも惚れないようでしたら、今後、私は自分の予想を信じない事に致します。

ドン・ペドロー （小声で）さあ、女にも同じ網を仕掛けるのだ――その方はヒーローと小間使に手伝って貰わねばならぬ……正に見ものだな、お互いに相手が自分に惚れているとばかり思いこんでいて、しかも実は何でもないというのは。絶対、見逃せない一場だ、それも黙劇でしか表わせないものだな……一つ、あれに言い附けてあの男を食事に呼ぼうではないか。（三人退場、ベネディックが亭から出て来る）

ベネディック ただの仕掛けとは思えない。話振りがひどく深刻だった。ヒーローから出た話ではあるし。皆、女に同情しているらしい……よほど深く思い詰めていると見える……俺に惚れる！　うむ、放っては置けない……俺は大分風当りが悪いようだ――あれに思われていると知ったら、俺はますます傲然《ごうぜん》と構えるだろうという、また、あれは自分の思いを伝える位なら死んだほうがましだと言っているそうだ……結婚など夢にも考えてみた事はなかったが。しかし、俺は傲慢な男と思われたくはない。羨《うらや》ましいのは、悪口を言われて、己《おの》れを矯《た》める事の出来る連中だ……皆、あれは美人だという——確かにそうだ、証人に立ってもよい、身持ちが良いとも言った——そのとおり、反対しようが無い、それに頭も良いと言っていた、ただし、俺に惚れた事を別にすればの話と来た——なるほど、俺に惚れたからといって、それだけ頭が良くなる訳のものでもないが、だからといって、それが足りない証拠とも言えまい、どうやら俺は滅茶苦茶《めちゃくちゃ》にあれが恋しくなって来そうだしな。俺は恐らく下手な当てこすりや警句の集中攻撃を浴びるだろう、年来、結婚には悪罵《あくば》の限りを尽して来た俺だからな、だが、人の好みは変化しないとでも言うのか？ 若い時に肉食を好んだ者が、年を取ると、くどいのは閉口だと言い出す……皮肉や逆《さか》ねじなど、いずれは誰かが頭で造った紙つぶてだ、そんなものを怖《こわ》がって、持って生れた気質を見殺しにしようというのか？ いやな事だ——人口は殖《ふ》やさねばならぬ……俺は独身のまま死ぬと言ったのは、結婚するまで長生きすると思わなかったからだ。

そこへベアトリスが登場。

ベネディック　ベアトリスだ……きょうという日に賭《か》けて、全くいい女だ。そう言えば、どことなく思い詰めた者の風情《ふぜい》がある。
ベアトリス　言い附けで、心ならずも食事のお知らせに来ましたわ。
ベネディック　それはそれは、わざわざ御苦労な事でした。
ベアトリス　礼をおっしゃって頂くほど苦労とは思っていなくてよ、それより礼をおっしゃらねばならないあなたの御苦労をお察し申上げます。私、苦労と思えば参りませんもの。
ベネディック　では、お使いが嬉《うれ》しかったのですな。
ベアトリス　ええ、結構、あなただってそうでしょう、小刀の先に餌を附けて、食附く小鳥を刺し殺すのは……あら、食欲がおありにならないのね――では、失礼。（退場）
ベネディック　はっ！「言い附けで、心ならずも食事のお知らせに」これには二重の意味があるのだ……「礼をおっしゃって頂くほど苦労とは思っておりません、それより礼をおっしゃらねばならないあなたの御苦労をお察し申上げます」――こいつは言い直せばこうなる、あなたのための苦労なら、口で礼言う程の訳も無い事……これで、あれがかわいそうにならぬとすれば、俺は悪党だ。これでも惚れられないなら、ユダヤ人だ。うむ、一つ、あれの絵姿を手に入れよう。（急ぎ退場）

――一日経過

〔第三幕第一場〕

7

前場と同じ

ヒーロー、マーガレット、アーシュラが果樹園の小道伝いに登場。

ヒーロー　マーガレット、一走り客間まで行って来て頂戴《ちょうだい》、ベアトリスさんが御領主様やクローディオー様とお話しているはずだから。そっと耳打ちして来ておくれ、今、私とアーシュラが庭を歩いていたけれど、あなたの噂《うわさ》で持切りだったって。立聞きして来たばかりだと言うのだよ、だからあなたもそっと亭《ちん》の所へ行って御覧なさいって。そこでは、お日様の恵みを浴びるほど受けて育った忍冬《すいかずら》が、いつの間にかその蔓《つる》を一杯にはびこらせ、洩《も》れ入《い》る光を締出そうとしている……まるで主君のお蔭《かげ》で権勢をほしいままにする寵臣《ちょうしん》さながら、それを恩ある君にまで及ぼそうとするかのように。その亭に隠れていれば、私たちの話が聞ける、そう言っておくれ。用というのはそれだけ――巧《うま》く立廻るのだよ、さあ、早く。

マーガレット　きっとお連れして参ります、直《す》ぐにも。（退場）

ヒーロー　いいかい、アーシュラ、ベアトリスさんが来たら、そう、この小道のあたりをぶらぶらしていて、ベネディック様の噂ばかりしているのだよ。私が名前を口に出したら、何でもいいからやたらにあの方を褒《ほ》めちぎるのがお前の役目。そしたら私の方から、ベネディック様がベアトリスさんを熱烈に思っている、そう切出す手筈《てはず》になっていたっけ。結局、こんなもので出来ているのだね、あのキューピッドが放つ小憎らしい矢も、ただそれが噂の風に載って人の胸を射抜くだけ……

ベアトリスが登場、小道沿いの壁の後ろを通り、亭に忍び込む。

ヒーロー　さ、始めて。そら、ベアトリスさんが、まるで田鳧《たげり》みたい、私たちの話を聴こうとして、地面すれすれに這《は》い寄って来る。

アーシュラ　釣で一番面白いのは、獲物《えもの》の魚が金色の鰭《ひれ》で白銀の波を掻《か》き分け、命取りの餌《えさ》にがぶりと食い附くのを見る時でございます、その私たちの獲物はベアトリス様、今、蔓草の蔭にお隠れになりました。大丈夫、自分のせりふを間違えるものですか。

ヒーロー　もっと近くへ行こう、折角甘い餌を降ろすのだもの、あの人の耳に残らず食べて貰《もら》わなくては……（亭に近附く）いいえ、そうなの、アーシュラ、あの人、いつもお高く留っているのだもの――岩山の鷹《たか》と同じに、ただ内気で人馴《ひとな》れしていないだけの事とは思うけれど。
アーシュラ　でも、本当でございましょうか、ベネディック様がそれ程にもベアトリス様の事を思っていらっしゃるというのは？
ヒーロー　御領主様がそうおっしゃっていたもの、それに今度お約束したあの方も。
アーシュラ　で、その事をお嬢様からベアトリス様にお知らせするようにと？
ヒーロー　是非そうしてやれとおっしゃるのよ。でも、私、お二人に申上げたの、もしベネディック様のお為《ため》を思うなら、あの方が御自分のお気持ちを鎮《しず》め、ベアトリスさんには何も知らせないでおくようにおすすめなさいましと。
アーシュラ　なぜそのような事を？　あのお方は立派な紳士で、ベアトリス様と仕合せの閨《ねや》を共になさる資格は十分おありのはずでは？
ヒーロー　ああ、恋の神様！　もちろんよ、男として備えうるだけのものは十分もっていらっしゃる、でも、問題はベアトリスさんの方、女であれほど自尊心の強い人は考えられない位、目元にいつも蔑《さげす》みの色を湛《たた》え、何でも片端から見下して掛る、自分は頭が良いと思っておいでだから、世間の事がすべて馬鹿《ばか》らしく見えるのだわ、あれではは人を愛する事など出来ないでしょうよ、愛情らしきものが芽生える隙《すき》も何もありはしない、何より自分が一番かわいいのだから。

アーシュラ　なるほど、そうでございますね。やはりお知らせしないほうがよろしいのかもしれません、あの方のお気持ちをただ慰み物になさるだけでは困りますもの。

ヒーロー　そこよ、お前の言うとおり。私の目に、どれほど分別あり、高潔で若々しく、男振り良く見えたところで、それがあの人の目には皆歪《ゆが》んで見えて来るのだよ、たまたま顔が綺麗《きれい》だと、妹にはいいのだけれどなどと憎まれ口をきくし、黒ければ黒いで、造化の神が道化師の似顔を描《か》く積りの塗りそこないと悪態をつく、背の高いのは先の折れた長槍《ながやり》、低いのは不細工な瑪瑙《めのう》の判こで、口をきけば旋風に巻込まれた風見鶏《かざみどり》、黙れば梃子《てこ》でも動かぬ木の根っ子といった調子ですもの……そんな具合に、相手が誰であろうと、そのあらばかり探し出して来て、どんな誠実、美徳でも、あるがままにその値打ちを認めようとしない人なのだよ。

アーシュラ　何がいけないと申して、あら探しばかりは褒《ほ》められませんものね。

ヒーロー　そうよ、それもベアトリスさんのように特別極端なのは褒めようにも褒められはしない。でも、誰があの人に注意できて？　私が言ったところで、すっかり手玉に取られてしまうだけだわ――ああ、あの人は私を笑い飛ばし、鋭い警句の刃《やいば》で滅多斬《めったぎ》りにするでしょう。仕方はない、ベネディック様には埋火《うずみび》よろしく溜息《ためいき》に思いを託し、人知れず諦《あきら》めて頂くのね、そうして思い死にしたほうが、嘲《あざけ》り殺されるより、どんなにましかしれないもの、だって、それはくすぐり殺されるようなものだからね。

アーシュラ　それにしても、お知らせするだけはお知らせして、どうおっしゃるか伺って御覧なさいまし。

ヒーロー　無駄よ、それよりはベネディック様にお目に掛って、男らしく思い切っておしまいになるようにおすすめしたほうがいい。そうだ、そして、あの人の為を思えばこそ、嘘《うそ》でもいいから従姉《いとこ》の悪口を言ってあげよう。案外、誰も気附かない事だけれど、募る思いに水を差すには悪口くらい効《き》き目のあるものは無いのだよ。

アーシュラ　まあ、お嬢様、それではベアトリス様に余りに酷《ひど》過ぎるお仕打ち。まさか、それほど御分別の無いお方ではございますまい――打てば響く機智《きち》縦横の女性とは、全く世間の評判どおり――それがベネディック様程の立派な男性をお断わりになるなどと、まさか。

ヒーロー　確かにイタリー中を探しても、ほかにはいない、でも、私のクローディオー様は別よ。

アーシュラ　どうかお気を悪くなさらないで下さいまし、お嬢様、勝手な事を申上げて。ベネディック様は、姿形と言い、押出しと言い、弁舌、勇気と言い、イタリー随一の殿方だと、どなたもそう申します。

ヒーロー　本当だね、すっかり名をお挙げになった。

アーシュラ　名の前にそれだけの実がおありなのです、だから名が附いて来たのでございましょう……それはそうと、お嬢様のお式はいつになりますので？

ヒーロー　何をお言いなの、もう直ぐ、あした！　さ、家へはいりましょう。衣裳《いしょう》を見て貰いたいの、あした着るのにどれが一番いいか相談したいから。

アーシュラ　(小声で) 見事、黐《もち》に掛りましたよ——もうこちらのものでございます、お嬢様。

ヒーロー　(小声で) もしそうなら、恋は水物、時の物、キューピッドの矢で落されるものもあれば、罠《わな》で捕《つか》まるものもある。(二人退場)

ベアトリスが亭から出て来る。

ベアトリス　どんな焔《ほのお》が私の耳に？　本当だろうか？　皆が私を非難する、お高く留って人を蔑《さげす》む風があると？　軽蔑《けいべつ》、さあ、行っておしまい！　娘らしい自尊心、それともうお別れだ！　今のままでは、汚名を後に残すだけ……ベネディック、私を愛して、きっとお返しは致します、この激しい心を、あなたの優しいお手に馴《な》らしましょう、もしも愛して下さるなら、私も胸を開いてあなたを受入れ、二人の愛を聖なる女夫《めおと》の帯に織上げましょう、人は皆あなたならばと申します、私もそれを信じます、その噂以上に。（退場）

8

〔第三幕第二場〕

レオナートー邸の玄関広間

ドン・ペドロー、クローディオー、ベネディック（すっかり洒落《しゃれ》こんでいる）、レオナートーが登場。

ドン・ペドロー　式が済むまで厄介になるとして、済み次第、アラゴンに戻る積りだ。

クローディオー　私もお伴《とも》致します、お許し頂ければ。

ドン・ペドロー　いや、それでは折角の華やかな婚礼に泥をなすりつけるようなものだ、子供に新しい服を買ってやりながら、それを着るなと言うのと少しも変りは無い。ただベネディックは遠慮無く連れて行かせて貰《もら》おう――頭の天辺《てっぺん》から足の先まで陽気な人物だからな。何しろ、今までキューピッドの引絞った弦《つる》を二度も三度も断ち切った豪の者、あのさすがの悪戯者《いたずらもの》もこの男だけはついに射止められぬらしい。その心臓はあたかも教会の鐘のごとく堅固にして、舌もまたその鉄の舌に相似る――つまり、心に響けば、直ちに舌がそよいで声に出るという訳だ。

ベネディック　皆さん、一寸《ちょっと》、今の私はこれまでとは違っておりますので。

レオナートー　そんな気がしておりました。何やらふさぎこんでおいでのようだな。

クローディオー　多分、恋ではないかと思いますが。

ドン・ペドロー　とんでもない！　恋のために胸が痛む程の濃い血が一滴でもこの男にあろうはずは無い。ふさいでいるとすれば、それは懐《ふとこ》ろが寂しいからさ。

ベネディック　は、痛むのは胸ではなく、歯の方で。

ドン・ペドロー　虫歯は抜くに限る、歯に糸を結び附けて跳《と》んでみるがいい。

ベネディック　とんでもない！

クローディオー　跳んで、もう無いとなったら結構だ。

ドン・ペドロー　ほう！　では、その溜息《ためいき》は虫歯のためなのだな？

レオナートー　そうなるものですかな、ほんの一寸、虫の居所が狂っただけで?
ベネディック　ふむ、他人の苦しみは誰でも我慢出来る。
クローディオー　やはり間違い無し、これは恋ですな。
ドン・ペドロー　いや、この男には好き者らしい様子は少しも無い、精々奇抜な服装《なり》をしたがる事位なものだ――きょうはオランダ人で、あすはフランス人、そうかと思うと同時に二箇国の風俗を身に附ける、たとえば腰から下はドイツ風のだんぶくろ、上の方はスペイン流に下着無しの一枚着という具合だ――それも単なる物好きからの気違い沙汰《ざた》で、事実、そういうところも無いではないが、といって、女好きから気違いじみた所行に及ぶような男ではない、その点、お前の観察は思過しと言うべきだな。
クローディオー　もし誰かに恋い焦《こが》れているのでないとすれば、昔から直《す》ぐそれと察しの附いた恋する者の目印も当てにはならぬという事になります。それに、毎朝、帽子にブラシを掛ける――これは何を物語るものでございましょう?
ドン・ペドロー　誰かこの男が床屋へ行くのを見たか?
クローディオー　それはございません、が、床屋の小僧がきているのを見た者はございます、その結果、見馴《みな》れた頰《ほお》の縁飾りも今や消え失《う》せ、テニスの球の芯《しん》になってしまいました。

レオナートー　なるほど前よりお若く見える、髯《ひげ》が無くなったせいだな。
ドン・ペドロー　その上、麝香《じゃこう》をすりこんでいるらしい――その匂《にお》いから犯跡が辿《たど》れぬものかな？
クローディオー　とおっしゃるのは、つまりそこに恋の青春を認めておいでになるからで。
ドン・ペドロー　そう信じたくもなる最大の兆候は、あのふさぎようだ。
クローディオー　それに、この男、かつて顔を洗わせなど致しましたろうか？
ドン・ペドロー　それもある、まして顔をいじくり廻しなどさせなかったな？　それが今では違うという噂《うわさ》を聞いたが。
クローディオー　さよう、しかも、一番変ったのは万事を洒落とばす気軽な才気で、それがルートの絃に巻込まれ、高さ低さも意のままならぬ金縛り。
ドン・ペドロー　なるほど、それは大分重態らしい……要は要するに、恋だという事になる。
クローディオー　さよう、しかも私はその相手まで知っております。
ドン・ペドロー　それは是非とも聞いておきたい。もちろん、当人を知らぬ女だろうが。

クローディオー　それが、何も彼も知っての上なので、もちろん、欠点までも――それにも関《かか》わらず、この男をあがめ、焦れ死にする程に思い詰めております。
ドン・ペドロー　では、死んだら、顔を天に差向けるようにして葬《ほうむ》ってやるか。
ベネディック　何をおっしゃろうが、その分では歯痛の呪文《じゆもん》には役立ちません。御老体、一寸そこまでお伴したいのだが。気のきいた寸言を七つ八つ思い附きましたので、あなただけに是非御披露《ごひろう》に及びたい、あの木馬どもに聞かせるのは勿体《もったい》ないので。
（ベネディック、レオナートー退場）
ドン・ペドロー　間違い無し、ベアトリスの事を打明ける積りだ。
クローディオー　仰《おお》せのとおり。ヒーローとマーガレットの方も、既に筋書どおりベアトリスに働き掛けている事と存じます、これで二頭の熊《くま》も顔を合わせても、もうお互いに嚙《か》み合いは致しますまい。
ドン・ジョン登場。
ドン・ジョン　御機嫌らしく何よりです。
ドン・ペドロー　弟か、ありがとう。
ドン・ジョン　もしお暇なら、お話したい事があるのですが。

ドン・ペドロー　二人だけでか？

ドン・ジョン　よろしかったら――もっとも、クローディオー伯でしたら差支《さしつか》えは無い、伯に関係のある事ですから。

クローディオー　何事です？

ドン・ジョン　確か式は明日の御予定でしたな？

ドン・ペドロー　解《わか》り切った事を言う。

ドン・ジョン　いや、解りませぬ、私に解っている事が伯にもお解りになりましたら。

クローディオー　何か差障《さしさわ》りがあるのでしたら、遠慮なく言って頂きたい。

ドン・ジョン　恐らく伯爵《はくしゃく》は、私が伯に対して余り好意を持っておらぬとお考えに違いない――が、いずれお解り頂けましょう、願わくは、今より後、私のお見せする行為によって、よしなに御解釈下さる事を。兄はと申しますと、もちろん、伯に対して並々ならぬ好意を懐《いだ》きおり、このたびの御結婚については、万事めでたく整うよう誠心誠意、努力を惜しまなかった事と思います、が、如何《いかん》せん、その縁組の相手を誤り、またその手立ても不用意だったと言うほかはありません。

ドン・ペドロー　おい、何事が起ったと言うのだ？

ドン・ジョン　それをお伝えに参ったのです、手短かに申上げますと――いや、大分前からの長い話で、一々お伝えする訳にも参りませんので——要するに、あの女性は身持ちが悪いという事です。
クローディオー　誰の事です、ヒーローが?
ドン・ジョン　正《まさ》にさよう——レオナートーのヒーロー、あなたのヒーロー、いや、誰でものヒーローの事です。
クローディオー　身持ちが悪いと?
ドン・ジョン　と言った位ではまだ綺麗事《きれいごと》に過ぎて、あの女の穢《けが》れた裏面を十分描き尽せません。事実はもっと性の悪いものだと申上げたい。試みにどんな悪口でもおっしゃって見るがよい、それにふさわしいあの女の行状をお聞かせ致しましょう……御不審は後廻しにして、まず証拠を。今夜、私と一緒にあの女の部屋の外まで来て下されば、恋路《こいじ》の窓の一場をお目に掛けましょう、婚礼前夜の今日この日でも。それでもいとしいとおっしゃるなら、どうぞ明日お式を……が、まあ、気持をお変えになったほうがお名に傷が附きますまい。
クローディオー　まさか、そんな事が?
ドン・ペドロー　本当とは思えぬ。
ドン・ジョン　目で見ても信じぬお積りなら、知っても知らぬとおっしゃるがよい、附いて来てさえ下されば、たっぷり御覧に入れましょう、十分に見、十分に聞いた上で、よろしく善後策をお考えになる事だ。

クローディオー　もし今夜、明日の結婚を取止《とりや》めにせねばならぬような事態を目撃したなら、式の最中、衆人環視の中で、あれを思い切り辱《はずか》しめてやる。

ドン・ペドロー　俺もお前に代って口説いた責任上、その片棒を担《かつ》いで、あれを大いに面罵《めんば》してやりたい。

ドン・ジョン　私としては、これ以上の非難は控えましょう、後は証拠をお見せするまでの事。夜中までは素知らぬ顔でいらして頂きたい、真相はおのずと露《あらわ》れましょう。

ドン・ペドロー　ああ、取返しの附かぬ一大事だぞ！

クローディオー　ああ、思いも寄らぬ禍《わざわ》いが降って来たぞ！

ドン・ジョン　ああ、疫病《えきびょう》に取憑《とりつ》かれずに済んだぞ！　そうおっしゃって頂けましょう、結果を御覧になったら。（一同退場）

9

〔第三幕 第三場〕

メシーナの街中

片側はレオナートー邸、中央に教会の入口あり、その向うにベンチがある。
夜中、雨が降り、風が吹いている。
夜番が数人、矛《ほこ》を手にして教会前に一列をなしている。警保官のドグベリーが提灯《ちょうちん》を片手に、村長ヴァージズと共に登場、夜番たちを検閲する。

ドグベリー　お前たちは皆堅気の良民であろうな？

ヴァージズ　もちろん、さもなければ、この連中が霊肉共に救済の痛い目に遭《あ》わぬはずは無い。

ドグベリー　いや、救済とは、如何《いか》にも罰が軽過ぎる、何とならば、領主の夜番に選ばれし以上、内に忠誠の心を蔵しおるは当然の事ですからな。

ヴァージズ　ところで、一同に指令をお与え下さらぬか、ドグベリーさん？

ドグベリー　最初に訊《き》いておく、警保官たるべく最も重大なる失格の所有者は誰だと思うか？

第一の夜番　は、ヒュー・オートケーキであります、でなければジョージ・シーコールであります、それは二人とも読み書きが出来るからであります。

ドグベリー　一歩、前へ、シーコール……神はお前に良き名を恵み給《たも》うたな、男振りの良し悪《あ》しは天の賜物《たまもの》なりといえども、読み書きはおのずと身に附くものだ。

第二の夜番　そのいずれも、部長、私は――

ドグベリー　所有しておる、お前はそう答えたいに相違ない……ところで、男振りの方だが、お前はよろしく神に感謝すべきであって、決して自慢してはならぬ――次に読み書きについては、威張る必要の無い時に限り、多少は才を見せてやるがよい。お前らはすべて、警保官として夜番を勤めるに最も分別喪失の適任者なりと思考する、随《したが》って、提灯を与える（第二の夜番に提灯を渡し）……以上、命令終り――身元不平の輩《やから》は片端から引き立ててやれ、相手が誰であろうと、直ちに「止れ」と命令を下すのだ、領主の名においてな。

第二の夜番　止りません場合はどう致しますので？

ドグベリー　決っておる、その時は見なかった事にして、そのまま遣《や》り過《すご》す、そして直ちに夜番全員を召集する、そして互いに悪党の手を逃《のが》れ得た事について神に感謝の祈りを捧《ささ》げるのだ。

ヴァージズ　命じられて、なお止らぬとあらば、断じて天下の良民とは称しがたいですな。

ドグベリー　そのとおり、夜番は、良民にあらざる者と掛り合いになるべきではない……また街中にて騒ぐ事もならぬ、言うまでもないが、夜番たる者ががやがや喚《わめ》き散らし、声高《こわだか》に喋《しゃべ》っているのは、何より感心な話であり、随って何人《なんぴと》も我慢は出来まい。

第二の夜番　喋らずに寝ているつもりです――夜番の役目はよく承知しておりますので。

ドグベリー　ほう、その調子では夜番も大分古参の方だな、それになかなか穏健らしい、寝ている時くらい他人に害を与えぬ時は無いからな、ただ矛《ほこ》を盗まれぬように注意せねばならぬ……うむ、それから飲み屋を片端から見廻るのだぞ、そして酔払いを寝かせつけてやれ。

第二の夜番　寝ません場合はどう致しますので？

ドグベリー　決っておる、その時は酔いが醒《さ》めるまで放っておけ。それでも手に負えぬとあれば、人違いをしたと言えばよい。

第二の夜番　は、解《わか》りました。

ドグベリー　泥棒に出遭ったら、まず職業的な勘を働かせて、こいつはまともな人間ではなさそうだと疑って掛る事、次にこの種の輩《やから》に対しては、下手に掛り合いになっていざこざを起さねば起さぬほど、正義に適《かな》った行動と言い得る。

第二の夜番　見す見す泥棒と解っておりましても、やはり取押えてはならぬので？

ドグベリー　もちろん、職務上、取押えてもよろしい、が、ペンキに触《さわ》れば手が汚《よご》れる、最も穏便な方法はこうだ、万一、泥棒を摑《つか》まえてしまったなら、よろしく奴《やつ》にその本領を発揮せしめ、ひそかに逃亡させてやるに限る。

ヴァージズ　あなたは日頃から人情家として通っておりましたな。

ドグベリー　さよう、犬一匹、あえて殺す気にはなれぬのです、言わんや一片の真心を内に蔵する人間をや。

ヴァージズ　子供が夜泣きしておったら、乳母《うば》を呼んで、静かに寝かせつけるように言うのだぞ。

第二の夜番　乳母が寝入っていて、呼んでも聞えません場合はどう致しますので？

ドグベリー　決っておる、その時はそっとしておき、子供の泣き声で目が醒めるまで待つ――どうせ仔羊《こひつじ》の啼《な》くのが耳に入らぬ牝羊《めひつじ》の事だ、仔牛が鼻を鳴らしたところでどうなるものでもない。

ヴァージズ　全くそのとおりだ。

ドグベリー　以上、命令終り……、お前ら、警保官たる者は、領主の権限そのものを代行するのである――よしんば、深夜に領主と出遭《でお》うたとしても、停止命令を出して一向差支《さしつか》え無い。

ヴァージズ　とんでもない、正にそいつは行過ぎと思いますがな。

ドグベリー　一シルに対して五シル賭《か》けてもいい、痴漢維持法を知っておる相手なら、停止命令、一向差支え無い――言うまでもないが、その場合、あらかじめ領主の許しを得ておかねばならぬ、何となれば、夜番たる者、断じて何人の権益をも侵害すべからず、かつまた当人の意思に反する停止命令とあっては、それこそ正に権益侵害にほかならぬからだ。

ヴァージズ　正にそのとおり。

ドグベリー　ほ、ほう！　ところで、諸君、おやすみ。万一、重大事件が勃発《ぼっぱつ》したら、私を起してくれ。仲間の秘密を守る事、自分のは言うまでもない、では、おやすみ。さ、御一緒に。（ヴァージズと共に退場しかける）

第二の夜番　ところで、諸君、命令はお聴きのとおり。この教会のベンチで二時まで不寝番だ、後は寝に行ってよろしい。（一同、教会入口の屋根下にはいり、寝仕度《ねじたく》を始める）

ドグベリー　（戻って来て）もう一言、言っておきたい、特にレオナートー家の見張りを頼む、婚礼をあすに控えて、今夜はてんやわんやの大騒ぎだ。では、皆、油断を怠るな、頼んだぞ。（退場）

レオナートー家の扉が開き、ボラチョーが千鳥足で出て来る。少し遅れてコンラッド。

ボラチョー　（立上り）おい、コンラッド！
第二の夜番　（仲間に小声で）しっ、動くな。
ボラチョー　コンラッド、おい、コンラッド！
コンラッド　ここにいる、ここだ、お前の肘《ひじ》のところだ。
ボラチョー　道理で、肘が痒《かゆ》いや――何か性の悪いかさでもうつったかと思ったよ。
コンラッド　その返事はいずれ改めて申上げる事にして、ひとまず、お前さんの話というのを聴かせて貰《もら》おう。
ボラチョー　では、この廂《ひさし》の下にはいれ、ぽつぽつ降って来たからな、さあ、本性たがわぬ酔払いの名誉に賭《か》けて、一切合財《いっさいがっさい》、ぶちまけてしまうか。（二人は教会入口の軒下に入る）
第二の夜番　（小声で）陰謀らしいぞ、皆――待て、じっとしていろ。
ボラチョー　という訳で、俺はドン・ジョンから一千ダカット捲上《まきあ》げた事になる。
コンラッド　驚いたな、悪事という奴は、そんなに儲《もう》かるものなのか？
ボラチョー　それよりは、こう訊《き》くべきだ、悪事をする奴はそんなに金があるものかとな、そうだろうが、金のある悪党が無い悪党を使うとなれば、その無いほう次第で悪事の高が決るのだからな。

コンラッド　呆《あき》れて物も言えない。

ボラチョー　だから、お前さんは世間知らずだと言うのさ。言っておくがな、胴衣《どうぎ》でも、帽子でも、外套《がいとう》でも、流行などというものは人間様にとって何の意味もありはしないのだ。

コンラッド　そうさ、ただの衣裳《いしょう》だもの。

ボラチョー　俺の言うのは流行の事だ。

コンラッド　そうだ、流行というのは流行の事だ。

ボラチョー　ちょっ、その伝で行けば、阿呆《あほう》というのは阿呆の事さ。だが、この流行という奴ほど厭《いや》らしい泥棒もあるまいが？

第二の夜番　（小声で）正にそいつだ、そのイヤラシーという男はな、手に負えない泥棒で、ここ七年間というもの、まるで紳士みたいに大手を振って世間を歩き廻って来た奴だ、名前は覚えている。

ボラチョー　今、人声がしなかったか？

コンラッド　いいや、あれは屋根の上の風見の音さ。

ボラチョー　そう思わないかい、流行ほど厭らしい泥棒はあるまいが？　奴に襲われると、誰でもたちまち目が眩《くら》む、殊《こと》に十四から三十五まで位の血の気の多い連中は、皆そうだろう？　あの煤《すす》ぼけた絵の中のエジプト王の護衛兵みたいな恰好《かっこう》をするかと思うと、古い教会堂の窓ガラスにあるベルの神の司祭みたいな恰好をする、また、そうかと思うと、虫食いの汚れた壁掛にある髯《ひげ》無しヘラクレスよろしくの恰好で、その前隠しの垂れ飾りと来たら、これまたヘラクレスの棍棒《こんぼう》位、大々《でかでか》としているではないか？

コンラッド　すべてお説のとおりだ、それに、流行という奴は何でも片端から着捨てにする、その点、人間様より激しいよ……だが、そういうお前からして、流行に目が眩んでいるのではないかい、話があると言っておきながら、いつの間にか流行の方へ逸《そ》れて行ってしまったところを見ると？

ボラチョー　そんな事はあるものか。まあ、聴け、今夜、俺はマーガレットと濡場《ぬれば》を一丁演じて来たのだ、ヒーロー様の小間使の、それも実はヒーローの身代りとしてさ。あれが御主人様の窓から身を乗出し、下なる俺に向って百度千度の別れの挨拶《あいさつ》……いや、話の段取りがまずかった――最初にこれを言っておかねば解るまい、いいか、御領主とクローディオー伯と、それから吾らの旦那様とが、言うまでもない、場割、場所と、万事よろしく操《あやつ》ったのは吾《われ》らの旦那《だんな》のドン・ジョン様だが、そうして三人揃《そろ》って遠く果樹園の彼方《かなた》より妹背《いもせ》の出遭《であ》いを覗《のぞ》き見《み》していたという訳だ。

コンラッド　で、皆はマーガレットをヒーローと思いこんでしまったのかい？

ボラチヨー　二人はそう思いこんだ、つまり、御領主とクローディオーとはな。だが、悪魔、即《すなわ》ち吾らの旦那様は、それがマーガレットと百も承知だったのさ——だが、一つには旦那の尤《もっと》もらしい口先に操られ、一つには真暗闇《まっくらやみ》に目を欺《あざむ》かれ、搗《か》てて加えて、俺の悪どい手際《てぎわ》の良さでドン・ジョンの中傷をそのまま鵜《う》飲みにしてしまったものだから、クローディオーめ、すっかり逆上してしまい、よし、あしたの朝、予定どおり教会で女に会う事にする、それから衆人環視の唯中《ただなか》で、今、この目で見た事をぶちまけ、女をさんざん辱《はずか》しめてやった挙句《あげく》、亭主無しの娘のまま家へ追返してくれると、大声に喚《わめ》き散らす騒ぎさ。（夜番たちが跳《と》び出す）

第二の夜番　領主の名において貴様らを告発する、動くな。

第一の夜番　部長を呼んで来い。こいつは吾《わ》が国未曽有《みぞう》の恐るべき淫乱事件だぞ。

第二の夜番　例のイヤラシーという大泥棒も同類の一人らしいしな——奴は直《す》ぐ解る、耳の下まで捲毛《まきげ》を垂らしているからな。

コンラッド　待ってくれ、皆、待ってくれ。

第二の夜番　貴様はイヤラシーの見分け役をさせられるぞ。

コンラッド　待てと言うのに——

第一の夜番　黙れ、貴様らは容疑者だぞ。さあ、潔く抵抗して附いて来い。

ボラチョー　矛《ほこ》など振廻しやがって、まるで品物扱いだ、あんな簿記棒一本で簡単に仕切りを附けようという気か。

コンラッド　同じ品物でも、そんじょそこいらのとは違うのだぞ。さあ、附いて行くよ。（夜番たち、二人を手荒く小突きながら退場）

〔第三幕　第四場〕

10

ヒーローの寝室に続く控え間

鏡の前にヒーロー、傍にマーガレット、アーシュラ。

ヒーロー　アーシュラ、ベアトリスさんにもうお起きになるようにと言っておいで。

アーシュラ　畏《かしこま》りました。

ヒーロー　そして、ここへいらして下さいって。
アーシュラ　はい、そうお伝え致します。（退場）
マーガレット　嘘《うそ》は申しません、あちらの立襟《たちえり》の方がずっとお似合いになります。
ヒーロー　お願い、マーガレット、私、やはりこれにする。
マーガレット　いいえ、お止《よ》しなさいまし、一寸《ちっと》もお似合いになりませんもの、ベアトリス様もきっとそうおっしゃいますよ。
ヒーロー　あの人は解《わか》らず屋よ、お前だってそう。私、これに決めたの、ほかのは厭《いや》。
マーガレット　今度のお髪《ぐし》はとてもおよろしい、これでもし鳶色《とびいろ》が勝っていましたら、もっとお似合いかもしれませんけれど、それに、お召物にしましても、さすがに型が斬新《ざんしん》で。私、ミラノの公爵《こうしゃく》夫人のお衣裳《いしょう》を拝見した事がございます、皆さん、お褒《ほ》めになりますけれど――
ヒーロー　ああ、類の無い程だとか、評判ね。
マーガレット　それが、本当の話、お嬢様のに較《くら》べましたら、まあ、夜着みたいなものでございますよ――金糸の生地には飾りの切込みがあり、下袖、傍袖《わきそで》から裾《すそ》にかけて銀糸の縁取りに真珠をちりばめ、それを引き立てるように群青《ぐんじょう》の縞《しま》模様を這《は》わせてあるのです――でも、この型の上品で粋《いき》で、とても素敵な事といったら、その点、お嬢様の方が十層倍も御立派でいらっしゃいますよ。着ないうちから、心が重くて仕方が無いのだけれど。

ヒーロー　どうぞこれが着られますように、着ないうちから、心が重くて仕方が無いのだけれど。

マーガレット　直《す》ぐにもっと重くなりますよ、男の重みで。

ヒーロー　まあ、そんな事を、羞《はずか》しくないの？

マーガレット　なぜでございましょう、お嬢様？　私の言葉遣いに一点の恥ずべき所も無いはずでございますけれど？　結婚となれば、乞食《こじき》のだって神聖なもの、恥ずべき筋合いはございますまい？　お嬢様の大事なお方は、結婚前の今でも恥ずべき点は一つもおありではございますまい？　多分こう言えば、御満足だったのでございましょう、「差出がましゅうはございますが、旦那《だんな》様の重みで」と、御自分で怪しげな事を考えておいでだと、相手の言葉の本当の意味が読み取れないものでしてね——私、どなたにも差障《さしさわ》りのあるような事は申しません——別に不都合はございますまい、「旦那様のお蔭《かげ》で重みが出て来る」と申上げたからといって？　ございませんとも、正式の旦那様なら、また正式の奥様なら、ただしそうでないとなると、これは軽はずみ、重みが出るどころの騒ぎではございません——後はベアトリス様に訊《き》いて御覧になる事ですわ、それ、お出《い》でになりました。

ベアトリス登場。

ヒーロー　お早う、お姉様。

ベアトリス　お早う、ヒーロー。

ヒーロー　どうなさったの？　声がまるで病人みたいだけれど？

ベアトリス　ほかに音の出しようが無いのよ、どこか調子が狂っているのでしょう、多分。

マーガレット　景気よく「気軽に恋を」でもお歌いになればよろしいのに――あの歌は低音部無しですから、男は要《い》りませんもの――さあ、お歌い下さいまし、私が踊って御覧に入れます。

ベアトリス　結構だ事、牝馬《めうま》よろしくお尻《しり》を振り振り、気軽に恋を仕掛けなさい――いずれ御亭主の周囲には天晴《あっぱ》れ友達面《づら》の牡馬《おうま》がたんといるでしょう、それを当てがって貰《もら》ったお返しに、あなたは一寸も困らない、次々に子生るから困らない。

マーガレット　まあ、それでは血筋は愚か、話の筋も通らない！　尻でも食らえと申上げるよりほかございません。

ベアトリス　そろそろ五時ね、ヒーロー、仕度をする時間よ。本当、私、どうにも気分が悪くて仕様が無い。(溜息《ためいき》をつく)へい、ほう!

マーガレット　今、お呼びになったのは何でございましょう、お鷹《たか》か、お馬か、それともお聟《むこ》さんか?

ベアトリス　お腹《なか》か、お頭《つむ》か、それともお前さんか、どれかだわ、痛いのは。

マーガレット　まあ、それで嘘つきのトルコ人にされずにお済みになるものなら、舟乗りも今後は夜空の星を当てには出来ますまい。

ベアトリス　お馬鹿《ばか》さんが何を言いたいのやら?

マーガレット　何も――でも、神様は人それぞれ自分の望みを持つ事を許して下さったのでございますよ。

ヒーロー　この手袋、伯爵《はくしやく》に頂いたの、とても良い匂《にお》い。

ベアトリス　私は風邪《かぜ》で鼻が詰っているものだから、何も匂わない。

マーガレット　旦那様をお持ちでないのに、どこかが詰っておいでになる!　大層、粋《いき》なお風邪です事。

ベアトリス　まあ、呆《あき》れた、この人は、お前、いつから警句屋を開業おしなの?

マーガレット　お嬢様がお止《や》めになったその日から。この看板、私に似合いましてございましょうか?

ベアトリス　余り目立たないようね、いっそ道化師の鶏冠《とさか》帽のように、はっきり頭の上に載せておいたらいいでしょう。本当に、厭な気分だら無い。

マーガレット　それなら、カルドゥウス・ベネディクトゥス草を煎《せん》じたのを、心臓の上に塗附けておおきなさいまし——嘔気《はきけ》や目まいには何より効きます。

ヒーロー　その薊《あざみ》の刺《とげ》でベアトリスを刺す気かい？

ベアトリス　ベネディクトゥス、え、ベネディクトゥスですって？　何か当てこすりの積りなの、そのベネディクトゥス草というのは？

マーガレット　当てこすりでございますって？　とんでもない、決して当てこすりの積りではございません——それは学名で、俗に言う大ひれ薊の事を申しましたのでして。お嬢様はひょっとすると私がお嬢様のことを恋煩《こいわずら》いしておいでらしいと考えていると考えておいでかもしれません——決してそんな、幾ら私が馬鹿でございましょうとも、自分の考えたいように考えは致しませんし、考えられるように考えたいとも思いませんし、事実、私が考えに考え抜いたところで、お嬢様が恋をしておいでだとか、いずれ恋をなさるだろうとか、もともと恋がお出来になるお方だとか、そんな事が考えられるはずもございません、ただベネディック様の事を申上げますと、あの方もお嬢様と同じで、今では唯《ただ》の男になってておしまいなのですよ、生涯、結婚などしないと大見え切っていた程のお方が、心の病いはそっち退《の》け、時分時には、さして文句も言わずに召上る物は召上ります――もちろん、お嬢様がどうお変り遊ばしたか、私には解りません、でも、恐らくお嬢様のお目にしても、ほかの女の目と変りは無いと思いますけれども。

ベアトリス　よく走る舌ね、どうかしたのではなくて？

マーガレット　躓《つまず》きは致しません。

アーシュラが急ぎ登場。

アーシュラ　お嬢様、さ、お部屋へ。御領主様、伯爵様、それにベネディック様、ドン・ジョン様を始め、町のお歴々がお嬢様を教会へお迎えにお立寄りでございます。

ヒーロー　着附けを手伝って頂戴《ちょうだい》、お姉様、マーガレットもアーシュラも。（一同、急いで寝室に退場）

〔第三幕　第五場〕

11

レオナートー邸の玄関広間

レオナートー、ドグベリー、ヴァージズが登場。

レオナートー　私に用があるというのは？

ドグベリー　は、さようで、内々お目に掛って申上げたき事がございまして、それがまた貴下と甚《はなは》だ末節な利害関係を有しておるものですから。

レオナートー　簡略にお願いしたいな、御覧のとおり取込み事があるのでな。

ドグベリー　は、こういう事でして。

ヴァージズ　はい、事実、そのとおりで。

レオナートー　というのは、どういう事かな？

ドグベリー　ヴァージズさんは、は、少々筋道を逸《そ》れる癖がございまして――何分、年寄りでもありますし、は、別に老耄《ろうもう》しているという程でもございませんが、いや、実はその方がむしろましかもしれんのですが、とにかく正直者である事は確かでして、御覧のとおり眉間《みけん》に烙印《らくいん》の跡もありませんし、その点は十分御納得頂けましょうと思います。

ヴァージズ　はい、お蔭《かげ》を持ちまして、生ある者、殊《こと》に年寄りとなら、誰と較《くら》べましても劣らぬ正直者であります、私の上越す正直者は一人もございません。
ドグベリー　他人との比較は臭味なものだ――言語だ、言語的に喋《しゃべ》りなさい、ヴァージズさん。
レオナートー　君たちはどうも悠長《ゆうちょう》過ぎる。
ドグベリー　いやはや、恐縮であります、私どもは悠長とおっしゃって頂く程の者ではございません、単に取るに足らぬ公爵《こうしゃく》の下で働く一役人に過ぎませんので。しかしながら、全く私個人と致しましては、万一、国王のごとく悠長な地位を獲得致しましたなら、それをば悉《ことごと》く貴下に呈上して悔いぬ気持であります。
レオナートー　君の全悠長を私にくれると言うのか、え?
ドグベリー　さよう、仮りに現在より一千ポンドも昇給致しましたとしてもでございます、何しろ貴下は市中の何人《なんぴと》も及ばぬ御高声の持主でありますので。こちらは取るに足らぬ身分の者ではございますが、それを聞けば嬉《うれ》しい事であります。
ヴァージズ　私もそうであります。
レオナートー　何はともあれ、用件を聴かせて貰《もら》いたいのだが。
ヴァージズ　それが、はい、昨夜、夜番の者どもがこのメシーナに並ぶ者無き名だたる悪党を二人捕えましてございます、いや、御前でそう申上げましては、さぞかし差障りの多い事と存じますが。

ドグベリー　何分、年寄りの事でございまして、は、口のききようがどうも――諺《ことわざ》にも申しますとおり、「年が殖《ふ》えれば、智慧《ちえ》が減る」であります。いやはや、見てはおれん……御苦労、御苦労、ヴァージズさん。さよう、正直の頭《こうべ》に神宿るだ――が、二人で一頭の馬に乗ろうとすれば、必ず一人がうしろになる。実際、正直者でありまして、は、全くそのとおり、開闢《かいびゃく》以来の事であります、ただ――神は深謀遠慮でございます――人間はそれぞれ違っているのだな、ヴァージズさん。

レオナートー　なるほど、君とは大分隔りがあるようだな。

ドグベリー　それも神の思召《おぼしめ》しであります。

レオナートー　もう失礼する。

ドグベリー　もう一言、は――夜番の者どもの事でありますが、は、それが二人のいともいかがわしき人物を推挙致しましたので、ついては今朝、貴下の御臨席の下に取調べを開始致したく存じております。

レオナートー　取調べは君たちに任せる、結果だけ知らせて貰えばよい、見られるとおり、こちらは今それどころの騒ぎではないのだ。

ドグベリー　それもまた絶好でありましょう。

レオナートー　まあ、一杯やって行きなさい、いずれまた。(出て行こうとする)

使者が登場。

使者　お式の用意が整い、皆様、お待ちかねでございます。

レオナートー　悪かったな――直《す》ぐ行く。(使者と共に退場)

ドグベリー　さて、済まぬが、フランシス・シーコールの所へ行って、ペンとインキ壺《つぼ》を牢《ろう》まで持参するように言って下さらんか、直ぐにも奴《やつ》らの取調べに掛る事にしよう。

ヴァージズ　手際《てぎわ》よく処理せねばなりませんな。

ドグベリー　確かに智慧の出し惜しみは禁物だ。(額に手を当て) 万事はここにある、奴らを精神的な「境地」に追込む名案がな。ただ犯人にいざ先決を下す段になると、文章の作れる書記が要るので、呼びに行って貰いたい、では、牢屋で待っておりますぞ。(両人退場)

〔第四幕第一場〕

12

教会の祭壇前

ドン・ペドロー、ドン・ジョン、レオナートー、修道僧フランシス、クローディオー、ベネディック、ヒーロー、ベアトリスら。

レオナートー　さあ、フランシスさん、手短かに――ただ型どおり式だけにして、夫婦それぞれの弁《わきま》えについては、後で詳しくお諭《さと》し頂きましょう。

修道僧　あなたはこの婦人と結婚させられますか？

クローディオー　いいや。

レオナートー　結婚せられますか、ですよ、フランシスさん、結婚させるのはあなたの役目だ。

修道僧　さて、御婦人、あなたはこれなる伯爵《はくしゃく》と結婚せられますか？

ヒーロー　はい。

修道僧　もしお二人のうち、いず方なりとも、結婚の障《さわ》りとなるべき疑いをひそかに懐《いだ》いておられるならば、この際、腹蔵無くお打明けになるがよい。

クローディオー　何かおありですか、ヒーローさん？

ヒーロー　いいえ、何も。
修道僧　あなたの方には、伯爵?
レオナートー　私が代ってお答えしましょう、「何もございません」
クローディオー　おお、人間、何をやろうというのか! 何がやれるというのか! いや、日々何をやっているのか、己《おの》れはそれを意識しもせずに!
ベネディック　おい、どうした! 感歎文《かんたんぶん》の復習か? それなら、序《つい》でに笑いの感歎文も入れて見るのだな、たとえば「あは! はは! へへ!」という具合に。
クローディオー　(修道僧に) あなたは引込んでいて下さい。お父さん、失礼はお許し願います——あなたはいささかの疚《やま》しさも屈託も無い澄んだお心をもって、このあなたのお嬢さんを私に下さるのでしょうか?
レオナートー　そうとも、神がこれを私に授《さず》け給《たも》うた時と同じ心をもって。
クローディオー　では、お返しに何を差上げたら、この貴重な贈り物にふさわしいと御満足頂けるでしょうか?
ドン・ペドロー　方法はあるまい、もう一度、娘を手もとに返してやるよりほかにはな。
クローディオー　おお、御領主には、まことに立派な返礼法をお教え下さいました……では、レオナートーさん、お嬢さんをお受取り頂きましょう、この腐れ蜜柑《みかん》は御友人にもお廻しにならぬよう、お嬢さんの貞潔は全くの見掛け倒し、見てくれだけの綺麗事《きれいごと》……それ、あの様を、生娘《きむすめ》のように面を紅《あか》らめて！　ああ、様子造った尤《もっと》もらしい誠実め、よくもその仮面の下に、あの奸智《かんち》に長《た》けた罪悪を隠しおおせたものだ！　あの血の色も、いわば慎みの表われ、ひとえに無垢《むく》の心を証《あか》しするものとしか見えぬではないか？　誰でも、そうして今この女を御覧になっているあなた方にしても、その外見だけでは、生娘と断じるほかはありますまい？　ところが、そうではない、この女はもう熱気の籠《こも》る淫《みだ》らな床の味を知っております、頰を紅らめたのは後ろめたさのためで、生娘の慎みからではありません。

レオナートー　要するに、あなたは何がおっしゃりたいのだ？

クローディオー　要するに、結婚を中止したいのです、誰にも明らかな淫婦《いんぷ》に私の心を売り渡したくないのです。

レオナートー　お言葉だが、もしひたすら吾《わ》が物にしたいお心から、未熟者を強《し》いて手籠《てご》めになさり、操《みさお》をお破らせになったのでしたら――

クローディオー　おっしゃりたい事は解《わか》ります、相手が私でしたら、それは既に夫として受容《うけい》れたのであって、いずれは消滅する罪だとおっしゃるお積りでしょう、そうではありません、レオナートーさん、私は決して淫らな言葉などで娘さんを誘惑した覚えはない、飽くまで兄の妹に対するごとく、控え目な誠意と優しい愛情をもって接して来たのです。

ヒーロー　では、私がそうではない素振りでも見せたと？

クローディオー　その素振りが我慢できないのだ、俺はそれを打毀《うちこわ》してやる。素振りは正《まさ》に月の輪に坐《ざ》せる女神ダイアナに紛《まご》うばかり、貞潔なる事、いまだ咲かざる蕾《つぼみ》のごとし、ところが、その内側では、ヴィーナスは愚か、御しがたい官能にむせまろぶ飽食の野獣よりも放恣《ほうし》な血が煮《に》え滾《たぎ》っているのだ。

ヒーロー　どこかお悪いのではないかしら、訳の解らない事ばかりおっしゃって？

レオナートー　御領主、どうして何もおっしゃっては下さいませぬのか？

ドン・ペドロー　今更、何が言えよう？　これでは面目丸潰《まるつぶ》れだ、親しい友を干からびた娼婦《しょうふ》と結び附けようとしていたのだからな。

レオナートー　先刻からの話は現《うつつ》の事か、あるいは夢でも見ているのか？

ドン・ジョン　皆、現に語られた事ですよ、いずれも事実なのだ。

ベネディック　(傍白) これは一向婚礼らしくない。

ヒーロー　「事実」ですって、ああ、神様！

クローディオー　レオナートーさん、私は確かにここに立っておりますか？　これは御領主ですか？　これはその弟さんですか？　これはヒーローの顔ですか？　吾々《われわれ》の眼はそれぞれ吾々のものですか？
レオナートー　すべてそのとおり、が、それがどうしたとおっしゃるのだ？
クローディオー　お嬢さんに一つだけ質問させて頂きましょう、あなたは父親としての当然の権限に随《したが》い、正直に答えるようお命じ下さい。
レオナートー　さあ、そうするがよい、お前は私の子だからな。
ヒーロー　ああ、神の御加護を、どのようにひどい目に遭《あ》わされましょうとも！　何のための教義問答なのでございましょう？
クローディオー　御自分の名を呼ばれたら、それにふさわしい答えを聞かせて頂くための。
ヒーロー　それなら、ヒーローとお答えするほかには？　誰がその名を穢《けが》せましょう、どのような咎《とが》をもって？
クローディオー　ところが、出来るのです、ヒーローなら――ほかならぬヒーローが、ヒーローの美徳を、死んだ恋人の後を追って身を投げたヒーローの物語を穢してのけるのだ……あの男は何者です、ゆうべ、あなたと話をしていたのは、あなたの部屋の窓辺で、十二時と一時の間に？　さあ、あなたが生娘なら、是非御返事を。

ヒーロー　その時間には、私、どなたともお話など致しませんでした。

ドン・ペドロー　それなら、お前は生娘ではない……レオナートー、聞かせたくないのだが、仕方が無い、俺の名誉に賭《か》けて言おう、俺と弟と、この傷心の伯爵とで、実は、これが昨晩、その時間に、自分の部屋の窓から怪しい男と話しているのを、見もし聞きもしているのだ――しかも、そいつは余程の色事師らしく、その白状したところによると、二人はきょうまで夜ごと人目を忍んで不義の逢瀬《おうせ》を楽しんで来たという。

ドン・ジョン　ちょっ、ちょっ、ちょっ！　余りあから様に言うべき事ではありませんな、とても口には出せない。言葉をどう取繕ってみたところで、事実に触れれば、聴く者を必ず不快にさせる……という訳で、お嬢さん、今度のふしだらばかりは返す返すも遺憾でしたな。

クローディオー　ああ、ヒーロー！　お前こそ、あのヒーローの名に値する女だったのだ、もしその外側の清らかさのせめて半ばだけでも、心に割《さ》き与えられ、その相談に与《あずか》る事が出来たなら！　だが、もうお別れだ、世にも穢わしく、世にも麗《うるわ》しい女――もう二度と会わぬ、お前の名は美しき破戒、そして破戒の美、お前のお蔭《かげ》で俺は愛の扉に錠を下ろし、目には猜疑《さいぎ》の庇《ひさし》を掛け、どんな美人をも忌《いま》わしい想像の中に閉じ込めずにはいられまい、清らかな美人など、もう夢にも考えられなくなってしまった。
レオナートー　誰でもよい、俺を刺し殺してくれる者はいないのか？（ヒーロー気絶する）
ベアトリス　まあ、どうしたの、坐《すわ》りこんだりして？
ドン・ジョン　さあ、引揚げましょう、何も彼も明るみに持出されてしまったので、文字どおり胸が潰《つぶ》れてしまったらしい。（ドン・ペドロー、ドン・ジョン、クローディオー退場）
ベネディック　どうなさったのでしょう？
ベアトリス　死んでしまったのでは――叔父様――ヒーロー――ああ、ヒーロー――叔父様――ベネディックさん――フランシス様！
レオナートー　おお、運命の女神《めがみ》にお願いする！　その重い手を退《の》けてくれるな。この子の恥を隠すには、死ほど美しい蔽《おお》いは他《ほか》に得られまい。
ベアトリス　まあ、どうしたの、ヒーロー？
修道僧　さあ、元気をお出しなさい。
レオナートー　命が還《かえ》って来るのか？

修道僧　さよう、いけませんかな？

レオナートー　いけないかと？　何を言う、地上のありとあらゆるものが、恥さらしの何のとこれを罵《ののし》っているではないか？　先刻、あの頰《ほお》の血が裏切り示した物語を、娘は打消す事が出来ましたか？　生きてくれるな、ヒーロー、目を開けるな、よいか、この俺がお前に死なれるのを悲しむとでも思うのか、お前の命が恥よりも強かれと祈り、そうして生き永らえたお前を面罵《めんば》した挙句の果てに、吾と吾が手で刺し殺したいと思っているとでも……この俺はかつて悲しんだ事があったろうか、子が一人しか授からぬのを？　自然の物惜しみに、俺は文句を言った事があったか？　おお、一人でも多過ぎる、お前のような奴《やつ》なら……その一人を、なぜ持った？　なぜ、かつてはあのように、お前がかわゆくこの目に映ったのか？　なぜ俺は慈悲の手を差延べて、家の前に捨ててあった乞食《こじき》の子を拾い上げてやらなかったのだろう、拾い子なら、このように恥を掻《か》かされ、泥を塗りたくられても、「この子は私の胤《たね》ではない、こんなふしだらは見た事も無い奴らの腹から生じたものだ」そう言ってやれたではないか？　が、これは私の子だ、吾が物としてかわいがり、褒めそやし、自慢にして来た私の子だ、吾が物も吾が物、それに較《くら》べればこの吾が身すら吾が物ならずと、それ程に思うてきた吾が子だ――それが、おお、その子が墨の池に塡《はま》りこんでしまったのだ、大海の水を注いでもその汚れは洗い落せまい、大海の塩もその腐れかかった体を保たせられまい。

ベネディック　まあまあ、落着いて。私としても、いや、驚きました、どう申上げてよいか解らぬ。

ベアトリス　ああ、間違いありません、きっと従妹《いとこ》は罠《わな》に掛けられたのです！

ベネディック　しかし、あなたは昨夜御一緒にお寝《やす》みではなかったのですか？

ベアトリス　いいえ、一緒ではありませんでした——もっとも、その前の晩までは、この一年間ずっと一緒に寝んで参りました。

レオナートー　動かぬ、もう動かぬ——おお、既に十分鉄の箍《たが》で締めてあったものが、それでいよいよ固くなった。御領主が兄弟して嘘《うそ》を言うと思うのか？　それにクローディオーまで、この子をあれ程に思うており、その不身持を語りながらも、涙に顔を濡《ぬ》らしていたというのに！　もう放っておけ、死なせてやるがよい。

修道僧　まあ、私の言う事も聴いて下さい——私は今まで何も言わずに、じっと成行きを傍観して来ただけなのですから。私、お嬢様の様子にずっと注意していて気が附いた事があります、というのは、その間、何度もお顔を紅らめておいででしたが、そうして血がさっと差して来るかと思うと、直《す》ぐその後から、無垢《むく》の羞《はじ》らいが、あたかもそれを追払うようにして、天使の白い顔を覗《のぞ》かせるのです、しかも、お目は火のように激しい光を放ち、御自分の穢れなき真実の上に向けられた悪意の言掛りを焼き尽さんばかりに見えました……さよう、何なら私を無能とお呼びになるがよい、長年に亙《わた》る読書も、それから得た知識を実地に即して証《あか》しして参った観察も、一切お信じ下さるな、私の年功も、地位も、職業も、また神学もお信じ下さらずともよい、もしこの心優しい娘御が、何者かの悪意に身を責《さい》なまれ、今、こうして無実の罪に苦しんでいるのでないとしたなら。

レオナートー　いや、そのような事はありえぬ。考えてみても頂きたい、これに残されている唯一《ゆいいつ》の救いは、既に犯した堕地獄の罪に、せめて偽証罪を重ねずにおく事だ――さよう、娘はそれを打消しはしなかった、それを、あなたはなぜ口実を設けてまで、これほどあらわに全貌《ぜんぼう》を見せている事実を、あえて蔽《おお》い隠そうとなさるのか?

修道僧　お嬢様、一体、誰の事かな、あなたが罪を犯した相手というのは?

ヒーロー　それを知っているのは、私が罪を犯したとお責めになった方々です、私は存じません。もしもこの私に、どなたにもせよ、男の方とお附合いして、娘としての慎みを忘れるような事が少しでもございましたら、その罪を裁くのにいささかのお慈悲も乞おうとは思いませぬ。ああ、お父様、どうぞ証拠をお挙げ下さいまし、もしどこかの男が時ならぬ時刻に私と話をしていたというのなら、それもゆうべ、私が何者とも知れぬ男を相手に話を交《かわ》していたというのなら――それなら、勘当も辞しませぬ、私を憎み、責め殺して下さいまし。

修道僧　あの方々に何かおかしな誤解があるのかもしれませぬ。

ベネディック　そのうち二人はもともと立派な人物です、その分別を狂わせたものがあるとすれば、膳立《ぜんだ》てはすべて妾腹《しょうふく》のジョン様に違いない、何しろ、悪事を企《たくら》む時だけ生《い》き甲斐《がい》を感じる方なのだから。

レオナートー　私には解らぬ。あの人たちの言った事が本当なら、この手で娘を八裂きにしてくれよう――が、もしこれの体面を傷附けんがための中傷であったなら、如何《いか》に身分の高い者であろうと、応分の挨拶《あいさつ》をせずには済まさんぞ……年とはいえ、まだ血の気は失《う》せぬ、老いても才覚は鈍っておらぬ、破産の恥を曝《さら》した事もなし、知己を失うほど不正な暮しをしている訳でもない、いざとなったら、きっと思い知らせてやるぞ、腕は力に、頭脳は策に目醒《めざ》め、財産と友人の助けを借りて、思う存分、仕返しをせずにはおかぬ。

修道僧　暫《しば》くお待ちを、ここは一つ私の策を御採用頂きたい。娘御はこの場に死んだものと思うて、皆さん、お立去りになりました、それを幸い、暫く娘御をお匿《かくま》い申し、表向きは御逝去《ごせいきょ》の告知をお出しになって、葬儀を営まれ、御先祖の廟《びょう》には追悼《ついとう》の辞をお掲げになると共に、その他、埋葬に関する一切の儀式を取行われますよう。

レオナートー　それでどうなる？　それが何の役に立ちますのか？

修道僧　さ、それが巧《うま》く運べば、すべては娘御に幸いし、先の悪罵《あくば》は後悔に変じます――これだけでも多少の御利益《ごりやく》。が、それが目当てで、かかる奇怪な案を思い附いた訳ではございませぬ、それは更に大きな結果を生むための、いわば陣痛のようなものと考えております、娘御の死は、飽くまで、そういう事にしておかねばなりませぬが、罪を責め立てられての事、そうなれば、聞く者は誰しも歎《なげ》き、憐《あわれ》み、ついには許すに至る事必定、と申すのも、人情とはかくあるもので、己《おの》が手中にある物は、その恩恵を受けながら、人、これをさのみ珍重せず、一たび手を離れ、これを失うに至って、始めてその値に心附き、かつては持ち慣れて手許《てもと》では光を見せなかった美点が始めて目に映じてくるからにほかなりませぬ――クローディオー様の場合とて同じ理窟《りくつ》にございましょう、娘御が御自分の言葉のためにお亡《な》くなりになったとお聞きになれば、その在りし日の面影がお心のうちに懐《なつ》かしく忍び入り、在りし日の愛らしいしぐさの一つ一つが、一層生き生きと、一層かわいらしく、一層いとおしくてたまらぬものとなって眼底に甦《よみがえ》って来て、生きて目の前に見ていた御姿とは較べ物にならぬものとなりましょう、かくして伯爵《はくしやく》は心からお歎きになる——苟《いやしく》も人並に心が涙と関《かか》わりがあるのでしたら——そして、伯爵は自分があれほど責めなかったらと後悔なさる、もちろん、御自分の非難に嘘があったとはお思いにならぬでしょうが……しかし、そこまで参りませば、まずは成功と思召《おぼしめ》し頂きたい、事件は解決したも同様、只今《ただいま》、私が想像で書下ろしております筋書以上の望ましい成果を納めましょう……また万一、思わくが悉《ことごと》く外《はず》れたに致しましても、娘御の死という作為は少なくとも悪い噂《うわさ》を消してくれます……それでも事が好転致しませぬとならば、お身柄をどこぞへ——いや、こうしてお名に傷が附いた以上、それしかありますまい——つまり、人里離れた僧院などにお隠しになり、世間の目も口も心も手も届かぬ手立てを講じるほかはございませぬ。

ベネディック　レオナートーさん、今の御忠告にお随《したが》いになったほうがよろしいでしょう、私はもちろん御存じのとおり、御領主、およびクローディオー伯と極《ご》く親密な間柄ではありますが、しかし、自分の名誉に賭《か》けて、この案を秘密にし、飽くまで公正を期する覚悟です、それはあたかも、あなたの心のあなたの肉体に対するごときものと御承知おき願いたい。

レオナートー　悲歎に溺《おぼ》れている今の私は、どんな弱い糸でも、それを手繰《たぐ》り進むほかはありませぬ。

修道僧　よく御同意下さった――直ぐにも奥へ――非常の痛みには非常の治療を施さねばなりませぬのでな。お嬢様、生きるために命を捨てるのです――きょうの御婚礼はただ日延べされただけの事となりましょう――御辛抱が肝腎《かんじん》です。（ヒーロー、レオナートーと共に退場）

ベネディック　ベアトリスさん、先刻からずっと泣いていらしたのですか？

ベアトリス　ええ、もっと泣いていたい。

ベネディック　いや、止《や》めて下さい。

ベアトリス　そうおっしゃる権利は無いはずよ、私の勝手です。

ベネディック　確かにヒーローさんは濡衣《ぬれぎぬ》を着せられたのに違いない。

ベアトリス　ああ、もしあの人の汚名を濯《すす》いでくれる人があったら、私、どんなお礼をしてもいい！

ベネディック　どうしたら、そういう気持のある事をお見せ出来るでしょう？

ベアトリス　訳の無い事よ、でも、そんな人はいない。

ベネディック　男に出来る事ですか？

ベアトリス　男でなければ出来ない事よ、でも、あなたの柄ではない。

ベネディック　私はこの世の何物にも増して、あなたの事を思っております――お驚きになったでしょう?

ベアトリス　驚きましたわ、夢にも考えていなかった事ですもの。ただ、もしかすると、私の方でも何物にも増してあなたをお慕い申上げているかもしれないけれど――でも本気になさっては駄目――といって、嘘をついているのではないの――別に本音を吐いている訳でもなし、白を切っている訳でもなし――従妹がかわいそうだわ。

ベネディック　この剣に誓ってもいい、ベアトリスさん、あなたは私を思っておいでだ。

ベアトリス　そうお誓いになったお口の中に、直ぐそれを呑《の》みこんでおしまいにならぬよう。

ベネディック　剣に賭けて誓うのです、あなたは私を思っておいでだと、そうして誓った剣を私は呑みこませてやる、誰でもいい、私があなたを思っていないなどと言う奴の口の中に。

ベアトリス　あら、呑みこむのは、お誓いになった言葉の方ではございません?

ベネディック　それなら、これ以上、味附けの仕様は無い――本気で言うのだ、私はあなたの事を思っている。

ベアトリス　ああ、私、もう我慢できない――

ベネディック　ベアトリスさん、何かお気に障《さわ》るような事が？
ベアトリス　いい時に留めて下さいました事、さもなければ、すんでの事で言ってしまいそうでしたもの、本気で申します、私はあなたの事を思っておりますと。
ベネディック　本気で言っておしまいなさい、心残りの無いように。
ベアトリス　心の底から、あなたを思っております、ですから、後には何も残っておりません、本気で申上げようにも。
ベネディック　お為《ため》になる事なら、何でも言い附けて下さい。
ベアトリス　殺して、クローディオーを。
ベネディック　えっ！　それぱかりは。
ベアトリス　厭《いや》だとおっしゃる、そのお言葉が私を殺します――これでお別れ致しましょう。
ベネディック　待って下さい、ベアトリス。（相手を留める）
ベアトリス　私はもう去ってしまいました、ここにはいても――あなたは愛してなどいらっしゃらない――さあ、行かせて。
ベネディック　ベアトリス――
ベアトリス　いいえ、もうこれで。

ベネディック　とにかく仲直りしましょう。
ベアトリス　確かに私と仲直りするほうが易《やさ》しいでしょう、私の敵と戦うよりは。
ベネディック　クローディオーがあなたの敵ですと？
ベアトリス　この上なしの悪党ではなくて？　私の従妹を中傷し、さんざんに嘲《あざけ》り辱《はずか》しめたではありませんか？　ああ、私が男だったら！　本当にひどい、いよいよ手を握り合う時まで自分の手もとに押えておいて、いきなり満座の中でその罪を鳴らし、ありもしない事実を暴《あば》き立《た》て、憎しみをむきつけにさらけ出すなどと――ああ、男になりたい！　市場の真中で、あの男の心臓に食い附いてやりたい。
ベネディック　ま、ベアトリス――
ベアトリス　窓から男と話していたなどと――言いも言ったりだわ！
ベネディック　いや、それより、ベアトリス――
ベアトリス　ああ、ヒーロー、ええ、不当よ、濡衣《ぬれぎぬ》よ、もう破滅しか無い。
ベネディック　ベアト――
ベアトリス　御領主様に伯爵様！　さすがに領主の証言、千鈞《せんきん》の重みありだわ、御立派な伯爵様、女を苛《いじ》めてはしゃぐ様――確かに粋《いき》な殿御でいらっしゃる。ああ、あいつのために、つくづく男になりたい！　それが出来なければ、せめて私のために男になってくれる友達がほしい！　でも、男らしさも勇気も今では溶けて流れて恭《うやうや》しい挨《あい》拶《さつ》の仕合いと成りさがり、男という男は、皆、舌のお化けになってしまい、その上、お洒落《しゃれ》にばかり精を出している、ヘラクレスのごとき勇者というのが、近頃ではただ嘘八百の誓いを立てる男の事らしい……でも、口で望んで男になれる訳のものではない、それなら心で悲しんで女のまま死んでゆくよりほかは無い。

ベネディック　お待ちなさい、ベアトリス——この手に賭けて、私はあなたを愛します。

ベアトリス　私を愛して下さるなら、誓いのほかにその手の使い道を考えて下さいまし。

ベネディック　あなたは心からそう思っておいでなのですか、クローディオー伯がヒーローさんを不当に扱ったと？

ベアトリス　もちろんです、私に心の働きがあるものなら。

ベネディック　解《わか》りました、約束しましょう、あの男に決闘を申込みます。お手に口附けを、またお目にかかるまで……（相手の手を取る）このお手によって、クローディオーは私の挨拶を受取る事になりましょう……（それに接吻《せっぷん》し）私の噂をお聞きになったら、どうぞ思い出して頂きたい……ヒーローさんを慰めてあげて下さい。飽くまで

亡くなった事にしておきます――では、これで。（去る、ベアトリスはゆっくりその後に続く）

13

〔第四幕第二場〕

牢獄の一室

法服のドグベリーとヴァージズ、事務服の書記役が登場。夜番がコンラッドとボラチョーを引立てて来る。

ドグベリー　関係者全員出席しておりましょうな？

ヴァージズ　おお、書記の方に腰掛とクッションを！（直《す》ぐに運ばれる）

書記（腰掛けて）犯罪者はどこにおりますかな？

ドグベリー　おお、ここに、この私です、それに相棒のこの人だ。

ヴァージズ　さよう、そのとおり。レオナートーさんからは既に取調べの供託を頂いておりますので。

書記　いや、その取調べの対象たる当の犯人はどこにおります？　部長さんの前に引出して頂きましょう。

ドグベリー　なるほど、そうしましょう、奴《やつ》らをここへ引出せ。（ボラチョーとコンラッドが前に引出される）名は何と言うな？

ボラチョー　ボラチョー。

ドグベリー　さ、「ボラチョー」と書いて下さい……おい、こら、お前は？　（書記、言われたとおり記録を取る）

コンラッド　おい、こらではなく、紳士です、名前はコンラッド。

ドグベリー　「紳士コンラッド氏」と書いて下さい……お前らは日頃、神によくお仕えしておるか？

両人　はい、その積りで。

ドグベリー　そう書いて下さい、自分らは神によくお仕えしている積りだと、いや、「神」の方を最初に書く、神懸けて、神にこんな悪党連の後塵《こうじん》を拝させてはならぬからな……両人ともいかがわしき無頼の徒にほかならぬという証拠が既に挙《あが》っておる、いずれ間もなくそう見なして差支え無しという事になろう。これに対してどう申開きをする積りか？

コンラッド　はい、それには、決してさような者ではないとお答え致します。
ドグベリー　恐ろしく口の達者な奴だな、お前は——よし、あいつの方を攻めてやろう……おい、こら、こっちへ来い——一言、言いたい事がある。よいか、お前らはいかがわしき無頼の徒と見なすほかは無いと言っておるのだぞ。
ボラチョー　はい、私どもは決してさような者ではないと言っておりますので。
ドグベリー　よし、退《さが》れ。不思議と、二人の話は合っておる……書留めてくれましたかな、両人とも、決してさような者ではないと？
書記　部長さん、どうも取調べの方法がまともではありませんな。まず両人を告発した当の夜番を呼出して頂きたいのですが。
ドグベリー　なるほど、そうしましょう、それが一番最上の方法だ、夜番は前に出ろ……領主の名において命令する、奴らの罪状を申述べろ。
第一の夜番　この男は御領主の御令弟のドン・ジョン様の事を悪党だと申したのであります。
ドグベリー　書留めて下さい、「ジョン様は悪党である」と……これは正《まさ》に偽証罪というものだ、御領主の御令弟を悪党呼ばわりするとは。
ボラチョー　部長さん——

ドグベリー　こら、貴様、黙っておれ。その目附きが気に食わん、全くの話。
書記　そのほかにまだ何か言いましたか?
第二の夜番　は、ドン・ジョン様から一千ダカット貰《もら》ったと申しておりました、ヒーロー様を無実の罪に陥《おとし》いれた褒美《ほうび》だという事であります。
ドグベリー　紛れも無し、これこそ正に強盗罪というものだ。
ヴァージズ　さよう、全くもってそのとおり。
書記　そのほかには?
第一の夜番　それから、クローディオー伯爵《はくしゃく》が衆人環視の中でヒーロー様に恥を掻《か》かせ、結婚を中止すると言張っておいでだそうで。
ドグベリー　おお、悪党め!　貴様はこれ一つで果てし無き罪障消滅の罪に落ちるのだぞ。
書記　ほかに?
夜番　それだけであります。
書記　お前らも以上の事実は否定できまい。ジョン様は今朝ひそかに姿をお隠しになった、ヒーロー様は筋書どおり罪に陥《おと》され、これまた筋書どおり結婚を取消され、お悲しみの余り、突然、御逝去《ごせいきょ》遊ばした……部長さん、両人を縛り、レオナートー邸に

お送り頂きたい。私は先に参り、取調べの経緯をお伝えしておきます。（退場）
ドグベリー　おい、そいつらを反駁しろ。
ヴァージズ　おい、そいつらを——手をやるのだ。（コンラッドを縛ろうとする）
コンラッド　触《さわ》るな、阿呆《あほう》！
ドグベリー　けしからん、書記はどこへ行った？　領主の役人は「阿呆」だと書留めておいて貰うのだ……さあ、縄《なわ》を掛けろ。ふざけた野郎だ！
コンラッド　どけ！　貴様は頓馬《とんま》だ、頓馬だ、貴様は。（夜番が二人を縛る）
ドグベリー　貴様は役人の嫌疑を認めないのか？　年長者の嫌疑を認めないのか？　ああ、書記に是非とも俺を頓馬だと書留めておいて貰いたかった！　そうだ、お前たち、覚えておいてくれ、俺は頓馬だとな——書留めてなくても、決して忘れるではないぞ、俺は頓馬なのだとな……やい、悪党め、貴様は全く謙譲極《きわ》まり無い奴だ、その証拠はたんとあるのだぞ。俺はもともと頭がいいばかりではない——その上、役人でもあるばかりではない——その上、家長でもあるばかりではない——このメシーナの誰にも劣らぬ人間だ、それに法律も知っている、いいか、それにたっぷり金もある、いいか、それに金を失《な》くした事もある、それから制服を二着と、気のきいた身廻品なら何でも持っているという男だ……そいつを引立てろ……ああ、頓馬と書留めさせら

れなかったのが残念だ！（気取って退場、一同その後に随《したが》う）

〔第五幕 第一場〕

14

レオナートー邸前の街路

レオナートーとアントーニオーが歩きながら邸《やしき》に近附く。

アントーニオー　いつまでその様子では、体が保《も》ちますまい、そのように悲しみを募らせ、己《おの》が体を蝕《むしば》ませるのは、如何《いか》にも分別が無さ過ぎる。

レオナートー　頼むから、もう何も言わないでくれ、俺の耳には篩《ふるい》に水も同じ事、何の効《き》き目《め》も無い、何も言うな、どんな慰め手を寄こそうと、俺の耳を楽しませる事は出来ぬ、同じ憂目《うきめ》に遭《お》うた者のほかにはな……真《まこと》に吾《わ》が子を愛した事のある父親を、その子から得る喜びを俺のように奪われた事のある父親を、どこぞで探して来るがよい、そしてそいつに我慢の話をさせてみろ、その男の苦しみを俺の苦しみの秤《はかり》に掛け、どんな微《かす》かな心の動きも見逃さず、あれはこれ、あの悲しみはこの悲しみと、その目に見える形や輪郭に一つ一つ反応を確かめてみたらどうだ、もしそいつが笑いを浮べ、髯《ひげ》を撫《な》で、その挙句《あげく》――悲しい道化師気取りで――呻《うめ》き声《ごえ》を挙げたいところを「えへん」の咳払《せきばら》いでごまかし、涙を諺《ことわざ》で押隠して、夜明しの遊人と一緒に不運を飲み干すような男なら……よろしい、ここへ連れて来て貰おう、そうなったら俺もその男から精々我慢のこつを教わろう……が、そんな男はおりはせぬ――そうではないか、人が傍から諌《いさ》めたり慰めたり出来るのは、自分がその悲しみを知らないうちだけの事、一度その苦い味を知ってしまえば、なまなかの助言はたちまち煩悶《はんもん》とその所を代え、もう決して諺の頓服《とんぷく》で憤激を癒《いや》そうなどとは考えぬものなのだ、狂おしい心の乱れを細い絹糸で繕おうとは思うまい、息で痛みを、言葉で苦悩をまじない鎮《しず》めようとは思うまい。誰がそんな事をするものか――申合せでもしたように、皆、口を揃《そろ》えて我慢を説き、それで、悲しみの重荷に打ちひしがれた者が慰められる積りでいる、だが、人間の徳や力がどれほど秀《すぐ》れていようとも、同じ窮地に立たされて、なおよくそれに耐え得る程の器量人はどこにもおらぬ……だから、もう何も言ってくれるな。俺の歎《なげ》きの声は何よりも激しい、忠言など聞えはせぬ。

アントーニオー　それでは大人《おとな》も子供と少しも変らない。

レオナートー　黙っていてくれと言うのに。俺は生身の人間で結構――考えてみろ、どんな学者であろうと、歯痛をよくこらえ得た者の話は聞いた事が無い、どれほど神々《こうごう》しい文句を書き綴《つづ》り、運だの禍《わざわ》いだのを鼻先で「ふふん」と笑って顧みぬような学者でもな。

アントーニオー　それにしても被害を一人で背負って立つ事は無い、自分を苦しめている相手にも担《にな》わせてやったらよい。

レオナートー　それも一理ある、なるほど、そうしてやろう。ヒーローが罠《わな》に掛けられた事は間違い無い――その事を俺はクローディオーに思い知らせてやりたいのだ、もちろん御領主にもだ、それにこうしてあれを辱《はずか》しめた奴ら、一人残らずにな。

ドン・ペドローとクローディオーが近附く。

アントーニオー　御領主とクローディオーが急ぎ足でこちらに。

ドン・ペドロー　やあ、元気で何よりだな。

クローディオー　お元気ですな、お二人とも。（両人、通り過ぎようとする）

レオナートー　実は少々話が――

ドン・ペドロー　今、急ぐ事があるのだが、レオナートー。

レオナートー　お急ぎの事が！　なるほど、では、いずれまた。そんなにお忙しくていらっしゃる？　なるほど、どうでもよろしい。
ドン・ペドロー　(引返して) いや、そう突掛るな。
アントーニオー　もし兄が名分を立て、飽くまで事を争おうとならば、吾《われ》らのうちいずれかが命を落してもと考えております。
クローディオー　あなたの名誉を誰が傷附けたというのです？
レオナートー　言うまでもない、貴様が傷附けたのだ、この偽善者め、貴様は……やい、剣に手を掛けるな、そんな事で誰が貴様を恐れるものか。
クローディオー　これは申訳無い、たとえ吾が手であろうと、万一、御老人にそのような虞《おそ》れをお懐《いだ》かせしたとあれば、決してそのままにはしておきません。事実、剣に手など掛ける積りは毛頭、無かったのです。
レオナートー　ちょっ、ちょっ、こいつ、俺を嘲弄《ちょうろう》する気か。俺は老いぼれでもなければ、阿呆でもない、年を楯《たて》に大口叩《たた》いて、若い頃にはこれこれこうだったの、年さえ取っておらねばこうもしたろうのと。そんな事を言っておりはせぬぞ。よいか、クローディオー、よく聴け、貴様は罪も無い娘と俺に辱しめを加えた、こうなったら、体裁も何も構ってはおられぬ、白髪や身の衰えを顧みる暇があるものか、俺は貴様に決闘を申込む。貴様は罪もない俺の娘を羂に陥れたのだ、中傷の刃《やいば》があれの心臓を刺でな。

貫き、あれは今、先祖代々の廟《びょう》に横たわっている、おお、今日まで一度も穢《けが》れた名を葬《ほうむ》った事の無い墓所に、始めて娘の汚名を葬らねばならぬ、それも貴様の奸計《かんけい》のお蔭《かげ》

クローディオー 私の奸計！

レオナートー 貴様のだ、クローディオー、貴様のな。

ドン・ペドロー それは言過ぎというものだ。

レオナートー ま、ま、いずれ、この男には体で答えて貰いましょう、その勇気がありさえすれば——相手が如何《いか》に剣の道に秀《ひい》で、日頃から稽古《けいこ》を積んでおろうと、五月の若さに溢《あふ》れ、血気に満ちた年頃であろうと、こちらは一向恐れませぬ。

クローディオー おやめなさい、あなたといざこざを起したくはない。

レオナートー それで済むと思うのか？ 貴様は俺の子供を殺した——その上、俺を殺せば、始めて一人前の大人を殺した事になる。

アントーニオー 兄弟もろとも、殺させてやりましょう、そうすれば二人前になる——が、そんな事はどうでもよい、まず一人を殺させてやろう……(二人の間に割って入り、剣を抜く) さあ、俺の命が土産《みやげ》だ！ 相手になってやる。来い、青二才、突いて来るのだ、青二才め、来いと言うのに。丁度よい、貴様のへっぽこ剣術を叩《たた》き直して

やる――そうとも、紳士としての親心だ。
レオナートー　これ、弟――
アントーニオー　落着きなさい、言うまでもないが、私は姪《めい》をかわいがっていた、その姪は死にました、悪党どもが中傷の矢を放って射殺したのだ、そんな奴《やつ》らが人間様を相手に戦おうという、私にしてみれば、毒蛇《どくじゃ》の舌を手摑《てづか》みにするようなものだ。おい、青二才、猿公《えてこう》、大法螺《おおぼら》吹《ふ》きのならず者の腰抜野郎！
レオナートー　まあ、アントニー――
アントーニオー　落着きなさいというのに。さ、邪魔だ！　奴らの手口はよく解《わか》っている、私には、どの位の人物か、その重みの程も小数点以下まで計算済みなのだ――がつがつ人を押退《おしの》ける、その癖、上辺《うわべ》だけは行い澄まし、お洒落《しゃれ》に憂身をやつす見え張り、嘘《うそ》をつく、人を瞞《だま》す、小馬鹿《こばか》にする、蔭口はきく、中傷はする、道化よろしくの風態《ふうてい》でのし歩き、如何にも恐ろしげに肩怒らせて、むやみに物騒な言葉を吐き散らし、相手になるものがいれば、直《す》ぐにも斬《き》って捨てんばかりの気勢を示す、精々そんなところだ。
レオナートー　だが、アントニー――
アントーニオー　まあ、そんな事はどうでもよい――兄さんは掛り合いになりなさるな、私に任せておきなさい。

ドン・ペドロー　二人とも、まあ、聴け、こちらとしては無理に許しを乞《こ》おうとは思わぬ。なるほど娘御の死は気の毒だった、が、私の名誉に賭《か》けて言うが、娘御は濡衣《ぬれぎぬ》を着せられたのではなく、事実、罪を犯したのであり、証拠も十分ある事なのだ。

レオナートー　何をおっしゃる、何を――

ドン・ペドロー　もう何も聴きたくない。

レオナートー　何も？　おい、弟、行こう。いずれ聴かせずにおくものか。

アントーニオー　もちろんだ、さもなければ、吾らのうちいずれかが喜んでその報いを受けよう。（レオナートーとアントーニオーとは邸《やしき》に入る）

ベネディック登場。

ドン・ペドロー　それ、それ、来たぞ、探していた男が。

クローディオー　やあ、何か面白い話があるか？

ベネディック　お元気で何よりです。

ドン・ペドロー　ありがとう、全く良いところへ来てくれたな、喧嘩《けんか》になるところを留めに来てくれたようなものだ。

クローディオー　こちらの鼻を二つ、すんでのところで歯抜けの老人二人に食い切られるところだったよ。

ドン・ペドロー　レオナートー兄弟の事さ。どう思う？　もし剣を抜いていたとしたら、どう見ても、吾々は二人には若過ぎるという事になったろうな。

ベネディック　不正の争いでは、真の勇気は出ますまい。実は、お二人を探しておりました。

クローディオー　こちらも方々探していたところだ、何しろ気が重くて仕方が無い、何か憂《う》さ晴らしでもしたいのだ。持前の才気で軽口でも聞かせてくれないか？

ベネディック　それならこの鞘《さや》の中にある――抜いて見せるか？

ドン・ペドロー　お前は才気を腰に提《さ》げて歩くのか？

クローディオー　聞いた事が無いね、もっとも、狂気なら大抵の男が腰にぶらさげているが。とにかく一つ引抜いて貰おう、旅廻りの楽師が箱からルートを取出すごとく――さあ、弾《ひ》け、余興だ。

ドン・ペドロー　冗談ではない、この男、蒼《あお》い顔をしている。どこか具合でも悪いのか、それとも何か怒《おこ》っているのではないか？

クローディオー　おい、元気を出せ、心配事では猫でも死ぬそうだが、君と来ては、その心配事の方で死ぬ位の剛の者ではないか。

ベネディック　その才気の鋒先《ほこさき》、騎馬戦もどきのまっしぐら、いつでも受けて立とう、本気で掛って来る気さえあればな。それにしても、話題を変えたほうがいいぞ。

クローディオー　どう致しまして、誰かいないか、槍《やり》を取換えてやれ——今のこちの一撃で、敵は槍を折ってしまったらしい。

ドン・ペドロー　本当だぞ、段々様子が変になる。きっと何か怒っているのだろう。

クローディオー　それならそれで、柄の握り方くらいは知っておりましょう。

ベネディック　君にだけ、一寸《ちよつと》、一言、言っておきたい事があるのだが?

クローディオー　決闘の申込みだけは勘弁してくれよ!

ベネディック　(小声で)君は悪党だ——これは冗談ではないぞ——俺が片を附けよう、もちろん君の欲する方法、君の欲する武器、君の欲する時で結構だ、受けてくれなければ、君を卑怯者《ひきようもの》と呼ぶほかは無い、君は優しい女性を殺した、その死が君の上に重くのしかかっているはずだ。(大声で)さあ、君の返事を聞かせて貰《もら》おう。

クローディオー　では、喜んでお受けしよう、その代り、大いに楽しませて貰いたいね。

ドン・ペドロー　え、飲み食いの話か、飲み食いの?

クローディオー　さよう、全くありがたい話でして、仔牛《こうし》の頭と去勢した雞《にわとり》を食わせてくれると申しております、もしそれを器用に切《き》り捌《さば》けぬようでしたら、私のナイフは鈍刀《なまくら》だとお笑い下さいまし。山鴫《やましぎ》などにもありつけるかね？

ベネディック　才気煥発《かんぱつ》だな――大いに好調だよ。

ドン・ペドロー　そうそう、この間、ベアトリスがお前の才気に大層感心していたぞ……最初は俺が褒《ほ》めた、あれの機智《きち》はなかなか切れ味がいいとな。すると、「仰《おお》せのとおり」とあれは言う、「ですから直ぐ息が切れてしまいます」とさ、「そんな事はない、深くて底無しだ」と言ったら、「道理で出が悪うございますね」と言う、そこで俺は「だが、あの男のは健康だ」と言ってやった、ところが、あれの言うには「本当にそのとおり、痛くも痒《かゆ》くもありませんもの」だとさ、続けて俺はこう言った、「でも、あの男は頭が良くて何でも知っている」。あれの曰《いわ》く、「確かにあの方の取柄はお尻《しり》だけかもしれません」、最後に「しかし、あの男は語学の天才で、色んな言葉が操れる」と俺は言ったのだが、「それは私も存じております」とあれは言うのだ、「月曜の夜にお誓いになった事を火曜の朝にはお取消しになる――舌が二枚おありなのですもの、さぞかし語学はお得意でございましょう」と来たものだ。この調子でたっぷり一時間、お前の美点を悉《ことごと》く捻《ね》じ曲《ま》げ、擦《す》り替《か》えてしまうという始末――挙句の果てに、大きく溜息《ためいき》ついて言う事がいい、お前ほど男振りの良い男はイタリー中探しても他にいないとさ。

クローディオー その思いがあればこそ、暫《しば》し沁《し》み沁《じ》みと泣き濡《ぬ》れていたっけが、やがて、もう何も思い煩《わずら》わない事にすると言っていたよ。

ドン・ペドロー そう、確かにそう言ったな——だが、そうかと思うと、もしあの人をとことんまで憎み切れないなら、いっそどこまでも愛し切るよりほかはないなどと言ったりもするらしい。老人の娘が何も彼《か》も聞かせてくれたな。

クローディオー さよう、何も彼も、すっかり——その上、神様は男の方が庭に隠れているところを御覧になっていたらしゅうございますよ。

ドン・ペドロー それにしても、一体いつまで待ったら、猛《たけ》き野牛の角が分別あるべネディックの額に生えるのを見物できるのかな?

クローディオー 全くでございます、それに、「女房持ちのべネディック、ここに住まう」と特筆大書した看板が見られるのは?

ベネディック これで失敬する——君には俺の腹は解っているはずだ。まあ、今のところは、そんなたわいの無いお喋《しゃべ》りを幾らでも楽しんでいたらいい。そうして軽口を叩いているうちに、空威張りの豪傑よろしく、すっかり刃を叩き潰《つぶ》してしまうだろうよ、尤《もっと》も、ありがたい事に、始めから切れっこない鈍刀《なまくら》だがね……ところで、御領主には、日頃の御愛顧、身に沁みてありがたく存じております。が、今日限りお暇を頂かねばなりません――お腹違いの御令弟にはこのメシーナを逃亡なさいました、あなた方は寄ってたかって無垢《むく》の優しき女性を嬲《なぶ》り殺しになさったのです、そこにおいでの髯《ひげ》無し殿とは、いずれ改めて会う事になっております、それまでは、ま、無事を祈っておきましょう。（退場）
ドン・ペドロー　本気らしい。
クローディオー　深刻なほど本気で、これはもう間違いありません、ベアトリスの事を思い詰めての事です。
ドン・ペドロー　で、お前に決闘を申込んだのか？
クローディオー　それも大真面目《おおまじめ》で。
ドン・ペドロー　人間という奴は全く妙なものだな、着るものはいつでも上下きちんと身に附けていながら、中身の智慧《ちえ》は時々脱ぎ捨てて平気でいられるのだから！
クローディオー　そんな奴でも猿公《えてこう》の目には到底敵《かな》わぬ相手と映るのでしょうが、実はそいつの方が道化猿から色々教わるものがありそうです。
ドン・ペドロー　しかし、待ってくれ、案外、これは――油断は出来ないぞ、ふざけてばかりもおられぬ――あの男、今、弟が逃亡したと言わなかったか？

ドグベリー、ヴァージズ、夜番がコンラッドとボラチョーを引立てて来る。

ドグベリー　さあ、来い、もし貴様らが正義の前に出ても一向恐れ入らぬという事になったら、これ以上の事件は正義の秤《はかり》では裁《さば》きが附かなくなるだろう。そうだ、少なくとも貴様らが呪《のろ》うべき偽善者であると決れば、絶えず監視が必要になる。
ドン・ペドロー　どうしたというのだ、弟の家の者が二人とも縛られているではないか？　一人はボラチョーでは？
クローディオー　どんな罪を犯したのか、お訊《たず》ねになって御覧なさいまし。
ドン・ペドロー　おい、役人たち、この連中はどういう罪を働いたのだ？
ドグベリー　は、こいつらは偽りの陳述を致したのであります――その上、嘘を申しました――第二に、人を中傷致しました――第六に、これを最後として、さる婦人を罠《わな》に陥《おとし》いれたのであります――第三に、こいつらは不確かな事柄を事実であると主張したのであります――結論を申しますと、嘘つきのごろつきという事になります。
ドン・ペドロー　第一に、この連中が何をしたのか、教えて貰いたい――第三に、それがいかなる犯罪であるか、答えて貰いたい――第六に、これを最後として、この連中はなぜ逮捕されたのか——結論を言えば、如何《いか》なる嫌疑《けんぎ》によるものか、それが訊《き》きたい。

クローディオー　まことに理路整然、しかも相手方の論法そのまま——同じ中身によくも色々の衣裳《いしょう》をお着せになったものですな。

ドン・ペドロー　お前たちは何をしでかし、そうして引立てられて行くのだ？　この役人は学があり過ぎて、言う事がよく解らぬ。一体、何をしたというのか？

ボラチョー　御領主様、もうこれ以上手数は掛けさせますまい、ここで何も彼も申上げてしまいます、お聴きの上、そこの伯爵《はくしゃく》様のお手に掛って死ぬ積りにございます……実は、御領主様のお目すら晦《くらま》しておりました、鋭い御眼力をもってしても、ようお見破りになれなかった事を、この薄のろ連に見あらわされてしまいました——ゆうべ、この男を相手に、御令弟のドン・ジョン様の御命令でヒーロー様に濡衣をお着せするよう、事を運びましたいきさつを話しているのを立聞きされてしまったのでございます、皆さんを果樹園にお連れ出しして、ヒーロー様の服装《なり》をしたマーガレットと私が逢引《あいび》きしているところをお見せした事から、その結果、いよいよお式という段取りになって、席上、あなた様がヒーロー様をさんざんお辱《はずか》しめになった事まで……私の犯しました悪事一切は、この者どもが調書を作りましてございます、それを二たび繰返して恥をさらすよりは、むしろ死と共に闇《やみ》に封じこめてしまいたい位……お嬢様は、私、および主人の悪だくみがもとで、とうとうお亡《な》くなりになりました、この上は、何はともあれ、己が悪事の報いをお受け致しとうございます。
ドン・ペドロー　聴いたか、胸を刃で抉《えぐ》られる思いがしたであろう？
クローディオー　一語、一語、毒を飲まされる思いにございます。
ドン・ペドロー　だが、それも弟に唆《そそのか》されたと言うのだな？
ボラチョー　はい、そして骨折り賃にと大金を頂戴《ちょうだい》いたしております。
ドン・ペドロー　弟は骨の髄まで不義不実の塊《かたまり》、姿を消したのも、悪だくみを見破られるのを虞《おそ》れたからに違い無い。
クローディオー　ああ、ヒーロー、あなたの姿が二たびこの眼《まなこ》の底に甦《よみがえ》る、類《たぐ》い無く、けざやかに、それが始めてここに焼附けられた時の姿そのまま。
ドグベリー　おい、原告どもを引立てろ。今頃は既に書記役からレオナートー殿に委細報告済みのはずだ……お前ら、忘れずに強調するのだぞ、適当な機会を狙《ねら》って、俺が頓馬《とんま》だという事をな。
ヴァージズ　あそこにレオナートー殿が、書記役も一緒だ。

レオナートー、アントーニオーが書記と一緒に邸から出て来る。

レオナートー　どいつだ、その悪党というのは？　そいつの目附きを見せて貰おう、今後、同類に出遭《であ》った時、二度と二たびその手に乗らぬようにな、どいつだ、それは？

ボラチョー　あなた様を陥れた男に会いたいと仰せなら、どうぞ私を御覧下さいまし。

レオナートー　貴様か、その舌で無垢《むく》な俺の子を殺した畜生は？

ボラチョー　はい、確かに私一人の仕業《しわざ》でして。

レオナートー　嘘を言え、それ程の悪党なものか、貴様は一人で罪を負う気か知らぬが、それ、ここに御立派な紳士が二人おいでになる、三人目の下手人は早くも姿を消しておしまいになった……お二方には御礼を申述べます、お蔭《かげ》で娘は死にました、その隠れも無き御業績は必ず記録にお残しになりますよう、まことに見事なお手のうち、まあ、考えても御覧なさいまし。

クローディオー　どうお詫《わ》び申上げたらよいか解《わか》りませぬ、が、やはり言わせて頂きたい。お気の済むようにどのような御報復でもお受け致します、私の犯した罪に対して如何《いか》ような罰をお考えになろうと厭《いと》いませぬ――が、罪を犯したとは申せ、すべては過《あやま》ちから起ったという事だけはお解り頂きたい。

ドン・ペドロー　誓って言うが、私とて同じだ、しかし、老人の怨《うら》みを霽《は》らすためとあれば、どんな重荷を背負えと言われても、必ず務めは果すつもりでいる。

レオナートー　まさか娘を生き還《かえ》らせてくれと申す訳にもまいりません――所詮《しょせん》、出来ない相談だ――しかし、お二人にお願いがあります、メシーナ中の人々に娘が何の罪も無しに死んだ事を知らせてやって頂きたい、なお、真実、あれの事を思うて下さり、その悲しみを糧《かて》に何程かの埋合せをしてやろうお心がおありなら、あれの墓に弔辞を掲げ、その歌で亡骸《なきがら》を慰めてやって下さるよう――それも今夜のうちに、明けましたら、どうぞ邸《やしき》へお越し願いたい、婿《むこ》にはなって頂けなかったが、せめて甥《おい》になって頂きましょう、と申しますのは、弟にも一人娘がおり、それが死んだわが子に生写し、その子だけが私ども兄弟に残された唯《ただ》一人の後継ぎです――娘にお与えになるはずだったものを、その従妹《いとこ》にお与え下さいますよう、さすれば、私の怨《うら》みも消えましょう。

クローディオー　おお、気高きそのお心！　身に余る御深切なお言葉に、思わず落涙致しました。喜んでお指図《さしず》に随《したが》い、このクローディオーの将来をお手に委《ゆだ》ねます。

レオナートー　では、明朝、お出《い》でをお待ちする事にして、今宵《こよい》はこれで失礼させて頂きます。このならず者はマーガレットに突合せてやりましょう、あの女もきっと御令弟に傭《やと》われて、悪だくみに加担していたに相違ございません。

ボラチョー　いえ、決してそのような事はございません、私に向って話し掛けました折も、自分では何の事やら存じてはいなかったのでございます、あれは正直で身持も堅く、日頃からそれだけはよく存じております。

ドグベリー　そのほかにも、まだございます――実は黒白いずれとも決っておりませんが――ここにおります原告、即《すなわ》ち罪人は私の事を頓馬《とんま》と呼んだのであります。どうかその事実を御承知の上、御処罰下さいますようお願い致します。それからもう一つ、夜番の報告によりますと、二人でイヤラシーと申す泥棒の事を話しておりましたそうで――そいつは耳に鍵《かぎ》を引掛け、それに錠をぶらさげておりまして、神の名を騙《かた》り、金を借り歩くのみか、長い間、その手で一度も返した事がございませんので、今では誰も愛想《あいそ》を尽かし、神のために鐚《びた》一文貸すまいという事になりましたそうで……よろしくその点もお取調べ下さいますよう、お願い致します。

レオナートー　いろいろお手数を掛けた、お骨折り、御苦労だったな。

ドグベリー　弱冠ながら、恩を知る尊敬すべきお人柄、さすがのものと感じ入りました。

レオナートー　お骨折りの御礼にこれを。
ドグベリー　御寄進には神のお恵みを！
レオナートー　さ、罪人をお引渡し頂こう、本当に御苦労だった。
ドグベリー　では、この名うての悪人、確かにお手もとにお預け致します、どうぞお手ずからお裁き下さり、他の者の見せしめにしてやって下さいますよう……神の御加護を、何とぞお元気で、一日も早き御全快を祈ります、では、謹《つつし》んでお暇を差上げたく——もしめでたく御再会の折あらば、神、これを厳禁し給《たま》うように……さ、行きましょう。（ドグベリーとヴァージズ、去る）
レオナートー　それでは、お二方、あすの朝まで。
アントーニオー　御機嫌よろしゅう、あす、お待ちしております。
ドン・ペドロー　必ずお訪《たず》ねする。
クローディオー　今夜はヒーローの喪に服するつもりでおります。（二人、物思いに沈みながら去る）
レオナートー　その二人を引立てて行け。マーガレットに問いただしてみよう、どうしてこんな下司《げす》と近附きになったのか。（レオナートー、アントーニオー、連立って邸に入る、その後に書記、夜番、二人の囚人が続く）

〔第五幕第二場〕

15

前場と同じ

ベネディックとマーガレットとが歩いて来る。

ベネディック　頼む、マーガレット殿、十分恩に着るから、ベアトリスと話が出来るように取持ってくれ。

マーガレット　それなら、私の美しさを褒《ほ》め称《たた》える歌を作って下さいます？

ベネディック　特別高級なやつを作ってやる、マーガレット、誰にも手が出ないようなのを、正直な話、君にはそれだけの値打ちがあるのだからな。

マーガレット　誰も私には手が出ないのですって？　まあ、それでは、私は生涯女中部屋から離れられないんですの？

ベネディック　全く才気煥発《かんぱつ》だな、猟犬よろしく、直《す》ぐ嚙附《かみつ》く。

マーガレット　あなたの方は――才気不発、お稽古《けいこ》用の長剣よろしく、刺されても傷附かない。
ベネディック　さすがは男の才気と感心したまえ、マーガレット、女を傷附けたくないのさ……それはそれとして、頼むからベアトリスを呼んで来てくれ――御礼に楯《たて》を引渡す。
マーガレット　頂くなら剣の方にして下さいまし、楯は私たち、めいめい持っておりますもの。
ベネディック　でも、その楯を戦闘で巧《うま》く使いこなしたいのなら、マーガレット、その真中に尖《とが》った鉄をはめこみ、罪のねじでしっかり止めておかなければならないのだ――どう考えても、娘さんには危険な武器だね。
マーガレット　それでは、ベアトリス様を呼んで来て差上げましょう、あの方にもきっと脚がおありのはずだから。（邸《やしき》に入る）
ベネディック　それなら、お越しになれましょう……（歌う）

恋の神　御空《みそら》におわし
　この身のあわれ　みそなわし
ふとみそなわし　おぼすらん
まことつたなき　定めよと

……というのは俺の歌の事さ。だが、恋の道でも――あの泳いで通ったリアンダーにせよ、歴史始まって以来、最初に桂庵婆《けいあんばばあ》を使ったというトロイラスにせよ、いや、そのほか似たような小間物屋の手代がたんと出て来る物語詩に事は欠かぬが、そいつは詩とは言っても、韻は踏まずの平坦道《へいたん》、全く楽なもので、同じ恋をしても、俺のように七顚八倒《しちてんばっとう》、たたらを踏む大騒ぎを演じた事が無い……正直の話、今の俺に韻など踏んでいる暇は無いのだ――それをともかく俺はやってみた。情けないもので、「女房」には「赤ん坊」位しか思い附かぬとは、如何《いか》にもたわいが無さ過ぎる、「嘲《あざけ》られる」に「寝取られる」は苦しいし、「勉強」に「発狂」も能が無い……いずれも不穏な終り方だ。いや、俺という男は韻を踏む星の下では生れなかったらしい、晴着の言葉で口説ける柄ではないのだ……

ベアトリスが出て来る。

ベネディック おお、ベアトリス、私が会いたいと言えば、いつでも来て頂けるのですか？

ベアトリス ええ、でも、行けとおっしゃれば、いつでも行きますわ。

ベネディック おお、それなら、ここにいて下さい、行けと言うまで。

ベアトリス　今、行けとおっしゃった、では、これで失礼を――ただ、その前に、来ただけの用は済ませて参りましょう、あなたとクローディオーとの間はその後どうなっているか聞かせて頂いてから。

ベネディック　今のところ、口穢《くちぎた》なく罵《ののし》ってやっただけです――それだけでも口附けは許して頂きましょう。

ベアトリス　口穢ないのは息が臭いから、息が臭いのは我慢が出来ません――口附けはお預けにして、このまま失礼致します。

ベネディック　あなたのは言葉の度胆《どぎも》を抜いて、正気を失わせるという手で、如何《いか》にも強引な才気濫発《らんぱつ》だ。しかし、私は飽くまで在《あ》り来《きた》りの言葉で申上げる、クローディオーは私から決闘の申込みを受取ったのです、直ぐにも返事は貰《もら》えましょうが、くれぬとあれば、卑怯者《ひきょうもの》と呼ぶほかは無い。ところで、あなたに是非とも伺いたい、数ある私の欠点のうち、どこが一番お気に召して私が好きになったのです？

ベアトリス　どこもかしこも引っくるめて、それが全く巧く出来たもので、悪い所が渾然《こんぜん》と一体をなしていて、美点の附け入る隙《すき》が一分も無い位……でも、数ある私の長所のうち、どこが一番お気に召して私が好きで仕方が無いなどというお気持になったのかしら？

ベネディック　「好きで仕方が無い！」全く言い得て妙だ。実際、仕方無しに好きになっているのですよ、事、志と相反して好きなのだから。
ベアトリス　お心に背《そむ》いてという訳ね。ああ、お気の毒なのはあなたのお心、あなた御自身が私のためにお心に背くなら、私もあなたのためにお心に背きましょう、好きなお友達が嫌《きら》っているものを好きになる気にはなれませんもの。
ベネディック　あなたも私も余り利口過ぎて、しっぽり恋を囁《ささや》くなどという芸は出来そうにない。
ベアトリス　そうは見えません、そこまでおっしゃってしまっては——自分で自分を褒める者で、本当に利口なのは二十人に一人もおりませんもの。
ベネディック　そいつは、ベアトリス、昔も昔、めでたき時代のめでたき物語さ。当節、男と生れたら、早手廻しに死ぬ前に自分の墓を建てでもおかないと、思い出のよすがになるものは何も残らない、葬式の鐘の音と女房の泣き声を最後にね。
ベアトリス　で、それはどのくらい続くの？
ベネディック　問いも問うたり！　ま、鳴るのが一時間に、泌《し》み出るのが十五分というところさ。という訳で、利口な人間に一番の得策は——もちろん、良心という名の蛆虫《うじむし》殿に御異議無くばの話だが——みずから自分の長所の喇叭《らっぱ》になるに越した事はありません、手本はこの私だ。以上、みずから褒むるの弁を終りますが、そういう私は、ほかならぬ私が証人です、確かに褒めるだけの値打ちがあるのです。ところで、お訊《たず》ねしますが、お従妹《いとこ》さんのお加減は？

ベアトリス　大層、悪いの。

ベネディック　で、あなたの方は？

ベアトリス　大層、悪いの、やはり。

ベネディック　神に対するお勤めを怠らず、私を愛し、もって病いを治《なお》すべしです。以上をもってお別れの言葉とも致します、誰か急いでやって来るようですから。

アーシュラが急ぎ登場。

アーシュラ　お嬢様、早く叔父上様の所へ――てんやわんやの大騒ぎでございますよ。何も彼《か》も解《わか》りました、ヒーロー様は根も葉も無い濡衣《ぬれぎぬ》を着せられたのでございます、御領主様もクローディオー様もすっかり瞞《だま》されておいでだったとか、何でもジョン様の筋書で、それがもうどこかへ姿を消しておしまいになったのですって……直ぐおいで下さいまし。

ベアトリス　あなたも様子を見にいらして下さいません？

ベネディック　私はあなたの心のうちに生き、その膝《ひざ》の上に死に、その目の中に葬《ほうむ》られたい位だ、ついでに叔父君の所へお伴致しましょう。（一同、邸内に入る）

16

〔第五幕 第三場〕

教会の境内

レオナートー家墓所の前、夜。

ドン・ペドロー、クローディオー、その他の貴族たちが蠟燭《ろうそく》を手に登場、バルサザーと楽師たちが続く。

クローディオー　これがレオナートー家の廟《びょう》ですか？

貴族　は、さようで。

クローディオー　（巻いた紙を拡《ひろ》げながら読む）「中傷の舌に命断たれ、かのヒーロー、ここに眠る、死は無実を証《あか》し、その名は絶えて死なず、生は辱《はずか》しめに死し、死のうちに名を輝かす……いざ、墓の上に、弔辞を掲げ、（紙を墓の上に置き）君を称《たた》えん、吾《わ》が死後までも」。さあ、楽師たち、音楽を頼む、鎮《しず》めの歌を歌ってくれ。

バルサザー　(歌う)

許せ　ダイアナ　汝《なんじ》に仕うる
乙女《おとめ》の命　奪いし罪人
その死を悼《いた》み　歎《なげ》きの歌を
のりつ　ささげつ　奥つき巡る
夜の闇《やみ》　重く　悲しみを
湛《たた》え　しずもれ　吾がために
　あわれ　ああ　あわれ
墓も　むくろを　吐き出し
鎮めの歌に　耳傾けよ
　あわれ　ああ　あわれ

クローディオー　これで、お前のむくろともお別れだ、おやすみ。改めて誓う、年毎にこれと同じ式を行おう。

ドン・ペドロー　夜が明ける、皆、明りを消すがよい。狼《おおかみ》も獲物《えもの》を漁《あさ》り終って巣に帰る、見ろ、あの曙《あけぼの》の爽《さわ》やかさ、天駆《あまが》ける日輪の車に追われて、眠そうな東の空が灰まだらに染まって行く。皆、御苦労だった、帰ってよい。また会おう。
クローディオー　もう朝だ――めいめい勝手に帰るがよい。（楽師たち退場）
ドン・ペドロー　さあ、吾々《われわれ》も行こう、着換えをして、レオナートーの邸《やしき》に行くのだ。
クローディオー　この上は結びの神にお願いする、せめてもっと仕合せな縁を、こうして哀悼《あいとう》の祈りを捧《ささ》げねばならぬような目には、もう遭《あ》いたくない！（一同退場）

〔第五幕 第四場〕

17

レオナートー邸の玄関広間

楽師たちが高二重に着席している。
レオナートー、アントーニオー、ベネディック、修道僧フランシスが登場、続いてヒーロー、ベアトリス、マーガレット、アーシュラが登場し、離れた所で話している。

修道僧　言わぬ事ではない、お嬢様は無実だったではございませんか？
レオナートー　その点は御領主もクローディオー伯も同じ事、娘をお責めになったのも、すべて過《あやま》ちからで、経緯はお聞き及びのとおりです、ただマーガレットには多少の罪がある、もっとも、本人にその気は無かった事で、その間の事情も色々問いただして行くうちにはっきりして参りました。
アントーニオー　まあ、万事めでたく収まって何よりだ。
ベネディック　同感です、さもなければ、私としては是非ともクローディオーに顔を貸して貰《もら》い、帳尻《ちょうじり》を合わせておかねばならぬところでした。
レオナートー　(振向いて)さ、ヒーロー、それに女連は皆、めいめい居間に退《さが》っているがよい、いずれ呼びにやるから、そしたら仮面を附けて来て貰いたい……(女たち退場)そろそろ御領主とクローディオー伯とが見える時刻だ。これ、弟、役割は呑《の》みこんでいような――お前は兄の娘の父親、そしてあれをクローディオー伯に嫁入らせるのだ。
アントーニオー　何食わぬ顔でやって見せる。
ベネディック　フランシスさん、実は、私にもお骨折り願わねばならぬ事があるので。
修道僧　と申しますと?
ベネディック　私を結び附けて下さるか、いっそ解き放って下さるか――二つに一つです、レオナートーさん、実を申しますと、その、あなたの姪《めい》に当る方が私を見る目には、ただならぬものがあります。
レオナート　その目は私の娘が貸したものです。嘘《うそ》は申しません。
ベネディック　で、私も愛の目をもって、それに応じる事に致しました。
レオナート　その目差《まなざ》しは恐らく私から、いや、クローディオー伯や御領主から譲り受けられたものでしょう。で、どうなさろうお積りなので？
ベネディック　何ですか、謎《なぞ》めいたお言葉ですな、それはそれとして、私の積りとおっしゃられれば、私の積りは、要するに、あなたのお積りが幸い私たちの積りと一致し、本日、神聖なる結婚に帰着するよう計らう事であります――その件について、フランシスさん、あなたのお力添えがほしいのです。
レオナート　喜んでお望みどおりに。
修道僧　私も同様。あそこに御領主とクローディオーさんが。

ドン・ペドローとクローディオーが他の二、三の貴族と一緒に登場。

ドン・ペドロー　きょうはおめでとう。
レオナート　よくお出《い》で下さいました、御領主様、ようこそ、クローディオーさんも、皆、お待ち申上げておりました。もうお心は定まっておりましょうな、きょう、弟の娘と式をお挙げ下さいますか?
クローディオー　腹は決っております、相手がエチオピアの黒ん坊女でも厭《いと》いません。
レオナートー　弟、呼んで来なさい。このとおり教会からもお出で頂いてあります。
（アントーニオー退場）
ドン・ペドロー　やあ、ベネディック。一体、どうしたというのだ、その顔はどう見ても二月面《づら》だな、霜に、あらしに、曇り空というところではないか?
クローディオー　あるいは猛《たけ》き牡牛《おうし》の事を考えているのかもしれません、おい、心配するな、角が生えたら、金箔《きんぱく》を被《かぶ》せてやるよ、きっとヨーロッパ中が君を見て欣喜雀躍《きんきじゃくやく》するだろうよ、その昔、生娘のヨーロッパが、金の牡牛に化けて言寄った好き者のジュピターを見て、大いに嬉《うれ》しがったようにね。
ベネディック　牡牛のジュピターは啼《な》き声に愛嬌《あいきょう》があったとか――どうやら、そういう奇妙な牛が君のお袋さんなる牝牛《めうし》に跳《と》び掛《かか》り、正にその立派なお手柄の印として生れた仔牛が、君そっくり、証拠はその声だ、牛の唸《うな》り声《ごえ》によく似ている。
　アントーニオーが戻って来る、仮面の女たちが後に続く。
クローディオー　今の一言、いずれお返しはする、だが、あそこにもう一つ、帳尻を合わせておかねばならぬものが……どちらが私の頂戴《ちょうだい》せねばならぬ女性でしょうか？
アントーニオー　こちらがそうです、さあ、改めてこれを差上げましょう。
クローディオー　それなら、確かこの方を妻に致します。お嬢さん、お顔を見せて下さい。
レオナートー　いや、それはまだ適《かな》いませぬ、その前に、まず娘の手を取り、この僧の前に立って結婚の誓いを。
クローディオー　この聖なる僧の前に、そのお手を頂きましょう――夫としてあなたをお迎え致します、もしお心に適いますなら。
ヒーロー　かつて生きておりました時、私は既にあなたの妻でございました――（仮面を脱ぐ）また、かつて愛して下さいました時、あなたは既に私の夫でございました。
クローディオー　ヒーローが二人いるのか！
ヒーロー　はい、確かに……一人のヒーローは穢《けが》されて死にました、でも、私はこうして生きております、こうして生きているのが確かなら、それと同じくらい確かに、娘のままの私にございます。
ドン・ペドロー　あのヒーローだ！　死んだヒーローではないか！
レオナートー　確かにあれは死んでおりましてございます、が、それも中傷の舌が生きておりました間だけの事。

修道僧　お驚きはもっともと存じます。いずれ後程、聖なる式を終えましてから、ヒーロー様御死去に関する委細、御説明申上げる事に致しましょう。今、暫《しばら》くは、不思議も何気なくもてなされ、とりあえず礼拝堂の方にお渡りを。

ベネディック　一寸《ちょっと》、待って下さい。ベアトリスさんはどなたです？

ベアトリス　こちらに。（仮面を脱ぎ）何か御用？

ベネディック　私に思いを寄せておいでなのでは？

ベアトリス　まあ、とんでもない、別に何という事も。

ベネディック　それなら、あなたの叔父君も、御領主、クローディオーも、何かに瞞《だま》されたのだ、皆、あなたの事をそう言っておいででしたよ。

ベアトリス　あなたこそ私の事を思っておいでなのでは？

ベネディック　決してそんな、別に何という事も。

ベアトリス　それなら、従妹《いとこ》も、マーガレットやアーシュラも、何かにすっかり瞞されていたのです、皆、あなたの事をそう言っておりましたもの。

ベネディック　皆、あなたは私に首ったけだと言っておりました。

ベアトリス　皆、あなたは私に夢中だと言っておりましたわ。

ベネディック　そんな事があるはずは無い。では、あなたも私を思っておいでではないのですね？
ベアトリス　いいえ、少しも、ただお友達としての遣《や》り取《と》りだけ。
レオナートー　これ、ベアトリス、お前は確かにこの方の事を思っていたぞ。
クローディオー　この件については私も誓って憚《はばか》らない、この男はこの人の事を思っておりますす、何よりの証拠に、この男の手になる書き物がここにある、舌を嚙《か》みそうな十四行詩ですが、純粋に自分の頭から捻《ひね》り出《だ》した作品で、ベアトリスさんに捧げたものであります。
ヒーロー　ここにも似たようなものがございます、従姉の手になり、その隠しにしまってあったもので、ベネディック様に対する思いのたけが認《したた》めてございます。
ベネディック　正に奇蹟《きせき》だ！　手が心臓に背《そむ》いて働く……さあ、君を貰う事にしよう――ただし、太陽の光に賭《か》けて言っておくが、飽くまで君がかわいそうだからだよ。
ベアトリス　私も厭《いや》とは申しません――でも、きょうのおめでたに賭けて言わせて頂くわ、これは仕方無しの承諾なの、それに、一つにはあなたの命を助けてあげたいからよ、人から聞いたのですけれど、胸がお悪いそうだから。
ベネディック　お黙り、その口を塞《ふさ》いであげよう。(接吻《せっぷん》する)

ドン・ペドロー どんな気分だな、女房持ち、ベネディック君？

ベネディック 御返事を申上げましょう、軽口屋が束になって押寄せて来ようと、今の私の熱を冷やかしさます事は出来ますまい。私が諷刺《ふうし》や当てこすりの落首を気にするとでもお思いになりますか？　どう致しまして、人と生れて毒舌などを怖がっていた日には、一寸《ちょっと》でもましなものは身に着けられません……手取り早く申しますと、女房を貰おうと決めた以上、世間がそれに文句を附けようと決めたところで、一向意に介せずという訳です――ですから、前に私自身それに文句を附けていたからと言って、今更、冷やかしても始まりません、人間は当てにならぬものですからな、以上が私の結論です……次に君の事だが、クローディオー、実は、俺は君をやっつける積りでいたのだ、しかし、どうやら君は俺の親類になるらしいので、精々体を大事にして、従妹をかわいがって貰う事にする。

クローディオー 俺はまた、君がベアトリスを断わってくれたらとのみ願っていたのだ、そうしたら、思う存分、棒を食らわせて、君の独身主義を叩《たた》き出し、二枚鑑札の女蕩《おんなたら》しに仕立上げてやれるからな――疑い無し、君にはその素質がある、吾が従姉殿がいやが上にも厳《きび》しく監視していないとね。

ベネディック さあ、さあ、もう仲良くするのだ。式を挙げる前に一踊りしよう、吾《われ》らが心と女房どもの踵《くびす》を軽くするために。

レオナートー　踊りは後廻しでよろしい。

ベネディック　いや、是非とも先に——直《す》ぐ音楽を始めてくれ。御領主には、いささかおふさぎの態《てい》——奥方をお迎えなさいますよう、まずは奥方を。いずれ杖《つえ》をお持ちになるなら、御身分柄、角の出ているのが何よりお似合いでございましょう。

使者登場。

使者　申上げます、御令弟のジョン様、御逃亡中に捕われ、武装の兵に護送されてメシーナに御到着にございます。

ベネディック　その件はあすまでお預けにして頂きとう存じます。御処罰は適当に考えさせて下さいまし……さあ、鳴らせ、楽器を！

音楽と舞踏。

解題

福田恆存

一

『空騒ぎ』は作者生前に四折本が一度刊行されており、その登録年月日は一六〇〇年八月二十三日となっている。随《したが》って、この作品の原稿は遅くとも一六〇〇年の春頃には印刷所の手に渡っていたという事になる。ところで、その頃、ケンブリッジ大学出身の学者で、フランシス・ミアーズという人がいて、哲学や芸術に関する名言集を本にしているが、その附録に英国の詩人をギリシア、ローマ、イタリアのそれと比較した文章があり、もちろんシェイクスピアの事も出ていて、悲喜劇共に当代随一と評されている。この文献は当時のシェイクスピアの評価を知る上にも重要であるが、そこには更に続けて、この書物の出版された一五九八年までのシェイクスピアの作品名が列挙してあって、とかく問題の多いその執筆、上演年代を推定する上に、一つの役割を果して来たのである。

ミアーズの目録に挙《あが》っているシェイクスピアの作品は悲喜劇を合わせて十三篇《ぺん》あり、処女作『ヘンリー六世』以外、その頃までの全作品の題名が出ている。ただ、『恋の骨折損』のほかに『恋の骨折甲斐《がい》』というのがあるが、これは恐らく『じゃじゃ馬ならし』の事であろうと察せられる。それなら、ミアーズの目録は相当信用できるという事であり、『空騒ぎ』はそれに載っていないから、この書物刊行後の上演と考えられる。厳密に言えば、ミアーズの本は一五九八年の九月七日附で登録が行われているから、それが市場に出たのは恐らく八月下旬頃であろうし、原稿が著者の手を離れたのは、それより更に数箇月前の事であろうから、同年六七月頃までには『空騒ぎ』はまだ世人の目に触れていなかった筈《はず》である。そこで、結論として言える事は、『空騒ぎ』が書かれたのは、大体一五九八年後半から一六〇〇年春頃までの間という事になろう。

次に定本の問題であるが、先に述べたように、この作品は一六〇〇年に四折本が出ており、これは作者の原稿に則《のっと》った善本と見なされている。その後、シェイクスピアの劇団ではこれを後見用台本に用いていたらしく、上演の度毎《たびごと》に後見が手を入れた跡があるが、大本は変らずにそのまま伝り、一六二三年の第一・二折本全集印刷の際に原本として用いられたと考えてよい。随って、定本作製において拠《よ》るべき唯一《ゆいいつ》の基盤は四折本である。この四折本とシェイクスピアの原稿との間の異同の一々について述べるとなると、余り煩瑣《はんさ》になるので省く。事実、それらは大した事はないのである。

それより問題なのは、その四折本のために提供されたシェイクスピアの原稿そのものについてである。結論を先に言えば、シェイクスピアは一五九八年の中頃に『空騒ぎ』を書上げており、その後、恐らく一五九八年末から一五九九年始めにかけて、その同じ原稿にかなり大幅に手を入れ、加えたり削ったりした形のまま印刷所に渡したらしいというのである。ドーヴァ・ウィルソンはそう主張する。が、その手を入れた時期が一六〇〇年になってからではなく、一五九九年の、それも始め頃というのはなぜか。ウィルソンによれば、役者が台本を手離して印刷所に渡すのは、一時的にもせよ、それが不要になったからである。詰《つま》り、それは公演が終って、暫《しばら》くその演目から離れる事を意味する。前述のように、『空騒ぎ』の台本が印刷所の手に入ったのが一六〇〇年の春、遅くとも初夏の頃であったとすれば、それから逆算してその前の約一年間、シェイクスピアの劇団はこの芝居を持廻っていたという事になる。『空騒ぎ』の上演が大成功であった事を考えると、この計算も尤《もっと》もと思われる。『空騒ぎ』がシェイクスピア自身の手に成る改稿であるという推測の根拠は主として次のような構造上の欠陥にある。というのは、第一に、第五幕第一場の終りと第五幕第四場の始めで、レオナートーがヒーロー中傷の陰謀に加担した小間使マーガレットを詰問《きつもん》すると言っているのに、どういう申開きが行われたかがはっきりしない。第二に、マーガレットは結婚式に立会っているのが自然であるが、たとえそこに出席していなくても、事件は後で聞知っている筈《はず》で、それなら、前の晩に自分がボラチョーに頼まれて演じた芝居がそれと関係のある事に気附くべきである。この善良な女がそれをレオナートーに報告しないのはおかしい。第三に、ベアトリスも、過去一年、ヒーローと寝室を共にしていながら、その夜だけは一緒でなかったと言っているが（第四幕第一場）、それなら、ヒーローは当夜に限ってどこで寝たのか、それをまたベアトリスがなぜ見過したか、探偵小説じみるが、いずれも解き難い謎《なぞ》である。

あるいは、これらの構造上の欠陥は書直しの際に生じたものではなく、もともとそういう杜撰《ずさん》なものだったと考える人もいるかもしれない。しかし、如何《いか》に天真爛漫《らんまん》なシェイクスピアでも、これは少々ひどい。なるほど、彼は時々無理な筋立てをするが、それらは分析的な散文の論理から言っての無理であって、大抵の場合、作劇と観劇の心理の面から言えば、かえって自然であり、効果的なものなのである。が、『空騒ぎ』における欠陥はその種のものとは異る。殊《こと》に顕著な例は、ボラチョーがドン・

ペドローとクローディオーを導いて、自分がマーガレットと逢引《あいび》きする現場を彼等に目撃させる陰謀をドン・ジョンに献策する第二幕第二場の後で、見物は、いや、単なる読者でも、当然その場面を期待する筈だが、肝腎《かんじん》のそれが無く、すべてが舞台裏で起ってしまう事である。

『空騒ぎ』の筋は三つあって、第一はヒーロー・クローディオー物語、第二はベアトリス・ベネディック物語、第三はドグベリー・ヴァージズの道化の世界で、この第一と第三とを繋《つな》いでいるのがマーガレット・ボラチョーの挿話《そうわ》である。ウィルソンの推測によれば、シェイクスピアは最初この三つの筋を平等に、いや、むしろヒーロー・クローディオー物語を主にして書き進めて行ったのであろうが、書いているうちに第二のベアトリス・ベネディック物語に一番興味を持ち始め、書き終った後で、それをもっと前面に押出して主筋にしたくなったのに相違無い。それが書直しの動機で、その結果、ベアトリス・ベネディックの部分に加っただけ、ヒーロー・クローディオーの部分から削らなければならなくなり、その皺寄《しわよ》せがマーガレット・ボラチョーの方に来てしまったという訳である。その事は単に分量の点からだけでなく、もっと本質的な問題を含んでいるが、それは第三章に後述する事にして、ここではウィルソンの書直し説を紹介し、私もそれに賛成である事だけを述べておく。

二

『空騒ぎ』における三つの筋には、いずれにも下敷と見なさるべき作品がある。殊に第一のヒーロー・クローディオー物語には、そういう類縁的作品が沢山あるのだが、シェイクスピアがそのすべてを読み、意識していたとは言えず、それらの大部分は単に同一淵源《えんげん》から発した偶然の一致に過ぎぬものであろう。しかし、そういう詮議《せんぎ》は後廻しにして、まず左に類縁作品の表を掲げる事にする。

一　ヒーロー・クローディオー

a（伊）アリオスト『狂えるオルランド・第五篇』一五一六
b（伊）バンデルロ『短篇物語集・第二十二話』一五五四
c（英）ビヴァレー『ジェネーヴラ・アリオダンテ物語』一五六六
d（仏）ベルフォレー『悲劇物語・第三巻第十八話』一五六九・一五七四・一五八二
e（英）ウェットストーン『評判物語集・リナルドーとジレッタの話』一五七六
f（伊）パスクヮリーゴ『忠実な男』（戯曲）一五七九
g（英）M・A『フェデーレとフォルチューニョー』（戯曲）一五八五

h　(英)　スペンサー『フェアリー・クイーン・第二巻第四篇』一五九〇
i　(英)　ハリントン訳アリオスト『狂えるオルランド』一五九一
j　(独)　アイーラー『美しきフェニーチャ』(戯曲) 一五九五
k　(伊)　デラ・ポルタ『兄弟が恋敵』(戯曲) 一六〇一
　　二　ベアトリス・ベネディック
a　(伊)　カスティリョーネ『宮廷人』一五二八
b　(英)　ホビー訳同書　一五六一
　　三　ドグベリー・ヴァージズ
a　(英)　M・A『フェデーレとフォルチューニョー』(戯曲) 一五八五

まず第一のヒーロー・クローディオー物語であるが、これは源を尋ねると、古代ギリシアの恋物語『カーエレーアスとカールリローエ』というのがあり、それが中世を潜《くぐ》り抜けて十五世紀のスペインに『ティーランテ・エール・ブランコ』という同工の恋物語を生じ、アリオストは恐らくそれに刺戟《しげき》されて『狂えるオルランド』の第五篇を書いたのであろうと言われている。その概略はこうである。場所はスコットランドで、そこの法律では、不義の噂《うわさ》が立った女は、名誉の証《あか》しを立ててくれる騎士が現れぬ限り、死刑の宣告を受けねばならないのだが、たまたま王女のジェネーヴラ姫がその憂目《うきめ》に遭《あ》い、処刑されようとしている。レナルドーはこの国に来て、その話を聞き、姫を救おうとして、スコットランドの守護者聖アンドルー寺院に向い、その途中で姫の侍女ダリンダの危難を救って、その口からジェネーヴラ無実の証拠を得る。というのは、ダリンダはアルバニー公ポリネッソーを慕っており、縄梯子《なわばしご》をもって公を主人ジェネーヴラの部屋に引入れ、逢《お》う瀬《せ》を楽しんでいた、しかし、ポリネッソー公はジェネーヴラと結婚しようとして、ダリンダを使ってその意中を告げようとするが、姫はイタリア人のアリオダンテを思っていて、公の言葉に全く心を動さぬ、そこでポリネッソー公はダリンダを巧みに口説き落し、姫の衣裳《いしよう》を着けて自分と逢引《あいび》きの場を演じる事を承知させ、恋敵のアリオダンテとその弟のルルカーニョーに、自分が縄梯子を伝って姫の部屋に忍込むところを見せてやった、そのためアリオダンテは絶望してどこかへ姿を消し、今では死んでしまったと思われている、しかし、弟のルルカーニョーがジェネーヴラ姫を訴えたので、ポリネッソー公はダリンダの口を封じ、亡《な》き者にしようとしたところを、今、こうしてレナルドーに助けられたというのである。

その後で、レナルドーは聖アンドルー寺院で、何者とも知れぬ騎士がルルカーニョーと戦っているのに出会う。そこへまたポリネッソー公がやって来て、見知らぬ騎士に戦いを挑む。公は騎士に討たれ、死ぬ前に悪事を懺悔《ざんげ》する。見知らぬ騎士はアリオダンテであり、やがてジェネーヴラ姫と結婚し、ダリンダは尼になる。

これがアリオスト〔a〕の荒筋であるが、明かにそれを直接に読み、下敷にしているのはバンデルロ〔b〕、ビヴァレー〔c〕、スペンサー〔h〕であり、ベルフォレー〔d〕はバンデルロから、ウェットストーン〔e〕はアリオスト七分にバンデルロ三分と両者から、想を得たものらしく、いずれにせよ、アリオストがすべての源流なのである。シェイクスピアは、そのアリオストはもちろん、他の作品も、少くともバンデルロ、ベルフォレー、スペンサー位は、直接間接に読んでいたと見なされる。なお、ウェットストーン〔e〕の方は、この『空騒ぎ』より五六年後の『目には目を』（一六〇四―六）で、その『プロモスとカサンドラ』を利用している位であるから、あるいは『評判物語集』も読んで知っていたかもしれぬが、アリオスト、バンデルロを知っていれば、殊更《ことさら》問題とする程のものではない。

バンデルロでは話はこうなっている。アラゴン王ピエロの騎士ティンブレローは、メシーナの貧乏貴族リオナートーの娘フェニーチャを恋し、結婚を申込む。同じく娘に恋していた友達のジロンドーはそれを嫉妬《しっと》し、二人の仲を裂こうともくろみ、ティンブレローのもとに使いを遣《や》って、恋人に疑いを懐《いだ》くように仕向ける。ティンブレローは友達の言附け通り、リオナートー家の近くに来、隠れて見ていると、一人の伊達《だて》男《おとこ》が梯子を昇って行くのが見え、やがてフェニーチャと話している声が聞えて来る。すっかり絶望してしまった彼は、仲人《なこうど》を介して申込みを取消し、相手の両親の前で不貞を責めさせる。フェニーチャはその場に気を失って倒れる。父親は息を吹返した娘を直ちに田舎《いなか》に遣ってしまい、世間には死んだと触れこみ、時が経《た》ったら、名を変え別人に仕立てて、どこかへ片附けようと考える。

もちろん、両親も世間もフェニーチャのふしだらを信じてはいない。やがてティンブレローが、続いてジロンドーが後悔し始める。ジロンドーは嫉妬に駆られて罪を犯したものの根は善人なので、フェニーチャの墓の前でティンブレローにすべてを告白し、自分の剣をその手に持たせ、殺してくれと言う。が、ティンブレローは友達を許し、共にリオナートーの所へ行って、委細を告げ、許しを乞《こ》う。リオナートーはティンブレローが自分に嫁選びを任せるという条件で、すべてを許す。一年経って、フェニーチャは十七歳になり、大分成長して前とは様子が変っているので、直《す》ぐには見破られぬと思ったリオナートーは二人の青年を呼寄せ、ティンブレローにルーシーリャという女と結婚する事を薦《すす》める。ティンブレローは承諾する。だが、式が終ってもルーシーリャがフェニーチャである事に気附かない。そして、式の後の宴席で、すべてを知っているフェニーチャの叔母に「お嫁さんを貰《もら》うのは始めて？」と陽気に訊《たず》ねられた時、ついに堪え切れなくなって、死んだフェニーチャに対する思いを口に出してしまう。そこで話はめでたしめでたしで終り、ジロンドーの方もフェニーチャの妹を得るという事になっている。

改めて言うまでもなく、このバンデルロの方がシェイクスピアのヒーロー・クローディオー物語にずっと近くなっている。ピエロ、リオナートーの名はドン・ペドロー、レオナートーに照応しているし、ジロンドーは役割こそドン・ジョン、ボラチョーのそれであるが、主人公の友人である事、根が善良である事、同時に結婚する事など、ベネディックに繋《つなが》るものが出て来ている。ベルフォレーの方は新味が無い。筋立ては殆《ほとん》どバンデルロそのままであり、道徳臭が強く、ジロンドーは利己的な人物に描かれている。

次に、この物語を始めて劇化したのはパスクヮリーゴ〔f〕である。もっとも、それは作品として残っているもののうちという意味であって、その前後に、それと思われるものが三つばかり上演されている。一番早いのはフランスで、一五六四年にフォンテーヌブローで上演され、題名、内容など、今日では全く解《わか》らないが、フランスにおける最初の悲喜劇として言い伝えられている。第二、第三は英国で、前者は『パネーチャ（フェニナチャ?）』（一五七四年）、後者は『アリオダンテとジェネーヴォラ』と題され、それぞれバンデルロ、アリオストの反映が窺《うかが》える。パスクヮリーゴの『忠実な男』の出版はこの両者の間、一五七九年になるが、イタリーにおける上演は『パネーチャ』と同じ位、あるいはもっと早かったかもしれない。しかし、内容は、いずれにも関係が無いらしい。

パスクヮリーゴの『忠実な男』では、アリオストの浪漫的色彩やバンデルロのしんみりした味わいは全く消え失《う》せている。梗概《こうがい》から察するに、それはなかなか手の混んだ複雑な喜劇に仕立てあげられているようだ。女主人公も人妻で、しかも多情な女になっている。そのヴィットーリヤの恋人フェデーレが暫《しばら》くスペインに旅をして帰って来てみると、友達のフォルチューニョーが自分の女に夢中になっていて、女の方でも男を自分に結附けておこうとして魔法使のメデューサにまじないを頼みに行っている。その話を、これまたヴィットーリヤに思いを寄せている衒学者《げんがくしや》オノーフリョーから聞いて、フェデーレは女に、それでは夫のコルネーリョに知らせるぞと嚇《おど》す。すると、ヴィットーリヤはやはり自分に夢中になっている男の一人で、法螺《ほらふ》吹きの臆病者《おくびようもの》フランジペートラに頼んで、フェデーレを亡《な》き者にしようとたくらむ。一方、フェデーレもコルネーリョに妻の不貞を告げ、証拠を見せてくれと言われて、自分の召使のナルチッソーがヴィットーリャの小間使アッティーリャと恋仲である事から一計を思附く。即《すなわ》ち、ナルチッソーにアッティーリャを訪ねさせ、相手をヴィットーリャのごとくもてなし、別れの挨拶《あいさつ》をしているところを、コルネーリョに覗《のぞ》かせるのである。結果は思う壺《つぼ》にはまって、コルネーリョは烈火のごとく憤《いきどお》り、妻を殺すと息巻く。フェデーレは毒殺の方が発覚の危険が無いと言う。

ところで、ヴィットーリャにはベアトリーチェという腹心の小間使がいて、この女は甚《はなは》だ陽気なたちで、好んで色恋の話をし、洒落《しゃれ》や冗談ばかり飛しているのだが、その進言によって、ヴィットーリャはフェデーレの目の前で死んだふりをし、男の機嫌《きげん》を和《やわら》げようとする。フェデーレは計略に掛り、追詰められたヴィットーリャを救う。なお、劇中、衒学者オノーフリョーが乞食《こじき》に扮《ふん》してヴィットーリャの家に近附こうとし、小間使アッティーリャがそれを一緒に駆落ちする手筈《てはず》だったナルチッソーと間違えて、二人共に警官に摑《つかま》り、フランジペートラまでその巻添えを食うという一景も含まれ、結構面白そうな喜劇になっているようである。

パスクヮリーゴに較《くら》べると、他の戯曲は大した事が無いらしい。M・A〔g〕というのはアンソニー・マンデーではないかと言われている。マンデーなら、シェイクスピアと同時代の劇作家・役者で、シェイクスピアの『夏の夜の夢』に出て来るボトム達の喜劇的な場面は彼の示唆《しさ》に負うているのではないかという説もある。しかし、その『フェデーレとフォルチューニョー』は凡作であるばかりでなく、題名から察せられるようにパスクヮリーゴの改悪であって、殆ど問題にする必要は無いらしい。ドイツ人アイーラー〔j〕のものは題名からバンデルロに拠ったと思われるが、このシェイクスピアの同時代人との間の影響という問題になると、どちらがどちらに影響を与えたか、解ったものではない。デラ・ポルタ〔k〕の本は一六〇一年刊ではあるが、上演はもっと前であるし、書かれたのは一五七〇年以後という事であって、シェイクスピアがその存在を全く知っていなかったとは断じえぬにしても、少くともそれを利用したとは言い難いものらしい。

以上で、『空騒ぎ』におけるヒーロー・クローディオー物語の類縁作品を紹介し終った訳である。こうしてみると、シェイクスピアが最も負うているのはバンデルロである。しかし、その場合でも、シェイクスピアはバンデルロを読んで、「こいつは芝居になる」と思っただけの事で、その点は現代の流行作家が警察の調書に小説の種を発見するのと何等の変りも無く、その間に起るものは芸術的影響とは全く別個の事柄である。大体、この種の比較文学が対象とする世界は、たとえば「シェイクスピアにおける植物の研究」と同じように、文学とは無縁の「茶飲み話」の世界に過ぎない。

もちろん、「茶飲み話」はそれ自体として面白く、話し聞くに値する。が、第二のベアトリス・ベネディック、第三のドグベリー・ヴァージズの素材となると、余り意味があるとは思われない。たとえば、パスクヮリーゴの中にヴィットーリャの小間使でベアトリーチェという女が出て来て、その女の名前や性格から『空騒ぎ』のベアトリスを聯想《れんそう》し得るが、その事からシェイクスピアがこの作品を知っており、そこからベアトリスを思附いたのであろうといった程度の事である。

表に掲げたカスティリョーネについても、彼はルネサンス・ヴェネチアの人文主義者で、その著『宮廷人』は標題の通り宮廷人としての教養や資格を論じたものに過ぎず、その中に出て来るエミーリャとガスパーレ卿《きよう》との機智《きち》問題や、ウルビノ公邸で催された四晩に亙《わた》る貴族達の討論が、シェイクスピアにベアトリス・ベネディックの遣《や》り取《と》りを思附かせたという学者もあるが、そこまで言うのは果してどうか。なるほど、ルードヴィーコー伯爵《はくしやく》という人物が恋愛を論じている言葉の中に、たとえば、自分の知っているある女で、始めのうちは少しも関心の無かった男に、ただ周囲の者が彼を褒《ほ》め愛している事を知ったために、いつの間にか思いを寄せ、すっかり夢中になってしまった例があるという話がある。しかし、この種の心理、あるいはそれに対する観察や興味は、文化の爛熟《らんじゆく》期にあったルネサンス・イタリーには何も珍しい事ではなく、類例はボッカチョーその他に幾らでも見出《みいだ》せる。もしシェイクスピアに影響を与えたとすれば、そういう先進国の一般的な世態人情の醸《かも》し出す雰囲気《ふんいき》そのものであったろう。

ドグベリー・ヴァージズの方は例のM・Aに、随《したが》ってその源のパスクヮリーゴに似たような話が出て来るのは、既にその梗概《こうがい》に述べた通りである。それこそ「茶飲み話」としても大して面白くない。一方、シェイクスピア歿後《ぼつご》十年に生れたオーブレーという古物蒐集《しゅうしゅう》家の書いたものによると、「『夏の夜の夢』（『空騒ぎ』の誤り）で警官が演じるユーモアは、シェイクスピア自身がたまたまストラトフォードへ行く途中、ロンドンを出たばかりの（今ではその市中西北部に位する）グレンドン村路上で出遭《であ》った事をそのまま取込んだ」とある。オーブレーの友人にウィリアム・ビーストンという役者があり、その父のクリストファーも役者で、シェイクスピアの属していた侍従長劇団がベン・ジョンソンの『人さまざま』を上演した一五九八年には、その主だった喜劇役者の一人として名簿に名を連ねていた。恐らくその父から聞いた話を、息子のウィリアムがオーブレーに話して聞かせたのであろう。一五九八年と言えば、あたかも『空騒ぎ』執筆中の事で、その頃までは確かにシェイクスピアの仲間であり、事によるとドグベリーかヴァージズを配役され、作者から創作の楽屋話を聞かされたかもしれぬクリストファー・ビートソンを想像したほうが、文献的な素材漁《あさ》りより遥《はる》かに面白い。

三

シェイクスピア喜劇の発展段階において、この『空騒ぎ』が凡《およ》そどういう位置を占めるものかを示すために、左に全喜劇を年代順に並べてみる。

1	間違い続き	一五九二―三	習作時代
2	じゃじゃ馬ならし	一五九二―四	←
3	ヴェローナの二紳士	一五九四―五	
4	恋の骨折損	〃	
5	夏の夜の夢	一五九二―八	喜劇時代
6	ヴェニスの商人	一五九六―七	←
7	ヘンリー四世	一五九七	
8	空騒ぎ	一五九八―九	
9	ヘンリー五世	一五九八―九	

10 お気に召すまま 一五九三―一六〇〇 悲劇時代
11 ウィンザーの陽気な女房達 一六〇〇―一 ←
12 十二夜 一六〇二―六
13 末よければ総《す》べてよし 一六〇二―三
14 目には目を 一六〇四―六
15 ペリクリーズ 一六〇八―九
16 シンベリン 一六〇九―一〇 浪漫劇時代
17 冬の夜話 一六一〇―一 ←
18 あらし 一六一一―二

上段の1・2・4・8がパスクヮリーゴによって窺《うかが》われるようなイタリー喜劇の流れを汲《く》む作品であり、これは後に十八・九世紀の市民的な風俗喜劇に延びて行き、今日の英国喜劇の基調をなしている。素材は主として現実的な生活の中から採り、筋の論理的な発展と会話の面白味で見物を引張って行くものである。それが中段になると、イタリーの喜劇からよりは、むしろその物語から、あるいはその物語の含んでいる雰《ふん》囲《い》気《き》から多分に影響を受けたもので、言わば浪漫喜劇とでも呼んで然るべき作品群である。前者が知的であるのに比して、これは情的であり、浪漫的、牧歌的な、時には超現実的な世界に見物を導き入れる。

次に下段7・11であるが、そのうち『ヘンリー四世』は普通喜劇とは呼ばず『リチャード三世』『リチャード二世』『ジョン王』『ヘンリー五世』と共に歴史劇の名のもとに一括されている。それを敢《あ》えてこの喜劇の表中に加えたのは、次の二つの理由に拠《よ》る。第一に、この作品には、後にヘンリー五世になる王子ハルが出て来るが、その部下で、歴史的には無きに等しいフォールスタフという喜劇的な人物を、シェイクスピアは歴史から離れて自由自在に創造しており、この巨大な人物像を欠いては『ヘンリー四世』の魅力の大半が失われるのである。もっとも、フォールスタフの巨大は歴史劇のみか、優に喜劇の枠《わく》をも超《こ》えるものであって、もし人物創造という観点からだけ見るなら、彼の存在は悲喜劇を問わずシェイクスピア全作品の主人公達を顔色無からしめるほど、大きな影を投掛けている。第二に、同じ下段の『ウィンザーの陽気な女房達』は、もしこのフォールスタフが恋をしたなら、どんな事になるかというエリザベス女王の下問に応《こた》えて作った芝居で、作品としてもフォールスタフの魅力の点でも、『ヘンリー四世』には到底及ばず、また『ヘンリー四世』無しには系列上説明し難いのである。随って、シェイクスピア喜劇の発展過程を見る場合、この下段の二作品は一応除外して考えてよい。『空騒ぎ』は風俗喜劇風の作品としては最後のものである。同時に、喜劇時代の最後を飾るものでもあるが、この何々時代というのは便宜的なものであり、『お気に召すまま』『十二夜』という浪漫喜劇が悲劇時代の始めに組込まれているのも、この二作より前に、『ジュリアス・シーザー』による悲劇時代の開幕があるからで、要するに、この三つの喜劇は喜劇時代から悲劇時代に移る過渡期の作品と言えよう。

ところで、悲劇と喜劇との別だが、古典的定義においては、前者は主人公始め主要人物が終末に非業《ひごう》の最期《さいご》を遂げるものの事であり、後者は誤解や敵意が解消して万事めでたく納るものの事である。要は最後がどうなるかで決る。もっともギリシア・ローマの古典劇においては、悲劇と喜劇との間は、最後だけでなく、全曲の調子に截然《せつぜん》たる差があった。が、シェイクスピアにおいては、もちろん、その基調まで狂う事は無いが、悲劇の最中に言わゆる「喜劇的救済《コミック・レリーフ》」が投入される。それは『マクベス』の門番についてド・クィンシーが指摘しているように、その後に続く悲劇的効果を強める役割を演じる場合もあれば、単にそれに先立つ緊張から見物を解放する役割を演じるに留《とど》まる場合もある。喜劇の場合は、当然その逆の効果を目的とする悲劇的場面が出て来る訳であるが、単にそれだけではなく、個々の作品を推進する喜劇的葛藤《かっとう》が、それを一皮剝《む》けば、あるいはもう一押しすれば、たちまち悲劇的破局に転じかねぬという、そういうものがシェイクスピア喜劇には多い。ただ作者も役者も飽くまで慎重に喜劇の節度を守っているので、見物はその枠内で安心して見ているだけの事である。シェイクスピアにおいても、この種の喜劇は浪漫喜劇にのみ現れる特徴であり、その意味では既に『ヴェニスの商人』にその萌芽《ほうが》があると言えよう。しかし、その場合には幸福に終る側の人物と不幸に終る側の人物とが、はっきり分れているのであって、一人物の運命の背後に、あるいは劇全体の流れの底に、外見の明るさとは反対の悲劇的なものが存在するというのではない。シェイクスピアの喜劇に幾らかでもそういう調子が忍込んで来るのは、悲劇時代に入って後の作品においてである。『お気に召すまま』『十二夜』にも多少その気はあるが、それは作品全体の調子に影響を与えるものではない。が、その次の『末よければ総べてよし』あたりから、それらと平行して書かれた『ハムレット』『オセロー』『リア王』『マクベス』の四大悲劇、及び『アントニーとクレオパトラ』『コリオレイナス』『アセンズのタイモン』等の悲劇と同一主題である人間不信の絶望感が、喜劇の底部に流れ始め、その響きは最後の浪漫劇時代に入っても、ついに全くは消去らなかった。

こうしたシェイクスピア喜劇全体の発展過程を背景に、もう一度『空騒ぎ』を検討してみると、第一章に紹介したウィルソンの改稿説、即《すなわ》ち最初はヒーロー・クローディオー物語が主筋であって、書いているうちにベアトリス・ベネディック物語が面白くなって書直したという説は、一層自然に受入れられはしないか。言うまでもなく、ヒーロー・クローディオー物語は浪漫喜劇の世界であり、ベアトリス・ベネディック物語は風俗喜劇の世界である。シェイクスピアが風俗喜劇に力を入れたのは初期習作時代の事であって、第二期の喜劇時代に入っては多分に浪漫喜劇への傾斜を示し、風俗喜劇的な要素の方は、それに拠りながら遥《はる》かにそれを超えているフォールスタフの創造によって、作者の欲望が十分に満たされていたのに相違無い。というのは、シェイクスピアは、最初『空騒ぎ』を書こうとして、『ヴェニスの商人』の延長線上に、そして『末よければ総べてよし』や『目には目を』に繋《つな》る線上に、ヒーロー・クローディオー物語を採上げようとしたのではないかという事である。しかも、それは『ヴェニスの商人』の浪漫的、お伽話《とぎばなし》的性格よりは、もっと悲劇的要素を備えたものとして採上げられたのではないかと思う。

しかし、シェイクスピアは筆を進めて行くうちに、ベアトリス・ベネディックの「機智《きち》合戦」の方に遥かに興味を持ち始めたのではないか。恐らく、そのため主題は不明確になり、構成にも狂いを生じたのに相違無い。そこで作者はそれを書終えると同時に、直ちにベアトリス・ベネディック物語を中軸として改稿の筆を揮《ふる》い、その結果、第一章に述べたように、ベアトリス・ベネディックに加っただけ、ヒーロー・クローディオーから削らねばならず、その皺寄《しわよ》せがマーガレット・ボラチョーの方に来たのであるが、それは単に上演時間の制限があるからばかりではない。ベアトリス・ベネディック物語を主筋にすれば、主役は当然ベネディックである。ベネディック役を劇団の主役役者にやらせるためには、ただその部分を書加えるだけでは不十分であって、なおヒーロー・クローディオー物語から劇の主筋を貫く力線を弱めてしまわなければいけない、そうシェイクスピアは考えたのに違い無い。それには、ボラチョーがマーガレットと逢引《あいびき》する場面を省いてしまうに限る。見物の前で、クローディオーにそれを目撃させないという事は、クローディオーからこの劇の筋を運ぶ「主体性」を剝奪《はくだつ》してしまう事を意味するからである。こうしてクローディオー役はベネディック役に主役を譲ったのではないか。

それはさておき、『空騒ぎ』という作品は、もし現代の作家が採上げたら、恐らく意地の悪い諷刺《ふうし》劇になりかねぬ皮肉な作品である。登場人物に対する作者の態度が、いささか現代的であり、批評的なのだ。殊《こと》に主人公のベネディックとベアトリスに関してであるが、この作品は「自己欺瞞《ぎまん》の喜劇」と呼ばれて来た。作者はこの二人に対して、「お前達の女嫌い、男嫌いというのはみずからを欺《あざむ》くものだぞ」と言っているように思われるからであろう。が、それはもう一歩進めれば、といって、作者がそこまで意識していたと言うのではないが、二人が自己欺瞞を捨てて手を取合った時、「それもまた別の自己欺瞞ではないか」という声がどこかから響いて来るような気がしないでもないという事だ。その声は劇場では聞えない。が、芝居がはねて、レストランで今観《み》て来たばかりの「自己欺瞞の喜劇」について話合っているうち、誰かの口からそういう批評が出て来そうなところがある。

それは男も女も同じ段取りで型通りに改宗させられてしまうからであって、それというのも喜劇、あるいは笑劇の型をそのまま踏襲しているからであるが、その点が今日では妙に人間を木偶《でく》扱いにしているような皮肉な感じを与えるのであろう。また、ヒーローの真実を証《あか》し得る者が、アリオストの騎士レナルドーの勇気と正義感ではもちろんなく、またバンデルロにおけるように張本人ジロンドーの良心の苛責《かしやく》でもなく、自分が事件においてどういう役割を果しているかについて全く無自覚で無学なドグベリー達の怪我《けが》の功名であるというのも、甚《はなは》だ笑劇的であり、それ故《ゆえ》に皮肉でもあるる。

コーリッジは、シェイクスピアの喜劇が他の作家のそれに較《くら》べて常にそうであるように、この作品においても、筋よりは個々の人物の魅力の方が遥《はる》かに大であると言っている。が、その評言が英国の外においても、また今日においても掛値無しに通用するのは、既に述べたように『ヘンリー四世』のフォールスタフのみであろう。しかし、コーリッジの言葉は次の意味において、今なお肯《うなず》けるものがある。私は『じゃじゃ馬ならし』の解題において、クイラクーチを引用し、そのペトルーキオーには一種の「優しさ」がある事を指摘したが、この『空騒ぎ』のベネディックにもそれがある。もっと普遍的に言えば、シェイクスピア喜劇の登場人物には、それこそ他の劇作家のまねられぬ「艶《つや》」「色気」「ふくよかさ」とでも言うべき何物かがあるのだ。

しかし、ベアトリスは大分評判が悪く、本国でも「単なる娼《かん》馬《ば》に過ぎない」という評が多い。殊に前世紀まではそうだったらしい。殊に日本では、たとえ戦後でも、そういう読者が多いであろう。なるほど『じゃじゃ馬ならし』のカタリーナ以上に減らず口を叩《たた》く。一つにはカタリーナにはペトルーキオーという強敵がいたが、ベアトリスの相手のベネディックは時々閉口して逃げてしまうからで、それも女嫌いを標榜《ひょうぼう》していて、ペトルーキオーのように相手を征服しようとしないからである。もう一つの理由は、カタリーナは「敵」の前に弱味を見せるが、ベアトリスは少くとも表面上はそれを見せないからである。が、読むのと観るのとでは、そこに違いがある。また下手な女優と名女優とではそこに違いがある。カタリーナ役なら、勝気な、地もそれに劣らず悍馬の女優にも演じられなくはないが、ベアトリス役はそうは行かぬ。知的でいながら、しかも内に女らしい優しさ、思いやり、柔かさ、慎《つつま》しさを含んでいるように演じなければならないからだ。

『空騒ぎ』の上演史を見ると、ベネディックとベアトリスとに名優を得た時、常に成功している。結局、二人の機智合戦にすべては掛っているので、その点、飜訳《ほんやく》には実に骨が折れた。ドグベリー達の「言葉の誤用《マラプロピスム》」にも往生した。後者については、日本語の限界というものをつくづく思い知らされたものである。ついでに言っておくが、『空騒ぎ』は散文体が多く、主人公二人の問答や道化の場はすべてそれで、韻文は主としてヒーロー・クローディオーの世界に用いられ、全体の四分の一程度しか無い。

＊第二章の素材の説明は、主としてジョフレー・バローの『シェイクスピアの素材』第二巻に負うている。

解説

中村保男

シェイクスピア劇の発展は四つの時代（習作時代、喜劇時代、悲劇時代、浪漫劇時代）に分けられるのが普通であるが、『じゃじゃ馬ならし』は、シェイクスピアが盛んに先人たちの作品を模倣しながらも自分の持ち味を生かそうと苦心していた習作時代の一五九二年からその翌年にかけて書かれたと推定されている。それにたいして『空騒《からさわ》ぎ』のほうはおそらく一五九八年からその翌年にかけて書かれたもので、その時期は喜劇時代に当る。喜劇時代と言っても、その期間中に書かれたのは喜劇だけではなく、『リチャード二世』など歴史劇も含まれているが、全体として見ると喜劇が優勢で、それもほとんどが明るく豊かな作風のものばかりなので、人生の暗い深淵《しんえん》を見つめたような四大悲劇が書かれたつぎの悲劇時代にたいして際《きわ》だった対照を成しているために、喜劇時代と呼ばれる。そして、この喜劇時代では、シェイクスピアはいわばアトリエを飛び出して世界のまっただ中に出、独自の自由奔放な筆致でさまざまな喜劇的世界を創《つく》りあげたのである。

『じゃじゃ馬ならし』は、シェイクスピアには珍しく悲劇的要素をほとんど含まない喜劇の一つである。ここにはシャイロックのような一種悲劇的な人物も登場しなければ、『空騒ぎ』のドン・ジョンのような悪玉も登場せず、悲劇的なシチュエイションもない。全体が明るく陽気な茶番劇となっている。苦しむのは、ペトルーキオーにさんざんしごかれるカタリーナ一人だけであるが、それとても日ごろのじゃじゃ馬ぶりの報いであって、観客はそれ見たことかと思いこそすれ、同情して涙を流したりはしない。これはドーヴァー・ウィルソン流に言えば、シェイクスピアの「幸福な喜劇」の一つであり、その出来栄《できば》えは別としても、その幸福さは『夏の夜の夢』にも劣らぬものである。

なるほどこの喜劇は、批評家リドリーの言うように、あまりにも激しいペトルーキオーのカタリーナいじめのせいで、かすかに苦いあと味を残すものだと感じる現代人もあろう。が、シェイクスピアはそういうふうにも感じさせかねないような危ない橋を――荒削りながら――みごとに渡りきって、名うてのじゃじゃ馬から一挙に良妻に変身したカタリーナを最後に見せて、劇をみごとに締めくくっているのである。

現代風に考えてみると、この劇の動因は薄弱である。まだ見たこともないカタリーナがたっぷりした持参金つきの花嫁候補者だと聞いただけでペトルーキオーが彼女を嫁に迎えようと決めてしまうその性急さは、不可解でなければ、ペトルーキオーの人格そのものを疑わさせるに十分なものである。彼は単なる金めあてのプレイ・ボーイなのだろうか。劇の動因にまつわるこういう疑問は、シェイクスピア劇には他の随所にも見られる。リア王の末娘にたいする憤怒《ふんぬ》や、イアーゴーがなぜオセローをだますかということがその最たる例であろう。しかし、シェイクスピアはそんな「些事《さじ》」にはこだわらずにぐいぐいと観客を引っぱってゆく力をもっている。劇の動因に自然らしさ、真実さを求めるようになった近代の傾向は、劇そのものの力の衰弱とも考えられるのである。

福田氏はペトルーキオーの心の底にある優しさを指摘しているが、私見によれば、シェイクスピアは意識の上ではペトルーキオーとカタリーナをあくまでも悍婦《かんぷ》を征服しようとする荒っぽい男と根っからのじゃじゃ馬として描こうとしたのであったが、結果としては、演じようによってはかなり優しいところのあるペトルーキオーと、女らしさを内に秘めているカタリーナとができあがってしまったというところではないだろうか。つまり、シェイクスピアはこの劇を書きすすむうちに、知らず知らずのあいだにヒーローとヒロインに優しい人間味を加えてしまったのだ。それは、『ヴェニスの商人』のシャイロックが建前は喜劇的な悪玉として描かれていながら、一度だけとはいえ、悲劇的な台詞《せりふ》を述べさせられているのと同じようなことだと私は思う。

先に喜劇的要素と悲劇的要素が混じりあっているのがシェイクスピア劇の特徴の一つだと書いたが、もう一つの特徴は、主筋と副筋とが平行して進行することである。『じゃじゃ馬ならし』でもこれはかなり成功していて、最後の場面で三組の男女が一堂に会して婚礼の宴をあげる段どりになっている。『夏の夜の夢』では三組が、『お気に召すまま』では四組が、つぎに解説する『空騒ぎ』では二組の男女がそれぞれ結婚に漕《こ》ぎつけて幕を閉じるのとこれは軌を一にしている。なお、『じゃじゃ馬ならし』の副筋には二つの段どりがあって、一つはルーセンショー、ホーテンショー、グレミオーの三人がビアンカをめぐって恋の鞘当《さやあ》てを演じ、もう一つは教師がルーセンショーの父親になりすましているところにじつの父親が現われて一騒動もちあがる、という二段構えになっているのも興味深い。

この劇で何よりも皮肉なのは、最後の場面で男たちが賭《かけ》をするとき、いちばん素直で従順だったはずのビアンカが言いつけに従って顔を出すことなく、あれほど人を手こずらせたじゃじゃ馬だったカタリーナが素直に現われて夫唱婦随の説教を一説ぶつという設定であろう。

さらにこの劇で見のがせないのは、序劇に出るスライの役割である。福田氏の解題にもあるとおり、この飲んだくれの職人は道化役兼観客代表であり、その序劇は劇全体を包みこむ枠《わく》となっており、近年に福田氏が演出した『じゃじゃ馬ならし』では、原本では故意か偶然か省かれている終劇《エピローグ》が付け加えられていて、酔いからさめたスライが箒《ほうき》を持ったじゃじゃ馬女房に追いまわされるというはなはだ現代的なおまけがついていたことが忘れられない。

『じゃじゃ馬ならし』ではペトルーキオー対カタリーナのやりとりが主筋を成していたが、『空騒ぎ』にも、似たような男女の機知合戦があり、これはこちらでは建前としては副筋になっているのだが、実際に上演するときには、この男女——ベネディックとベアトリス——は一流の役者によって演じられ、クローディオーとヒーローをめぐる主筋をやや片隅《かたすみ》に押しやっている。こう見てくると、『じゃじゃ馬ならし』と『空騒ぎ』を同じ一巻に収めた今回の企画はまことに正鵠《せいこく》を射たものと言わねばならない。

主筋のクローディオー・ヒーロー物語には、福田氏の指摘しているような杜撰《ずさん》さがいくつか見られることは確かだが、その主筋と、ベネディック対ベアトリスの機知合戦と、へまばかりやらかしているドグベリー一党の怪我《けが》の功名との三つの筋を一つに織りなしているシェイクスピアの手腕は、夢幻劇の傑作『夏の夜の夢』に見られる三つの世界——行き違う恋人たちと、へっぽこ芝居をやる職人衆と妖精《ようせい》たちとの世界——の統合にも劣らぬほど秀《すぐ》れている。この点については、中心に赤々と喜劇のかがり火を燃やしているのがドグベリー一党の茶番劇であり、その周囲にクローディオー・ヒーローの悲劇的な物語があり、それをしっかりと喜劇の枠内に閉じこめておく役割をはたしているのがベネディック対ベアトリスの恋愛合戦だと評した批評家がいる。

クイラ・クーチによれば、この劇はシェイクスピア喜劇の全系列において最もイタリア的な作品であり、生きる歓《よろこ》びを徹底的に表現するルネサンス精神を最もよく体現したものであるという。「この芝居から受ける第一の、最大の印象は、生命の横溢《おういつ》と、若さの絶頂にある人間が自分の好きなことをする意思のたくましさということである。この芝居には、大酒飲みも色事師も出てこない。……フォールスタフのような荒事師は一人も出てこないのだ。誰も彼もが若く、みなベアトリスのように溌剌《はつらつ》としている。……『空騒ぎ』にはルネサンスのよさの無頓着《むとんじやく》で明るい側面があるのだ」とクイラ・クーチは書いている。

そのベアトリスこそはこの劇における愛の主題のにない手である。彼女は才気煥発《さいきかんぱつ》で、いつも陽気であり、あらゆることを明るい冗談にしてしまう。彼女にかかると、名うての女ぎらいで頓知屋《とんち》のベネディックも白旗を掲げかねない。この点、情況は『じゃじゃ馬ならし』の正反対と言わねばなるまい。しかも、彼女は女らしい優しさを内に秘め、同時にヒーローを不当に罵倒《ばとう》したクローディオーを殺せとベネディックに命じる激しさをも持っている。

シェイクスピアは四大悲劇においてスケールの大きいヒーローたちを描ききったが、彼の喜劇では、女性が劇の主動権を握る場合が少なくない。『空騒ぎ』のベアトリスは、まだ劇全体を動かすほどの力を持ってはいないが、この劇以後に書かれた『お気に召すまま』と『十二夜』(それにこの『空騒ぎ』を加えて三大喜劇と称する批評家が少なくない)のロザリンドとヴァイオラはそれぞれの劇の中軸を成してその進行係をつとめているのであり、『空騒ぎ』のベアトリスはこの二人の秀れた女性の前ぶれとなっているのである。シェイクスピアが悲劇で描いた男性たちはそれぞれの流儀で激しく生きた、常識的に見れば一種不具な人間なのだが、シェイクスピアが喜劇で描いたヒロインたちは、円満な完全さを備えた理想的な人物となっている。大げさに言えば、女性による人類の救済というテーマがそこに浮びあがってくるとさえ言えよう。

冗談と機知の応酬ばかりやっていて、互いに愛しあっていると信じこまされてからもそれをやめないベネディックとベアトリスが初めて真剣に相対《あいたい》するのは、後者がクローディオーを殺してと前者に迫る場面である。

ベネディック　……本気で言うのだ、私はあなたの事を思っている。
ベアトリス　ああ、私、もう我慢できない――
ベネディック　ベアトリスさん、何かお気に障《さわ》るような事が？
ベアトリス　……すんでの事で言ってしまいそうでしたもの、本気で申します、私はあなたの事を思っておりますと。
ベネディック　本気で言っておしまいなさい、心残りの無いように。
ベアトリス　心の底から、あなたを思っております、ですから、後には何も残っておりません、本気で申上げようにも。
ベネディック　お為《ため》になる事なら、何でも言附けて下さい。
ベアトリス　殺して、クローディオーを。　（第四幕第一場）

マーク・ヴァン・ドーレンの言い方を借りれば、「この対話で真剣なものとたわいのないものとが出会い、結びつく。この結びつきは、『空騒ぎ』全体がこれまで準備してきたものであり、これ以後の部分はこの結びつきを儀式化することになる。この先、主筋の中心人物たちはしだいに操《あやつ》り人形に近くなり、逆に喜劇的な副筋の操り人形たちが徐々に人間らしくなってくる。……ベネディックとベアトリスは、お互いに単純に愛しあえる時間をついに見いだせないとしても、大づめに至るまで未来のすべてを手中に握っているわけだ。その間、この二人の対話に影を落し、それを色づけて緊張させるヒーローの存在は、この二人に非常に役立っている。ヒーローこそは、シェイクスピアの描いた最も興味ある恋人たちの仲間にこの二人を加えさせ、そこに高い地位を保たせている恩人なのだ」

そのヒーローをめぐる主筋の「悲劇」も、ドグベリーたちの「活躍」によってドン・ジョンの悪事が露見し、加えてヒーローの仮死と再生という設定によってハッピー・エンドに終る。これは、シェイクスピア後期のロマン劇『冬物語』で嫉妬《しっと》する夫の怒りにつき当っていったんは死んだはずの妻がじつは生きていて何年かのちにその生き身の姿を夫の前に現わし、すべてが和解のうちに丸く収まるという設定に似ており、その意味では、『空騒ぎ』は単に幸福な喜劇というよりは後期のロマン劇の型に近づいていると言えよう。

『じゃじゃ馬ならし』がやや一面的な茶番劇風の作品で、それを書いていたときのシェイクスピアはいわゆる習作時代の作家であったことを思い出すと、脂《あぶら》ののりきった喜劇時代に書かれた『空騒ぎ』は、筋もより複雑となり、人物もいっそう生き生きとしているなど、いくつかの面でシェイクスピアの進境を示している喜劇なのであり、幸いに両者を一巻に収めた本書で読者はその点にも注目できるわけである。

（昭和四十七年一月、翻訳家）

Title : THE TAMING OF THE SHREW
MUCH ADO ABOUT NOTHING
Author : William Shakespeare

じゃじゃ馬《うま》ならし・空《から》騒《さわ》ぎ

新潮文庫　シ－1－9

昭和四十七年一月二十九日　発行
平成十六年十一月十日　四十三刷改版

訳者　福《ふく》田《だ》恆《つね》存《あり》
発行者　佐藤隆信
発行所　株式会社　新潮社
郵便番号　一六二―八七一一
東京都新宿区矢来町七一
電話　編集部(〇三)三二六六―五四四〇
読者係(〇三)三二六六―五一一一
http://www.shinchosha.co.jp

価格はカバーに表示してあります。

乱丁・落丁本は、ご面倒ですが小社読者係宛ご送付ください。送料小社負担にてお取替えいたします。

印刷・二光印刷株式会社　製本・憲専堂製本株式会社

ISBN4-10-202009-8 C0197